August Kopisch

Allerlei Geister

Verone

August Kopisch

Allerlei Geister

1st Edition | ISBN: 978-9-92500-141-5

Place of Publication: Nikosia, Cyprus

Erscheinungsjahr: 2016

TP Verone Publishing House Ltd.

August Kopisch

Allerlei Geister

Bonnaek, Chan der Polowzer

Schürt das Feuer, lasst den Becher kreisen!
Nichts befürchte David Igorewitsch!
Nichts befürchtet ihr Polowzer Helden,
Die ihr hier, im Wald gelagert, zittert!
Sei der Ungarn Heer wie Stern am Himmel,
Unsre Schar so klein wie Wespenschwärme,
Bald zerstäuben wir die Macht der Stolzen,
Bald erretten wir das Reich von Feinden!
Eben ritt ich weit hinaus ins Blachfeld
Durch die Mitternacht um gute Zeichen.
Als ich auf die Steppe kam, da brüllt ich
Wie der Wolf und – Vetter Wolf gab Antwort,
Da wie dort in allen Büschen heult er.
Heulen ließ ich den, und weiter brummt ich
Wie der Bär und – rings aus allen Höhlen
Kam der Bär und rieb am Baum und brummte.
Brummen ließ ich den, und jetzo bellt ich
Wie der Fuchs – da liefen tausend Füchse
Bellend hin und her, ich ließ sie bellen.
Dann wie Eulen und wie Geier schrie ich, –
Rings am Himmel schrien Eul und Geier,
Weit umher auf leichten Flügeln kreisend.
Schreien ließ ich sie und ging zum Sanstrom,
An den Schild mit diesem Schwerte schlug ich:
Aale stiegen da herauf ans Ufer,

Aus dem Wasser sprang jedweder Fisch da,
Mit dem Maule jappend wie vor Hunger. –
Gute Zeichen sind das! Wisst, die Tiere
Da im Strom, im Feld und hoch in Lüften
Wittern im voraus der Ungarn Leichen. –
Schürt das Feuer, lasst den Becher kreisen!«

Feuer wird geschürt, der Becher kreiset
Bei den Russen und Polowzer Helden,
Die vereint sich, Davids Reich zu retten.
Mut erhebt sie, wie die Wog' ein Schifflein
Von dem Sand hebt und im Strom es fortführt.
Von Bonnaek geleitet ziehn hinaus sie.
Überfallen wird der Ungarn Heer nun
Und drei Tage hin und her gejaget:
Bis zehntausend auf dem Feld zerhaun sind,
Dreißigtausend in den Strom ertränket!
Wenge kehren heim zum Ungerlande.
Doch Bonnaek spricht: »David Igorewitsch,
Schau, das alles ward wie ich geweissagt:
Wolf und Bär und Fuchs und Eul und Geier
Und die Fisch im Wasser halten Festschmaus!
Aber du, Herr David Igorewitsch,
Nimm dein Reich und herrsche nun in Frieden!«

Gelimer

Wo ist dein Reich, o Gelimer,
Das große Vandalen-Reich?
Dein Heer, es irrt zerstreut umher:
Wo fliehst du hin so bleich?

Und als er zu den Maurusiern kam,

Die hatten nicht Brot nicht Wein:
Wie man die Ähren vom Felde nahm,
So mussten sie Speise sein.

Auf einem Berge wohnet er,
Da war an Wasser Not,
Auch nahete der Griechen Heer
Und drohte rings mit Tod.

Und einen Boten sandt er hin
Zum Feind, als nah er kam,
Und bat um eine Laute für ihn,
Um ein Brot und einen Schwamm.

Pharas, des Heeres Hüter, fragt:
»Sonst sprach er nichts dabei? –
Er soll sie haben, aber sagt,
Wozu will er die drei?« –

»Das Brot will essen Gelimer,
Weil keines er gesehn,
Seitdem mit wunden Füßen er
In die Berge musste gehn.

Den Schwamm mit Wasser will er dann
Zu waschen die Augen sein,
Es kam schon lange kein Wasser daran
Als seine Tränen allein.

Die Laute soll ein Trost ihm sein
In dieser schweren Zeit,
Drauf will er spielen und singen darein
Ein Lied von seinem Leid!«

Lamissios Kampf mit der Amazonenkönigin

Die Longobarden zogen vom Wurgondaland:
Sie strebten durch die Wälder zum schönen Isterstrand.
Erreicht war die Ostra [1], da wehrten den Übergang
Die Schildjungfrauen den wirbelreichen Strom entlang.

Lamissio bohrte das Auge fern in die schimmernden Reihn,
Zu schauen ihre Königin; da kam ein lichter Schein:
Viel schöner als sein Traumbild durchging sie die herr-
liche   Schar,
Die, von den Rossen gesprungen, ein Schmuck der grü-
nen Ufer war.

Lass uns hinüber! Rief da König Agelmund:
Denn wenn darum wir kämpfen, wird manches Haupt
euch   wund!   –
Da sprach die schöne Königin: Kommt her und kämpft!
Hier ward schon manchem Helden der kecke Feuermut
gedämpft.

Doch, wollt ihr Blut sparen, schickt einen Mann daher,
Mit mir im Strom zu kämpfen, mit Schwert oder Speer.
Besiegt er mich, so stehe frei der Übergang!
Sie riefs indem sie kühn sich ins wilde Wirbelwasser
schwang.

Schon schwimmend rief sie weiter: und sieg ich selbst,
so   kehrt!   –

---

1 Der eigentliche Name der oberen Oder, verwandt mit dem des nahen
Ostarichi (Österreich). Bei ihrem ehemaligen Ausfluss hieß sie Viadus
oder Vitus nach dem Stamm und Stammgott der Vitungen; der Ausfluss
ist jetzt versandet, aber der Name Vietziger See ist geblieben, ebenso der
Ortsname Vietzig. – A. K.

Es gilt! sprach der König, den Spruch halt ich wert.
Wer der jungen Kämpen will den Kampf bestehn?
Da sah man den Lamissio vor fliegen mehr als gehn.

Hell in Waffen strahlend sprang er in die Flut,
Zu kämpfen mit der Königin, zu prüfen Mut an Mut.
Da schlugen sie im Schwimmen Schwert an Schwert,
Dass Funken ins Wasser fielen: sie waren beid einander
wert.

Lamissio hätte gerne noch lebend sie gefahn
Und sich zum Weib genommen: sie war so wohlgetan;
Doch wehrte sich die Königin und führte Schlag auf
Schlag,
Der Strom entführte beide hinab wo eine Sandbank lag.

Da standen sie empor nun, und troffen Flut und Blut.
Hei, wie dort auf dem Sande entbrannte der Schönen
Wut!
Der Held vermied zu schlagen: nach Minne rang sein
Sinn;
Da fielen wie Hagel auf Hagel die Schläge der schönen
Königin.

Er rief ihr zu im Kampfe: du bist zum Kampf zu fein;
Du solltest Friede geben und meine Königin sein!
Was sollen wir uns schlagen wund auf dem gelben
Sand?
Lass uns vereint erobern das golderfüllte Donauland!

Sie sprach: Ich hab verschworen zu werden Mannes
Weib.
Nun ficht! und lass uns schauen, wes Seele verlässt den
Leib.
Da schlug sie: doch entgegen warf wieder er den Schild

Und warb von Neuem um Liebe; sie aber sprach zu ihm unmild:

Geh, wirb um meine Muhme Kunigunde von Kynast!
Dort reite um die Mauer, ob mehr des Glücks du hast
Als fünfzig andre Helden, die sie dem Tod geweiht
Für ihres Vaters Seele in seiner Totenschar Geleit. –

Der Kämpe sprach: Ich werbe um deine Muhme nicht,
Von dir nur träumt ich immer! – Sie aber sprach: nun ficht,
Und spare deiner Worte! – Er wieder sprach geschwind:
Um dich zu werben komm ich! Sie aber schlug das in den Wind.

Von Neuem sprach der Hehre: du bist im Streit so kühn:
Vor deiner Augen Blitzen will mein Herz verglühn,
Wie soll ich mit dir fechten, bezwingt dein Zauber mich?   –
Die schöne Frau entgegnet: Vor meinen Streichen schirme dich! –

Da schrie ihm nach vom Ufer der Longobarden Drang:
Was zögerst du, Lamissio? Wir harren auf Übergang!
Soll eine Frau hier hemmen unsrer Völker Zug?
Wir finden der schönen Frauen in allen Landen noch genug.

Dreimal nun kämpft er, dreimal hemmt Sehnen ihn,
Das schöne Weib zu minnen. – Als wiederum sie schrien,
Tanzt er den Waffenreigen, bis er die Schöne fasst
Und hochgeschwungen hinträgt die panzerschwere Minnelast.

Da sandten vom andern Ufer die Jungfraun wilden

Schrei,
Dass sich die Trotzendschöne von seinem Arm befrei!
Und eh er von der Sandbank die ringende Beute trug,
War sie den ringenden Armen entschlüpft und stand
und droht und schlug.

Sie schlug ihm vom Helm die Krone, dass die Jungfraun
schrien:
Gewonnen! ihr Longobarden müsst zurückeziehn! –
Lamissio aber weilte nachsinnend was er tu;
Da riefen die Longobarden ihm wilde Zornesreden zu.

Die trafen ihn wie Pfeile! Da ward sein Herz zu Stahl,
Nicht mehr der Minne denkend schlug er Strahl auf
Strahl
Aus der Königin Helme, aus ihrem hallenden Schild.
Wohl flehte sie nun mit Blicken, er aber war nun ihr
unmild.

Sie blickte so bange, weil Minne sie nun bezwang,
Als gleich den Wettern des Himmels sein Schwertgewit-
ter   klang.
Ihr Schild fiel zerhauen, ihr Helm zerschmettert brach
Und flog vom Haupte zu Boden: sie aber sank seufzend
nach.

Wie die gefällte Tanne lag sie im Sand und schwieg.
Da schrien die Longobarden mit hellem Rufe: Sieg!
Doch von dem andern Ufer erscholl ein Klagelaut,
Als die kühnen Jungfraun der Allerkühnsten Fall ge-
schaut.

Da zitterte Lamissio Mark, Bein und Herz:
Wieder entbrannt er in Liebe; ihr Blick war Schmerz!
Nicht empfand sie die Wunde, nein, nur der Minne

Leid;
Nah war den nun sie liebte, und doch entführt sie Tod
so weit!

Ruhm hatte längst ihm ihr strahlend Bild gebracht,
Oft seinen Traum erfüllet mit ihrer Schönheit Macht:
Weshalb zum Kampf er eilte und liebend mit ihr rang,
Bis seines Volkes Ruf ihn zum herben Wetterschlage
zwang.

Wie wunderbar doch Minne in Menschenseelen ist,
Dass sie empfangne Wunden verzeiht und vergisst,
Und die sie selbst geschlagen ihr wehe tun allein!
So langte die Königin sterbend nach seines Helmes
blutgem Schein.

Lamissio hub und küsste, die, schon des Todes Braut,
Küssend gebrochnen Auges liebend nach ihm schaut.
O weh! sprach der Starke und schlug sich an die Brust,
Nun ist dahin die Hehre, des lichten Sonnenscheines
Lust.

Indem kam geschwommen der Longobarden Heer,
Zu Fuß und zu Roß, auch die Jungfraun daher:
Vertrauend kamen in Tränen sie die Tote zu schaun:
Bleich, entseelt ruhte die schönste aller Jungfraun.

Sie flehten um die Leiche; die Bitte ward gewährt:
Sie huben sie auf ein heilges silberweißes Pferd,
Und führten sie zum Strande, schwimmend neben hin,
Vom Schaun der schönen Jungfraun entbrannte rasch
der Krieger Sinn.

Nachstürmend ihnen rief mancher Held:
Auf! raube jeder die ihm gefällt! –
Der König aber wehrte: Haltet den Vertrag!

Und ehrt die Göttin Ostra, die uns ferner schirmen mag!

Da zogen sie gelassner am Ufer hinauf,
Und warfen Sühnungszweige in der Strömung Lauf;
Denn Blut war geflossen in der heilgen Ostra Flut,
Und Götter sind mächtig zu strafen kecken Frevelmut.

Die Sonne ging zu Golde, aus Tag ward Nacht,
Am Berge lagert das Heer sich, Lamissio aber wacht,
Blickt zwiefach wund zu Tale wo man die Königin trägt
Und ihr zum Leichenbrande im Schein der Fackeln
Tannen schlägt.

Er hört die Klagesänge heraufschallen her;
Allein im Herzen klagt er noch viel mehr:
Er sehnte nach wildrem Kampf sich in großer Männer-
schlacht,
Und nicht vergebens: gewaltger erschien der, als der
Held gedacht.

Die Notglocke

Wer zerrt so unablässig an dem bestäubten Strang?
Was soll der Glocke Läuten, sie hallt, sie gellt so bang. –
Wer großes Unrecht leidet, soll hier in seiner Not
Anläuten diese Glocke, nach unsers Herrn Gebot.
Viel Jahre hat geruht sie, die Spinne spann sie ein,
Nun wird sie arg geläutet, wer mag in Nöten sein?

Schon eilt der gute König Johann, von Alter schwer,
Herbei und Ritter und Richter versammeln sich umher.
Sie eilen schnell zum Saale, sie sitzen zu Gericht:
Noch harren sie des Klägers; der König aber spricht:
»Tut auf, tut auf die Pforte! Seht, wer es möge sein!«

Auftut man, harrt und harret, kein Kläger tritt herein. –

O Herr, umsonst versammelt hast du die ganze Schar
Der Ritter und der Herren, es fügt sich wunderbar:
Schau selber, großer König, es steht kein Mensch dahier,
Es zerrt ein Gaul am Strange, ein armes altes Tier,
Es zerrt an einer Ranke, die an dem Strang sich hält,
Davon wird diese Glocke so hin und her geschellt.

Der Gaul ist freigelassen, weil er nun alt und matt,
Und zupft an solchen Ranken, weil er kein Futter hat.
Sonst war das Tier gewaltig im Streit und im Turnier,
Ihr Herren aber habt euch umsonst versammelt hier! –
Man sieht sich an und lachet, der König aber spricht:
»Still, nicht umsonst: wir sitzen noch ernstlich zu Gericht!

Du, Herold, führ den Kläger, wie sich geziemt, herein;
Hat Gott ihn stumm geschaffen, ich will sein Sprecher sein.

Des Tieres Hunger zerret an dieser Glocke Strang,
Anklagend seinen Herren, dem es gedient so lang,
So treu in Krieg und Frieden: nun da es nimmer kann,
Entlässt es unverpfleget der harte Rittersmann!

Drum, edle Ratsversammlung, vernimm die Mahnung mein:
Er soll es wohl zu pflegen hinfort gehalten sein;
Und tut ers nicht, so soll ihm kein Wesen dienen mehr,
Man räum ihm Höf und Burgen von allem Leben leer.«
–

Als solches ernst gesprochen der königliche Greis,
Zustimmte, tief betroffen, der ganze Ritterkreis.

Das edle Kampfross wurde dem Ritter heimgesandt,

Auch ward ihm durch die Boten des Herrn Befehl be-
kannt.
Aufstand Johann der König, aufstand der Richter Zahl,
Als dies Gericht gehalten zu Atri in dem Saal.
Von allen die da lachten nun lachte keiner mehr:
Sie gingen schweigend hinter dem großen König her.

Boleslaus der Vierte von Oppeln

Als Boleslaus zu sterben kam,
Geistlichen Trost er nicht annahm.

Stolz rief er zu dem Dienertross:
»Führt her mein allerbestes Roß,

Und tut mir an mein Fürstenkleid,
Mein Panzerhemd und licht Geschmeid.«

Man kleidet ihn und setzt gemach
Ihn auf das Roß, der Herzog sprach:

»Zu Fuße möchte nicht fürstlich sein,
So gehts zu Roß zur Höllenpein!«

Drauf setzet er die Sporen ein
Und jaget über Stock und Stein! –

Doch hinter ihm ward eine Schar
Von schwarzen Reutern offenbar!

Der Fischer von Gotin

Was regt sich dort um Mitternacht?
Elz hat das Netz zu Strand gebracht,
Die Havel hegt viel Fische.
Da rufts von drüben mit fremdem Laut:

»Hol über!« so wüst dass Eulen graut,
Elz aber frägt: Wer ruft da?
»Hol über!« rufts mit grimmem Ton;
Ein andrer wär da bald entflohn,
Elz aber ruft: Wer seid ihr?
»Hol über!« rufts mit solcher Wut,
Dass her zum Nachen rauscht die Flut,
Elz aber nimmt das Ruder,
Kennt keine Furcht und keinen Schreck,
Er springt ins Schiff und rudert keck,
Bis er gelangt zum Strande.
Da schleppt sich herab aus wildem Wald
Eine riesig dunkle Graungestalt
Ins Schiff wie mit bleiernen Füßen,
So schwer, dass fast es niedergeht.
Doch Elz stößt ab das Boot und steht
Hochschwebend am andern Ende.
Wie auch das schwanke Holz erkracht,
Elz stehet fest und lenkts mit Macht
Hin durch den Strom der Havel.
Der Fremde blickt ihn furchtbar an,
Elz wieder ihn, als echter Mann,
Und schwingt gemach das Ruder.
Und wie er kommt zum andern Strand
Steigt schweren Tritts der Gast ans Land,
Elz aber heischt das Fährgeld.
»Es liegt im Schiff worin ich saß,
Den keiner zu fahren sich je vermaß
Als du allein, du Kühner!
Denn wisse, dass der Tod ich bin:
Ich ziehe vor Tage nach Gotin

Und alles wird da sterben.
Nur du sollst spät mich sonder Graun
Mit leichten Flügeln wiederschaun
Als sanften Seelenlöser.«

Heimkehr

Margreta schaut ins nächtlich wilde Meer:
»O Sturm, weh meinen Liebsten wieder her!«

»»Schön Margret, ringe nicht die Hände wund;
Dein Wilhelm ruht ja längst am Meeresgrund.

Auf Muscheln ist sein Bett, von Tang umlaubt,
Und Fische spielen über seinem Haupt.

Die Schiffe sieht man hoch, hoch über ihn
Auf Wellenfurchen, die verrauschen, ziehn.

O lass ihn ruhn, er schlummert süß und mild,
Er hört nicht mehr wie Sturm um Raaen schrillt.««

– Margreta weint und starret unverwandt
Ins wilde, wilde Meer vom Klippenstrand.

»Gewölk, zerreiß! Er ruft – Komm Mondenlicht!
Lass mich ihn schauen, eh das Herz mir bricht!

Nun wird es hell! – Ich seh, ich seh sein Schiff!«
Sie rufts und eilt auf Flügeln übers Riff!

O wie sein Arm und Kuss ins Schiff sie zog
Ins graue, – das von Neuem seewärts flog!

»O Wilhelm sprich: wie ist so kalt dein Mund?« –
– »»Margret, die See ist kühl zu dieser Stund.««

»O Wilhelm, süßer Freund, wie modergrau
Ist Schiff und Segelwerk und Flagg und Tau?« –

- »»Margret, Margret, mein Herz, erschrecke nicht:
So fahl erscheints im schwachen Mondenlicht.««

- »O Wilhelm, käm doch bald das Morgenrot!
Dein Schiffervolk sieht bleich aus wie der Tod!«

- »»Es ist so bleich, weil mit dem Sturm es ringt;
Fühl doch, wie er das Schiff, das schwache, schwingt!««

- »O Wilhelm, er verweht, Spinnweben gleich,
Dein modernd Segel in der Lüfte Reich!«

- »»Lass wehn! – hier ist nichts mehr, das irgend hält!
Sieh wie mein Schiffsvolk mit dem Schiff zerfällt!

Nur Liebe flieget über Modergraus
Und schwarzen Sturm ins Morgenrot hinaus!

Wie leicht wir schweben, gleich als wärs im Traum,
Mit Füßen streifend feuchter Wolken Saum!««

- »Wilhelm, wie bist du schön, wie sanft, wie licht!
Die Frühe scheint dir schon ins Angesicht.«

- »»Die Liebe trägt uns, höher schlägt die Brust,
Der Wonne, die nie schwindet, sich bewusst!

Weltwogen stürmt! wir schweben nach dem Tod
Vereint als Selge: – schau das Morgenrot!««

- Margreta strebt am Meeresrand die Pracht
Des jungen Tags zu schaun, als – sie erwacht!

Sie lebt! – Sie hat geträumt. – Der Sonne Schein
Dringt warm und hell in ihr Gemach herein.

Des Liebsten harrend sank sie in den Traum,
Der nicht verronnen als ein bunter Schaum.

»Weltwogen stürmt! Wir schweben nach dem Tod
Vereint als Selge!« klingts ins Morgenrot.

»Ihr selig nach, und höher schlägt die Brust,
Der Ewigkeit der Liebe sich bewusst.« –

Sie springt empor: mit Wasser hell und klar
Wäscht sie ihr Antlitz, ordnet Kleid und Haar.

Ihr sagt das Herz: bald kommt den sie ersehnt,
Der Ferngereiste, den sie tot gewähnt!

Aus blühenden Gärten mit dem holdsten Schall
Labt sie, nach banger Nacht, die Nachtigall.

Noch süßre Stimme tönt nun in ihr Ohr,
Die Mutter ruft: »Margreta, eil hervor!

Wie lang du schläfst! Dein Wilhelm springt ans Land,
Komm, eh er naht, zu ihm! Geschwind zum Strand!«

Der Reiter auf grauem Roß

Er fiel für sie in wilder Schlacht,
Sein Geist erscheint zu Roß bei Nacht. –
Wie heiß sie ihn umschließt!
Wie sie in Tränen fließt! –
›Margrete, graut dir nicht?‹ –
»Wie soll mir graun, bin ich bei dir,
Bin ich bei dir und du bei mir?«

Er schwingt sie auf sein Roß so grau
Und jagt und streift den lichten Tau: –
›Wie scheint der Mond so hell,
Wie reitet Tod so schnell! –
Margrete, graut dir nicht?‹ –
»Wie soll mir graun, ich bin bei dir,
Ich bin bei dir und du bei mir!«

Da jagt das Roß im engen Kreis: –

›Margret! du wirst wie Schnee so weiß!
Die Erde weicht hinein,
Es lischt des Mondes Schein!
Margrete, graut dir nicht?‹ –
Da hangt sie stumm an seinem Mund
Und über ihnen schließt der Grund.

Todesanzeigen

Die Tränen fallen! –
Wie bang Marie den Knaben bewacht!
Sie hat auf alle Zeichen acht.
Horch, flattert die Klagemutter im Wald?
Sie klagt dass es hallt! Wer stirbt nun bald? –
Die Tränen fallen!

Das »weiße Kind« vor der Tür bei Nacht
Weint so, dass der Kranke zum Dritten erwacht.
»Mein Hühnchen, was tappst du und scharrst so sacht?«
Es hat schon Leichenstroh gebracht! –
Die Tränen fallen!

Wie zirpen Totenuhr und Grille,
Der Maulwurf gräbt durchs Zimmer stille.
Die Mäuse benagen des Siechen Kleid.
Der Morgen ist da, der Tod nicht weit! –
Die Tränen fallen!

Herr Pfarrer, kommt mit dem Heiland daher!
Wie senkt euer Pferd den Kopf so schwer!
Nun bittet mit uns! aus diesem Haus
Trägt man gar bald den Herrn hinaus! –
Die Tränen fallen!

Der Trippeldorfer Wald

Wo jetzt der Wald rauscht weit und breit,
Raucht einst eine Stadt in der Heidenzeit.
Im Walde jedoch gehts wunderlich zu,
Da stören die grauen Frauen die Ruh.
Sie füllen mit Schrecken den ganzen Tann,
Doch segnen sie den beherzten Mann.
Mäht einer da Gras und will es umfangen,
So wandeln sies unter der Hand zu Schlangen;
Doch würgt er den Knäuel und trägt ihn nach Haus,
So wird eine Garbe von Golde daraus;
Und kehrt er sodann zurück in den Hain,
Empfangen ihn heiter verwandelt die Fein.
Und alles ist lieblich und alles ist schön,
Er darf mit den Helden zu Tanze gehn,
Hochmächtige Lohe leuchtet die Nacht
Und goldne Krüge werden gebracht,
Der Mutige ruht zu den Schönen gesellt
Und zecht mit den Helden vergangener Welt.

Alp

Ich stellte den Stuhl nicht an die Wand,
Und wandte die Schuh am Bett nur halb,
Und nahm den Daumen nicht in die Hand,
Da kam des Nachts der böse Alp.
Er bohrte durch ein Wandloch sacht,
Ich dacht, und nahm es genau in acht:
»Sollst dich auf mir nicht wiegen,
Wart, wart, ich will dich kriegen!«
Und als er zur Wand hereingeschlüpft,

Und auf den Zehen leise ging,
Da war ich zum Loch an der Wand gehüpft
Und stopft es zu, da schrie das Ding
Mit seiner Stimm: »o Pein, o Pein,
Nun muss ich hier gefangen sein!
O weh, wie werden weinen
Zu Hause meine Kleinen! –

»O Menschlein, wimmert er bitterlich:
Hab sieben Kinderchen zu Haus,
Die müssen verhungern fürchterlich,
O Menschenkind, lass mich hinaus.«
Da sprach ich: »komm nicht wieder herein.«
Da sprach er: »nein, gewiss nicht, nein.«
Kaum dass ich ihm aufmachte . . .
Husch! war er hinaus, und lachte. –

Und wie er so lachte, ging ich nach,
Und als ich vor die Haustür kam,
War er schon unten an dem Bach:
Ich sah, wie er ein Ruder nahm,
Und lief hinab und hielt den Kahn:
Da winselt er von Neuem dort
Und sah zuletzt mich drohend an.
Ich ließ den Kahn, – da glitt er fort! –
Mich überkam ein Grauen
Vor seinen Augenbrauen!

Der Nöck

(Nordische Sage)

Es tönt des Nöcken Harfenschall:
Da steht der wilde Wasserfall,

Umschwebt mit Schaum und Wogen
Den Nöck im Regenbogen.
Die Bäume neigen
Sich tief und schweigen,
Und atmend horcht die Nachtigall. –
»O Nöck, was hilft das Singen dein?
Du kannst ja doch nicht selig sein!
Wie kann dein Singen taugen?« –
Der Nöck erhebt die Augen,
Sieht an die Kleinen,
Beginnt zu weinen . . .
Und senkt sich in die Flut hinein.

Da rauscht und braust der Wasserfall,
Hoch fliegt hinweg die Nachtigall,
Die Bäume heben mächtig
Die Häupter, grün und prächtig.
O weh, es haben
Die wilden Knaben
Den Nöck betrübt im Wasserfall!

»Komm wieder Nöck, du singst so schön!
Wer singt, kann in den Himmel gehn!
Du wirst mit deinem Klingen
Zum Paradiese dringen!
O komm, es haben
Gescherzt die Knaben:
Komm wieder Nöck und singe schön!«

Da tönt des Nöcken Harfenschall
Und wieder steht der Wasserfall,
Umschwebt mit Schaum und Wogen
Den Nöck im Regenbogen.

Die   Bäume   neigen
Sich   tief   und   schweigen,
Und atmend horcht die Nachtigall.
Es spielt der Nöck und singt mit Macht
Von Meer und Erd und Himmelspracht.
Mit   Singen   kann   er   lachen
Und   selig   weinen   machen!   –
Der   Wald   erbebet,
Die   Sonn   entschwebet   .   .   .
Er singt bis in die Sternennacht!

Klage der irischen Jungfrauen um die schöne Seinin

Ihr   Jungfraun   in   den   Bergen
Von   Munster,   löst   das   Haar,
Klagt   um   die   schöne   Seinin
Und   bringt   ihr   Spenden   dar!   –
Sie   badete   im   Strom   sich,
Im   Strome   tief   und   klar,
Die   schönste   Königstochter,
Anmutig   –   wunderbar.
Da   lauschten   junge   Männer:
Als   sie   es   ward   gewahr;
Schnell barg sie unterm Strom sich,
Eh   sie   errötet   war.   –
O   klagt   die   schöne   Seinin,
Streut   Blumen   Paar   um   Paar,
Der   Strom   hat   sie   bedecket,
Eh sie errötet war. –

Die heilige Taube

(Deutsche Volkssage)

In der Winternacht das Kind erwacht:
O Mutter, was flattert und rauscht in der Nacht? –
Es ist die heilige Taube:
Sie trägt ein grün Zweiglein mit ihrem Fuß,
Wenn sie müde wird und sich setzen muss. –
O sag, wie wird sie denn müde? –
Sie wird müde, weil sie so viel rumfliegt
Und sich auf der sausenden Luft so wiegt,
Und sie setzt sich nicht auf Erden.
Doch wo ihr Zweiglein ruht in der Nacht,
Da wirds im lieben Mai eine Pracht! –
Wie wirds denn im lieben Maie? –
Da knospen die Blumen rot, gelb und grün,
Da piepen die Vöglein, die Kirschen blühn. –
Was blüht denn aber noch weiter? –
Es blühen die Pflaumen, die Äpfel und Birnen:
Das alles schnablieren die Knaben und Dirnen,
Die jetzo liegen und schlafen. –
O Mutter, ich will die Taube sehn! –
Nein nein, lieb Kindlein, das darf nicht geschehn! –
Warum denn muss ich schlafen? –
Nur wer in der Zwölften die Augen schließt,
Im Sommer die roten Kirschen genießt!
Mach zu, mach zu die Augen.
Mach zu die Äuglein und liege still,
Lass fliegen das Täublein wohin es will,
Es fliegt weit über die Erde.

Der unsichtbare Flöter

(Elbsage)

Es klingt so süß im Apfelbaum:
Wach auf, wach auf vom Mittagtraum!
Wie fallen auf dich der Blüten so viel:
Sie löste der Flöter mit seinem Spiel,
Der Unsichtbare, der Frühlingsgeist,
Der Nachtigallen unterweist.

Da flattert hernieder der süße Klang
Und hinter ihm folget der Kinder Drang:
Auf dem Platz im Dorfe weilt er mehr,
Da ringeln die Kleinen um ihn her.
Jetzt scheint er mitten, nun wieder dort:
Es wechselt alles mit ihm den Ort.

Und wo er hin flattert und wo er hin geht,
Kein Mensch auf den richtigen Füßen steht,
Das ganze Dorf es folgt dem Schall
Und jubelt und jauchzt allüberall,
Die Wassermühle stehet still,
Den holden Geist sie hören will.

Einst hatt ihn einer ins Haus gelockt,
Die süßeste Milch ihm eingebrockt:
Da spielt er eine Weile schön,
Doch musst er am End durchs Fenster gehn.
Biribitz, wie der Blitz die Scheiben hinaus!
Es sprangen die Fenster im ganzen Haus.

Er leidet niemals einen Zwang:
In der Stube wird ihm die Zeit zu lang;
Doch draußen, so weit der Himmel blau,

Spielt gern er den Hirten in Feld und Au.
Man sieht ihn nicht: es ist der Geist,
Der Nachtigallen unterweist.

Das nächtliche Hornblasen

(Strandidyll)

Allnächtlich bläst ein Hirt im Ort
Als trieb er die Kühe zur Weide fort;
Doch keiner hat ihn je gesehn,
Man hört den Klang im Winde verwehn,
in Meereslüften.

Doch in den Ställen hie und da
Brüllt Stier und Kuh, so fern wie nah,
Die Pferde wiehern, als fühlten sie Drang
Zu folgen dem lockenden Weideklang
des Wunderhorns.

Man sagt, dass es des Meeresmanns sei,
Der rufe für sich die Herde herbei. –
Man hörte vor Jahren den gleichen Klang,
Eh Büsums Kühe das Meer verschlang,
das ungestüme.

Es sprang am Morgen hoch herauf,
Und umrann sie in wildem Wellenlauf;
Der Hirt, er konnte sich retten kaum,
Und was er erzählte, erschien ein Traum
vom Mann im Meere.

Drum meidet ihr Hirten all den Strand,
Treibt weiter hinein ins grüne Land,
Am Bache hinauf zum lustigen Wald,

Wo das wirre Meeresgeräusch verhallt,
wo die Vögel singen.

Hocuspocus

Ein Gaukler Hocuspocus hieß,
Zu Magdeburg sich sehen ließ,
Er zeigte manch ein gutes Stück,
Sein schwarzes Rösslein bracht ihm Glück.

Viel nahm er ein, doch klagt er sehr:
Es war zu wenig, er brauchte mehr!
Und rief: fort aus der armen Gruft!
Und warf ein Seil in die blaue Luft.

Dran lief sein schwarzes Roß hinauf,
Er packt es am Schwanz im vollen Lauf,
Den Mann sein Weib am linken Bein,
Das Weib die Magd am Röckelein.

So flogen die dreie hinterdrein:
Das gab ein Lärmen, das gab ein Schrein!
Mir aber erzählt Großmutter mein:
Sie sollen in der Luft verhungert sein!

Der Jäger am Mummelsee

Der Jäger trifft nicht Hirsch, nicht Reh,
Verdrießlich geht er am Mummelsee. –

»Was sitzet am Ufer? – ein Waldmännlein.
Mit Golde spielt es im Abendschein!« –

Der Jäger legt an: »du Waldmännlein
Bist heute mein Hirsch, dein Gold ist mein!«

Das Männlein aber taucht unter gut, –
Der Schuss geht über die Mummelflut!

»»Ho, ho, du toller Jägersmann,
Schieß du auf – was man treffen kann!

Geschenkt hätt ich dir all das Gold,
Du aber hasts mit Gewalt gewollt!

Drum troll dich mit lediger Tasche nach Haus,
Ihr Hirschlein tanzet, sein Pulver ist aus!«»«

Da springen ihm Häselein über das Bein,
Und lachend umflattern ihn Lachtäubelein.

Und Elstern stibitzen ihm Brot aus dem Sack
Mit Schabernack, husch, und mit Gick und Gack,

Und flattern zur Liebsten, und singen ums Haus:
»Leer kommt er, leer kommt er, sein Pulver ist aus.«

Das Wunder im Kornfeld

Der Knecht reitet hinten, der Ritter vorn,
Rings um sie woget das blühende Korn . . .
Und wie Herr Attich herniederschaut,
Da liegt im Weg ein lieblich Kind,
Von Blumen umwölbt, die sind betaut,
Und mit den Locken spielt der Wind.

Da ruft er dem Knecht: »heb auf das Kind!« –
Absteigt der Knecht und langt geschwind:
»»O, welch ein Wunder! – Kommt daher!
Denn ich allein erheb es nicht.«« –
Absteigt der Ritter, es ist zu schwer;
Sie heben es alle beide nicht!

»Komm Schäfer!« – sie erhebens nicht!

»Komm Bauer!« – sie erhebens nicht!
Sie riefen jeden der da war,
Und jeder hilft: – sie hebens nicht!
Sie stehn umher, die ganze Schar
Ruft: »Welch ein Wunder, wir hebens nicht!«

Und das holdselige Kind beginnt:
»Lasst ruhen mich in Sonn' und Wind:
Ihr werdet haben ein fruchtbar Jahr,
Dass keine Scheuer den Segen fasst:
Die Reben tropfen von Moste klar,
Die Bäume brechen von ihrer Last!

»Hoch wächst das Gras vom Morgentau,
Von Zwillingkälbern hüpft die Au;
Von Milch wird jede Gölte nass,
Hat jeder Arm' genug im Land.
Auf lange füllt sich jedes Fass!«
So sang das Kind da und – verschwand.

Bruder Nickel am unheimlichen See auf Rügen

Der kluge Peter sagt einmal bei Tische:
Warum soll man im See nicht fischen können?
Es sind darin so viele, viele Fische,
Dass sie mit Köpfen wider einander rennen!

Da trugen wir den Nachen hin zum See
Und liefen nur zurücke nach den Netzen; –
Doch als wir wieder kommen um die Höhe,
So blieben wir da stehen vor Entsetzen.

Der See war schwarz, und wie vom Feuer kocht er,
Es stand der Kahn im höchsten Buchenwipfel.

Da hielten sich mein Sohn und meine Tochter
Und auch der Knecht an meinem Mantelzipfel.

Ich aber rief: Wer Teufel hat den Nachen
Hinaufgebracht auf die verwünschten Buchen?
– Da hörte ich von beiden Seiten lachen,
Dann aber rief es: »Hör nun auf zu fluchen.

Kein Teufel hat den Kahn dahin verschlagen,
Den hat mein Bruder Nickel so vertragen.« –
– Wer bist du und der Nickel? muss ich fragen. –
Da rief es her: »das werd ich dir nicht sagen!«

Schlitzöhrchen

»Schlitzöhrchen,   grüne   Unke,
Wo   steckst   du   in   der   Tunke?
Komm   her,   du   alter   Krötengeist,
Und sieh, wer dir die Zähne weist.

Schlitzöhrchen   unten   im   Wasser,
Was   bist   du   für   ein   Prasser!
Du   trinkst   aus   keinem   Deckelglas,
Du machst dich über und über nass.

Schlitzöhrchen   unter   der   Blume,
Was   kocht   dir   deine   Muhme?
Sollt   es   wohl   Mückensuppe   sein?
So nimm dir Salz und Pfeffer drein.« –

Der   Knabe   warf,   doch   leise
Kam,   in   besondrer   Weise,
Schlitzöhrchen   hinten   an   den   Steg,
Und, husch! hatt es den Necker weg

Bei   Mellrichstadt   am   Brückchen,

Und wusch ihm das Perückchen,
Dann schwamm es an den nächsten Rand
Und warf hinaus ihn auf den Sand.

Dann duckt es auf und nieder:
»Du kommst sobald nicht wieder!«
Der Knabe hatte das Necken satt,
Ging gar bescheiden nach Mellrichstadt. –

Der große Krebs im Mohriner See

(Volkssage)

Die Stadt Mohrin hat immer acht,
Kuckt in den See bei Tag und Nacht.
Kein gutes Christenkind erlebs,
Dass los sich reiß der große Krebs!
Er ist im See mit Ketten geschlossen unten an,
Weil er dem ganzen Lande Verderben bringen kann.

Man sagt: er ist viel Meilen groß
Und wendt sich oft und, kommt er los,
So währts nicht lang, er kommt ans Land:
Ihm leistet keiner Widerstand.
Und weil das Rückwärtsgehen bei Krebsen alter Brauch,
So muss dann alles mit ihm zurücke gehen auch.

Das wird ein Rückwärtsgehen sein!
Steckt einer was ins Maul hinein,
So kehrt der Bissen, vor dem Kopf,
Zurück zum Teller und zum Topf.
Das Brot wird wieder zu Mehle, das Mehl wird wieder
Korn   –
Und alles hat beim Gehen den Rücken dann nach vorn.

Der Balken löst sich aus dem Haus
Und rauscht als Baum zum Wald hinaus,
Der Baum kriecht wieder in den Keim,
Der Ziegelstein wird wieder Leim.
Der Ochse wird zum Kalbe, das Kalb geht nach der Kuh,
Die Kuh wird auch zum Kalbe, so geht es immerzu!

Zur Blume kehrt zurück das Wachs,
Das Hemd am Leibe wird zu Flachs,
Der Flachs wird wieder blauer Lein
Und kriecht dann in den Acker ein.
Man sagt, beim Bürgermeister zuerst die Not beginnt,
Der wird von allen Leuten zuerst ein Päppelkind.

Dann muss der edle Rat daran,
Der wohlgewitzte Schreiber dann;
Die erbgesessne Bürgerschaft
Verliert gemach die Bürgerkraft.
Der Rektor in der Schule wird wie ein Schülerlein,
Kurz eines nach dem andern wird Kind und dumm und klein.

Und alles kehrt im Erdenschoß
Zurück zu Adams Erdenkloß.
Am längsten hält was Flügel hat,
Doch wird zuletzt auch dieses matt,
Die Henne wird zum Küchlein, das Küchlein kriecht ins Ei,
Das schlägt der große Krebs dann mit seinem Schwanz entzwei.

Zum Glücke kommts wohl nie so weit!
Noch blüht die Welt in Fröhlichkeit!

Die Obrigkeit hat wacker acht,
Dass sich der Krebs nicht locker macht.
Auch für dies arme Liedchen wär das ein schlechtes Glück:
Es lief vom Mund der Leute ins Tintenfass zurück.

Des Prior Wichmann von Arnstein Wundertat

Im Kloster Herr zu Neu-Ruppin
Sind heute so viel Gäste,
Die Speise fürcht ich reicht nicht hin
Bei diesem großen Feste;
Darum, Herr Prior, saget an,
Wie Pater Koch sich helfen kann,
Ich weiß ihm nicht zu raten. –

Da spricht der Prior: »Geh nur so
Zur See ohn Netz und Hamen,
Und ruf hinunter frisch und froh
Und laut in meinem Namen,
Es komm heraus ein großer Fisch
Zu sättigen die Gäst am Tisch,
Da wird schon einer kommen.«

Der Pater ging hinab und schrie,
Was ihm der Abt befohlen:
Da sieht er ganz verwundert wie
Die Fisch im See rajolen;
Es wälzet sich ein Wels zum Rand,
So groß er keinen noch gekannt,
Der bittet ihn zu nehmen.

Es merkt der Fisch, er werd zu schwer,
Da steht er wie zum Tanze,

Und hüpft gefällig neben her
Zur Küch auf seinem Schwanze;
Dort legt er sich aufs Küchenbrett:
Nun schlachtet mich, ich bin recht fett,
Ich will mich dann schon braten.

Nun aber – wer gedenket dies,
Wer kann darauf geraten –
Der Fisch dreht selber sich am Spieß,
Bis er sich gar gebraten;
Springt dann vom Spieße wie geschnellt
Zur großen Schüssel und zerspellt
In so viel Stück als Gäste.

Die Gäste die schnablieren ihn
Und all sind guter Dinge;
Es dünkt die Speis in ihrem Sinn
Sie köstlich, nicht geringe.
Sie essen: jeder hat genug,
Und jeder wird davon so klug,
Wie er noch nie gewesen.

Das lange Pferd

Einst litten große Pein
An eines Stromes Wellen
Zehn durstige Gesellen:
O Strömlein, wärst du Wein!
Dann wollten wir schlecken:
Du solltest uns schmecken!

Das Wasser will nicht ein!
Wir stehen durstig hüben,
Das Wirtshaus aber drüben:

Wir müssen drüben sein!
Trüg einer uns Huckhuck,
Und wär es der Kuckuck!

Kaum ist der Wunsch getan,
Sehn sie auf grünem Rasen
Ein Pferd, ein schwarzes, grasen.
Da sprach Herr Flink: heran!
Das trägt uns hinüber,
Hinüber, hinüber!

Schon sitz ich, kommt heran!
Und trauet meinen Streichen,
Es soll für alle reichen;
Doch redet nichts sodann,
Als: Einer ist keiner,
Komm immer noch einer!

Flink sitzt wie drauf gebaut.
Man hilft zu ihm den Zweiten:
Laps kann bequemlich reiten:
Da rufen alle laut:
Nur einer ist keiner,
Komm immer noch einer!

Der dritte kommt, Herr Schnauf,
Man hilft dem dicken Schlauche,
Mit seinem Bacchusbauche,
Mit großer Müh hinauf:
Nur einer ist keiner,
Komm immer noch einer!

Ein Krummer kommt nun her,
Das Wirtshaus sieht er blinken,
Zu gerne will er trinken:

Man setzt ihn überquer.
Nur einer ist keiner,
Komm immer noch einer!

Ein Fünfter zittert an,
Das Zipperlein im Beine;
Doch setzt man ihn so feine,
Dass er es leiden kann.
Nur einer ist keiner,
Komm immer noch einer!

Glühwürmchen ist genannt
Ob seiner Nasen Scheine
Der Sechst in dem Vereine:
Er sitzt wie angebannt.
Nur einer ist keiner,
Komm immer noch einer!

Dann kommt der lange Fritz,
Der ist nur Bein und Pelle,
Der braucht nur zwei drei Zölle
Zu seinem ganzen Sitz!
Nur einer ist keiner,
Komm immer noch einer!

Der Advokat Herr Matz
Ist vorn und hinten bucklich,
Nach allen Seiten schucklich,
Und findet dennoch Platz.
Nur einer ist keiner,
Komm immer noch einer!

Der Kapellan gemach
Erwählet sich die Kruppe,
Sitzt auf wie eine Puppe

Und keiner da was sprach,
Als: Einer ist keiner,
Komm immer noch einer!

Nun muss sich dicht am Schwanz
Der schwarze Küster setzen,
Der will am Wein sich letzen:
Pritsch! gehet los der Tanz. –
Es reiten die Prasser
Zu Weine durch Wasser!

Als das ein Weilchen währt,
Sieht Laps nun lang zurücke
Und ruft zum Ungelücke:
Heh! welch ein langes Pferd! –
Da geht es, o Tücke,
In Pulver und Stücke!

Es zieht der Wassermann
Die armen Junggesellen
In seine kühlen Wellen
Und ruft: heran, heran!
Nur einer ist keiner,
Komm immer noch einer!

Ach Wasser, wärst du Wein!
Sie könnens nicht verschnaufen,
Sie müssen all ersaufen,
Sie zieht der Nix hinein:
Nur einer ist keiner,
Komm immer noch einer!

Der Auseinandersetzungsgeist

Mit Gold gefüllt bei Wadekath liegt eine goldne Wiege;
Doch keiner weiß genau den Ort, wo diese Wiege liege.

Vor	Zeiten	war	ein	Bauer,
Der	ließ	sichs	werden	sauer
Mit	Suchen	und	mit	Graben,
Konnt	doch den	Schatz	nicht	haben.
Da	kam der	Teufel,	bot	sich an

Zum Dienst, als ein gelehrter Mann;

Und legt ihm vor ein groß Papier, das musst er subsignieren,
Dafür denn wollt er ihm sodann das Weitre demonstrieren,

Die	Stätte	ihm	durch	Stecken,
Die	rings	er	steckt,	entdecken:
Da	sollt	er	munter	graben
Und	was	er	fände	haben.
Der	Bauer	schreibt	– und ganz	vergnügt

Sich in die Gegend hinverfügt.

Haha! da ist ein Stecken, doch – erst hundert Schritt ein zweiter,
Zum dritten ists vierhundert gar, zum vierten noch viel weiter!

Und	in	derselben		Weise
Gehts	eine	Meil	im	Kreise! –
Der	Teufel	spricht:	da	suchet!
Der	Bauer		aber	fluchet,
Und	spricht:		Blitzhagelwettersnot!

Eh ichs hier finde, bin ich tot.

Mordelement und Schwefelpfuhl und Pech und Feuerflammen!

Was auseinander du gesetzt, bring mirs doch mehr zusammen!

Da	sprach	der		Teufel	aber:
So	wächst	bei	mir	kein	Haber.
Wohl	auseinander		bring		ichs,
Doch	nicht	zusammen	zwing		ichs.
Die		Auseinandersetzung,			wisst,

Ein grundgelehrter Aktus ist. –

Mag sein, begann der Bauer, doch so kann ich lange
lungern,

Und graben, graben hin und her, und doch zuletzt verhungern.

Er	gräbt	und	kann	nichts	finden,
Verfällt		in	sieben		Sünden.
So	muss	er	gar		verderben
Und	ruft	zuletzt	im		Sterben:
Der					Auseinandersetzerich

Führt nüchtern in die Hölle mich! –

Der Hexenritt

In der Sommernacht
Der Knecht erwacht,
Da sieht er die Mägde geschäftig gehn
Und mit Marei am Herde stehn.
Mit Salbe beklexen
Sich Besen die Hexen,
Dann geht es im Saus
Zum Schornstein hinaus.
Zieht eine fort,

So ist ihr Wort:
Flieg auf, flieg aus, flieg um, nicht an!
Mir nach, mir nach, wers auch so kann!
Dann reitet die Hexe
Auf Besen-Gezäckse
Zum süßen Konnexe,
Zum Gänsegeschleckse:
Hih hoh, heh heeh!
Hahhih, hehheeh!
Durch die Lüfte geschwind
Wie der sausende Wind.

Jetzt meint der Knecht,
Das war mir recht!
Nimmt einen Stock und sucht im Rauch
Die Hexensalbe, und salbt ihn auch.
O welch Vergnügen
Ihr nach zu fliegen!
Die fang ich im Tanz
Um den Kessel der Gans!
Im Zorn will er fort
Und spricht das Wort;
Allein anstatt »flieg um, nicht an«
Sagt »um und an« der arme Mann.
Nun bleibt er nicht stecken,
Doch fliegt er zum Schrecken
(Er kann sich nicht decken)
An Mauern und Ecken,
Piff paff, ho heh!
Rumm bumm, weh weh!
Mit dem Kopf an den Baum:
Ihm wird wie im Traum! –

Fort   und   fort,
Von   Ort   zu   Ort:
Im Sturm an den Turm, pirr! – klirr! an die Fahn,
Er reißt in die Lüfte den Wetterhahn, –
Schwirr!   pirr!   an   die   Mühle,
Ins   Flügelgewühle!   –
Blautz!   prallt   er   ab;
Der   Kopf   fliegt   ab;
Doch   er   noch   fest
Zum   Geiernest   –
Fliegt an – da rupft und zupft ihn vorn,
Rechts, links und hinten Klau und Dorn.
So   wird   er   verschlissen,
Zu   Faden   zerrissen,
Heruntergeschmissen:
Es   bleibt   nicht   ein   Bissen!   –
Über   Stock   und   Block
Hin   fliegt   sein   Stock
Ganz   selig   allein
Zum Hexenverein.

Dort   fliegt   er   an,
An   Weib   und   Mann,
Man flieht und flüchtet vor ihm her,
Stürzt, stolpert hin, die Kreuz und Quer.
Man   kann   sich   nicht   decken,
Es   tanzet   der   Stecken,
Fliegt   an   und   um
Im   Kreis   herum.
Das   Zauberwort
Wirkt   fort   und   fort,
Wupp wupp, wupp wupp, tipp tapp, tipp tapp!

Klitsch klatsch, klitsch klatsch, klipp klapp, klipp klapp!
Auch   ist   so   erpicht   er
Auf   Hexengesichter
Und   nimmer   zerbricht   er,
Bis   fort   das   Gelichter,
Ha   hih,   hoh   heh!
Hih   hoh,   heh   heh!
Bis   alles   zerstäubt,
Und nichts mehr bleibt.

Wie   Schaum   und   Faum
Zerrinnt   der   Traum.
Von   Neuem   erwacht   der   gute   Knecht
Und   reibt   die   Augen   und   wacht   erst   recht:
Da   scheint   die   Sonne,
O   Freud,   o   Wonne!
Weg   ist   der   Tanz,
Er   fühlt   sich   ganz!
Und   welch   ein   Spaß,
Er   liegt   im   Gras:
Marei   hat   Essen   ihm   gebracht,
Klopft   in   die   Hand   und   steht   und   lacht:
»Was   muss   ich   ersehen?
Statt   fleißig   zu   mähen,
Im   Schlafe   sich   drehen,
In   der   Sonne   sich   bähen!«
Ha,   hi,   ho,   hei,
Komm   Hexe   Marei!
Den   Traum   er   vergisst
Und küsst und isst.

Das Krähen

Ein Grobschmied hatt ein Töchterlein,
Das konnte nicht schöner und feiner sein.
Da kam der Hans den einen Tag,
Ein Bursche, wies viele geben mag:
Der warb um die Tochter: sie war ihm gut;
Doch hatte der Vater nicht gleichen Mut
Und sagte: Er hat nicht Gut und Geld
Und will doch freien in dieser Welt? –
Da sprach der Bursch: Geld, Gut ist Dunst;
Viel besser ist eine gute Kunst! –
Was kann er für eine? ich will doch sehn! –
Da sprach der Bursche: Ich kann gut krähn! –
Da lachten Mutter und Töchterlein,
Der alte Schmied auch hinterdrein,
Und sprach: So zeig er wie ers kann;
Da fing der Bursch zu krähn an:
Kikeriküh! und kikeriküh!
Recht wie der Hahn und sonder Müh.
Der Alte sprach: Ein Spaß ist das;
Doch sag er an, was hilft so was? –
Gar viel, begann der junge Mann:
Nur sag er, bin ich sein Eidam dann,
Wenn ich dahier auf seinen Sand
Ein Schloss hinschaff und Gartenland
Und wird das andre rings bestellt
Zu einem schönen Weizenfeld? –
Ja, sagte der Schmied, schaffst du den Sand,
Den ich nicht mag, zum Gartenland
Und baust ein schönes Schloss darauf,

So nimm das andre dazu in Kauf! –
Topp! Eltern! und topp! Töchterlein!
Das Schloss, das Feld, die Braut sind mein! –
– Da sahen sich die Leute an;
Doch es begann der junge Mann
Nun allerlei Brimborium –
Und sah sich unterweilen um.
Nun wusste niemand wies geschah,
Auf einmal stand ein Teufel da!
Und dem verschrieb sich Hans mit Blut.
– Hm! denkt der Schmied, das wird nicht gut!
– Im Pakt versprach der Teufel: den Zaun,
Das Feld, den Garten, das Schloss zu baun,
Darin den reichsten schönsten Schatz
Und rings umher einen lustgen Platz:
Das alles am selben Abend spat,
Noch vor der ersten Hahnenkrat;
Doch, würd er nicht fertig und fehlt ein Stein,
Sollt Hansens Seele gerettet sein!
Er sollte da wohnen wies ihm gefiel,
Und machen seiner Tage viel. –
– Nun ging die Teufelsarbeit los:
Die Angst der Mutter, der Braut war groß.
Der Grobschmied sprach: welch dummer Streich!
Der Teufel schafft das freilich gleich! –
Ganz lustig ist allein der Hans
Und freut sich an der Geister Tanz:
Die schleppen herzu, ohn Rast und Ruh:
Es wächst da alles in einem Nu!
Flink klappert der Zaun zusammen sich,
Gras, Kraut und Baum sprießt wunderlich,

Und Vögel singen und Schwäne ziehn
Auf den rings umirrenden Wassern hin.
Nun steigt der Palast, das schönste Haus
Auf dem schönsten Platz vom Boden heraus:
Der Keller, die Küche, die Treppe jetzt,
Der zweite Stock wird aufgesetzt,
Der dritte nun, nun kommt das Dach.
Hausrat und Schatz füllt jedes Gemach.
Das Dach wächst höher . . . o Angst, o Pein!
Es fehlt bald nur der letzte Stein!
O Hans, o Hans, nun holt er den,
Und noch will hier kein Hahn nicht krähn!
Da lacht der Hans und ohne Müh
Kräht er beherzt sein: kikeriküh! –
Da sah der Teufel ihn höhnisch an:
Das gilt hier nicht; du bist kein Hahn! –
– So hör doch Teufel! – Kikeriküh!
Ertönts im ganzen Dorfe hie,
Ja selbst auf dem Turm der Wetterhahn
Fängt lustig mit zu krähen an.
Da wirft der Teufel hin den Stein,
Und ruft: verdammte Künstelein!
Aus ist der Pakt, das Schloss ist dein!
Nun macht euch lustig und zieht hinein! –
Da fährt der Teufel zum untersten Grund
Und prügelt vor Wut den Höllenhund. –
Der Grobschmied gibt dem jungen Mann
Sein Töchterchen – weil er krähen kann.
Zwar fehlt am Palaste der letzte Stein,
Und setzt man noch so oft ihn ein,
Er fällt herunter und fällt sich klein;

Doch machts den Leuten keine Pein –
Und auf der Hochzeit sangen sie
Dem Teufel zur Schur nur: kikerikih!
Im ganzen Haus hin: kikerikih!
Im Keller: kikrih! in der Küche: kikrih!
Auf den Treppen und Fluren nur: kikerikih!
In allen Gemächern: kikikerikih!
Beim Essen und Trinken nur: kikerikih!
Drei Tage und Nächte: kikikerikih!
Auf Tischen und Bänken: kikikerikih!
Dem Teufel zur Schur nur: kikikerikih!

Der Teufel will Arbeit

Das Volk ist hier zu matt und schlecht,
Ich seh, Ihr brauchet einen Knecht,
Herr Pfarr, den Ihr in Kält und Hitz
Recht schindet in Schindhudelwitz,
Und der nicht gleich für krank und tot
Hinfällt im ersten Abendrot,
Und der nicht immer Trank begehrt,
Und der nicht immer Speise zehrt,
Und der nicht immer müßig steht,
Und der nicht immer tanzen geht.
Wie wärs, wir schlössen den Kontrakt?
Ich bin so einer der sich plackt.
Ich dusle nicht wie Hinz und Hans,
Ich kenne nichts von Spiel und Tanz,
Ich esse nichts, ich trinke nichts,
Ich reiße, ich zerlumpe nichts,
Ich will nicht Lohn, nicht Gaben;
Nur Arbeit muss ich haben;

Sonst werd ich schlimm! –

Der Pfarrer sieht den Schwarzen an
Und spricht: ich unterschreib. Wohlan!
Nimm diesen Spaten, zieh dahier
Rings um das Gut den Graben mir,
Sechs Ellen tief, die Breite zehn:
Dann wollen wir schon weiter sehn! –
Der Schwarze pustet in die Hand
Und sticht den Spaten in das Land.
Ho ho, was wirft der Klötze auf!
Das fliegt und flirrt im vollen Lauf!
Man sieht ihn hier, man sieht ihn da,
Bald ist er fern, bald ist er nah.
Kaum traut der Pfarrer dem Gesicht,
So steht er schon vor ihm und spricht:
Herr Pfarr, das wäre nun erreicht,
Der Boden ist auch gar zu leicht,
Der Graben ist gegraben,
Und Arbeit muss ich haben;
Sonst werd ich schlimm! –

So hau die Eichenknubben klein:
Es werden siebzehn Klaftern sein! –
Hm, sagt der Knecht, wo ist das Beil?
Flink her, ich habe lange Weil!
Da liegt der Stiel, es ist entzwei:
Ganz oder nicht, mir einerlei!
Ich schlag die Knubben auf den Stein,
Da springen sie schon kurz und klein! –
Er schlägt und schmeißt, das fliegt umher,
Als obs Geschirr vom Töpfer wär!
Die Späne flirren übers Haus,

Die Stücken weit zum Hof hinaus.
Er liest sie auf und macht dann Schicht,
Und geht zum Pfarrer hin und spricht:
Der Stein tat seine Schuldigkeit,
Die siebzehn Klaftern sind so weit,
Der Graben ist gegraben,
Und Arbeit muss ich haben;
Sonst werd ich schlimm! –

Ho, sagt der Pfarr, die findt sich bald!
Geh, wat im Schnee hinaus zum Wald,
Wo hundert alte Stöcke stehn,
Sieh zu, ob sie heraußer gehn.
Da hast ein Weilchen du zu tun,
Ich will indessen etwas ruhn. –
Ruht nicht zu lang, bald sind sie raus;
Denkt lieber neue Arbeit aus!
Im Hui ist nun der Knecht im Wald
Und zerrt und rodet mit Gewalt,
Das Springen all der Wurzeln knallt,
Als wenn der Donner kracht und schallt.
Er reißt die Stöcke kurz und klein
Und führt sie in den Hof herein:
Herr Pfarr, die Stöcke liegen nun
Zersplittert wo die Knubben ruhn.
Der Graben ist gegraben,
Und Arbeit muss ich haben;
Sonst werd ich schlimm! –

Da wendt der Pfarrer sich im Schlaf:
Jetzt ist es Nacht, vertracktes Schaf;
Drum nimm die Hornlatern und geh
Aufs Feld hinaus, such unterm Schnee:

Da ist manch angefrorner Stein:
Geh hin und such den Acker rein! –
Pink! Feuer! die Laterne brennt,
Der Teufel nach dem Felde rennt
Und scharrt und fegt und leuchtet drein
Und pustet drein und rafft die Stein
Und schmeißt sie, dass sie Feuer spein,
Auf einen Haufen überein:
Das ist der letzte! nun Herr Pfarr,
Was Neues! Aus ist das Gescharr!
Der Acker ist von Steinen rein,
Und Stock und Knubb ist kurz und klein,
Der Graben ist gegraben,
Und Arbeit muss ich haben;
Sonst werd ich schlimm! –

Da wendt der Pfarrer sich und spricht:
Wie lang du machst, du fauler Wicht!
Geh hin zum Küster, frage den:
Was der dich heißt, das soll geschehn!
Er wird etwas harthörig sein;
Doch schlag ihm nicht die Türen ein. –
Er rennt zum Küster hin und klopft;
Doch Küsters Ohren sind verstopft.
Er pfeift, ruft, klopft und flucht darein:
Soll hier die Arbeit Trommeln sein? –
Nun schlägt er Wirbel auf der Tür,
Da guckt der Küster doch herfür:
Hör auf mit Trommeln, wer ist da? –
Ich! – Wiltu Arbeit haben? – Ja!
Das Feld ist nun von Steinen rein,
Und Stock und Knubb ist kurz und klein,

Der   Graben   ist   gegraben,
Und   Arbeit   muss   ich   haben;
Sonst werd ich schlimm! –

Da spricht der Küster: spann nur an! –
Der Schwarze spricht: es ist getan! –
Ich will zur Stadt, der Weg ist schlecht,
Flink   her   die   Steine,   fauler   Knecht!
Und   pflastr   ihn   immer   vor   mir   her;
Sonst   wirds   den   Pferden   allzu   schwer!
Flink, Hand ans Werk! – der Schwarze springt
Und holt und stampft, das Pflaster klingt.
Der   Küster   fährt   gemach   im   Schritt,
Da   kommt   der   Teufel   prächtig   mit.
Erst   sind   die   Steine   nicht   so   fern,
Da   machts   der   Teufel   flink   und   gern.
Der   Küster   fährt   und   singt   und   lacht
Und   spricht: das   hab   ich   gut   erdacht!
Er   ist   mit   Pflastern   hübsch   voraus,
Sein   Springen   nimmt   sich   drollig   aus.
Ich   lass   die   Pferde   traben;
Der   Kerl   will   Arbeit   haben;
Sonst wird er schlimm! –

Es   trabet   immer   schneller   fort;
Da   ruft   der   Teufel: Herr,   ein   Wort!
Lasst sein den Trab, ich komm nicht mit,
Ich habs zu weit, fahrt lieber Schritt! –
Eh! spricht der Küster: sei nicht faul!
Und   haut   ihn   tüchtig   übers   Maul. –
Da   rennt   der   Teufel   was   er   kann,
Und schleppt und setzt von Neuem an,
Und   immer   flinker   wird   sein   Lauf,

Je ferner ist der Steine Hauf.
Doch endlich fährt mit Saus und Braus
Er in die Luft: Ich halts nicht aus! –
Da lacht der Küster hinterdrein:
Fahr zu den Raben Hämmerlein!
Du bist ein Kerl, du wärst was nütz
Zum Knechte für Schindhudelwitz!
Das ist ja zum Begraben,
Solch Volk will Arbeit haben;
Sonst wird es schlimm! –

Der Schneiderjunge von Krippstedt

(Nach alter handschriftlicher Notiz)

In Krippstedt wies ein Schneiderjunge
Dem Bürgermeister einst die Zunge:
Es war im Jahr Eintausendsiebenhundert.
Der Bürgermeister sehr sich wundert
Und findt es wider den Respekt,
Weshalb er in den Turm ihn steckt.
Es war nach der Nachmittagpredigt,
Die Kirche noch nicht ganz erledigt,
Am heilgen Trinitatis-Tag,
Da geschah auf einmal ein großer Schlag!
Es schlug, mit Gedonner, im Wettersturm
Der Blitz in denselben Sankt Niklasturm.
Der Schreck durchfährt die ganze Stadt,
Die kaum sich vom Brand erhoben hat.
Was innen ist im Gotteshaus,
Das dringt mit aller Gewalt heraus:
Was außen ist, das will hinein! –

Da sieht man auf einmal Flammenschein
Von außen an des Turmes Spitze:
Da rief man »Feuer! Wasser! Wo ist die Spritze?«
– Die Spritze, ja, die ist dicht dabei;
Doch Kasten und Röhren sind entzwei! –
Wie saure Milch lauft alles zusammen:
Man schreit und blickt auf die Feuerflammen.
Dazwischen – es war ein böser Tag –
Hallt mancher Donner und Wetterschlag! –
Nun sammelt sich der Magistrat,
Und jeder weiß etwas und keiner weiß Rat!
Der Bürgermeister, ein weiser Mann,
Sieht sich das Ding bedenklich an
Und spricht: hört mich, wir zwingens nicht!
Der Turm brennt nieder wie ein Licht,
Es kommt, wer hätte das gedacht sich,
Wie Anno sechzehnhundertachtzig!
Erst brennt der Turm, die Kirche, die Stadt sodann;
Drum ist mein Rat: Rett jeder was er kann! –
Da laufen die Bürger; mit aller Kraft
Ein jeder das Seine zusammenrafft.
Das ist ein Gerenne, wie fliegen die Zöpfe,
Wie stoßen zusammen die Puderköpfe!
Auf einmal – was krabbelt dort aus dem Loch
Am Turm? – der Junge! – Nein! – Und doch!
Er ists, er klettert zur Turmes Spitze –
Der Schlingel! Er nimmt vom Kopf die Mütze,
Er schlägt auf das Feuer und – dass dich der Daus! –
Er löscht es mit seiner Mütze aus!
Er tupft am ganzen Turm umher,
Man sieht nicht eine Flamme mehr!

Und während alle jubelnd schrein,
Schlüpft er von Neuem ins Loch hinein.
Er scheut des Magistrates Wesen
Und sitzt, als wär gar nichts gewesen.
Das mehrt den Jubel, die Bürger alle
Rufen ihm Vivat! mit großem Schalle;
Der Bürgermeister aber spricht,
Indem sein großer Zorn sich bricht:
Holt ihn heraus, ich erzeig ihm Ehr,
Und tu für ihn zeitlebens mehr! –
»Da kommt er ganz rußig, der Knirps, der Zwerg!
Hoch lebe der kleine Liewenberg!« –
Der Bürgermeister sprach: komm Junge,
Streck noch einmal heraus die Zunge!
Ich leg dir lauter Dukaten drauf!
So. sperr den Mund recht angelweit auf!
Nur immer mehr herausgereckt!
Wir haben alle vor dir Respekt!
Und morgen wird, dass nichts manquiert,
Die große Spritze hier probiert
Und was entzwei ist, repariert! –

Die Bärenschlacht

In Osterburg noch alles schlief,
Als von dem Turm der Wächter rief,
Er rief und zog die Sturmglock an:
Auf, auf! wer Waffen tragen kann,
Die Stadt zu retten, die Stadt zu retten! –
Zuerst der Bürgermeister schrie:
Was gibt es? Wächter! Sag doch wie? –

Er sprach: so viel ich sehen kann,
Kommt grad auf unsre Stadt heran
Ein Heer von Bären, ein Heer von Bären! –

Ein Heer von Bären kommt daher,
Uns fressen! Flink doch, Schild und Speer!
Nun Männer, Bürger, Tapferkeit!
Zeigt, dass ihr nicht vom Nussbaum seid!
Auf, zu den Waffen! auf, zu den Waffen!

Da rennet alles kreuz und quer,
Zu streiten mit dem Bärenheer.
Man sucht Stang, Spieß und Schwert hervor,
Kurz was man kriegt, und zieht vors Tor
Mit großem Schrein, mit großem Schrein.

Hei, wie das staubt! Nun drauf und drein!
Nun lasst uns tapfre Männer sein! –
Und wie man kommt den Bären nah,
O, oh! rief man verwundert da,
Sie haben Hörner! sie haben Hörner!

Hat man sein Lebtag je gesehn,
Dass Hörner an den Bären stehn?
Sie haben auch ein ander Gesicht: –
Das sind wohl keine Bären nicht?
Das sind wohl Ochsen? das sind wohl Ochsen? –

– Ja Ochsen sinds! und braun zumeist.
Nicht stecht hinein! sie sind schon feist.
So spricht aus einer Staubeswolk
Ein Händler zu dem tapfern Volk:
Ihr könnt sie kaufen! ihr könnt sie kaufen! –

– Halt ein! der Bürgermeister schreit;
Bezähmt nun eure Tapferkeit!

Wir wollen welche kaufen von,
Und reiten heim in Prozession
Als tapfre Sieger, als tapfre Sieger! –

Sie machens mit dem Händler aus
Und sitzen auf und ziehn nach Haus,
Und von den Mauern sehns die Fraun
Mit Graun und kaum den Augen traun:
Da seht die Bären! – Es sind ja Ochsen! –

Nun lacht man ob der Bärenschlacht,
Es wird ein groß Bankett gemacht,
Zwei Hörnerbären schneidt man klein
Und haut dann in die Braten ein:
Hei, wir sind tapfer! Hei, wir sind tapfer!

Und wenns auch keine Bären warn:
Wir sind doch kühn hinausgefahrn!
Drum füllt die Humpen, stoßet an!
Und bindt beim Schenkwirt Bären an:
Die mögen brummen, die mögen brummen!

Und wenn ein Fremder uns verlacht
Ob dieser Hörnerbärenschlacht,
Dem zeigen wir, dem zeigen wir,
Dass wir sind tapfre Leute hier:
Der soll sich wundern! der soll sich wundern!

Die Perlen im Champagner

Ein großer Monarche kuckt einst in den Pokal:
»Ihr hochstudierten Herren, nun saget mir einmal,
Woher es arrivieret,
Dass, wenn der Wein moussieret,

Die   Perle   stets   vom   Grund   aufsteigt,
Nie   in   der   Mitten   sich   erzeugt.
Erklärt   mir   das   Miracul,
Besiegt   mir   die   Obstakul,
Die   der   gelahrten   Welt
Natura hingestellt.«

›O großer Monarche, das hielte nicht so schwer,
Wenn Wein bei uns Gelehrten nicht so was Rares wär! –
Champagner   ist   gar   teuer;
Wenn   Majestäten   Euer
Uns   subvenieren   wollte   recht
Mit   sechzig   Flaschen,   die   nicht   schlecht,
Bald   sollte   das   Mirakul
Durch   jegliches   Obstakul
Bis   auf   den   Grund   hinein
Perillustrieret sein.‹

Der große Monarche war just de bonne humeur
Und gab den Herren Gelehrten ein Schock Champagner
her.
Da   saß   Herr   Apparatus,
Excerptus   und   Citatus
Mit   viel   gelahrtem   Heididum
Um   den   Champagnertisch   herum,
Man   ließ   die   Perlen   steigen,
Studiert   am   End   die   Neigen
Rein   aus;   doch   keiner   fund
Den wahren Perlen-Grund.

›O großer Monarche, nur noch ein einzigmal
Vom selbigen Champagner dieselbe Flaschen-Zahl!
Dann   lieget,   wie   wir   hoffen,

Der   Grund   so   klar   als   offen
(Schon   kamen   wir   ihm   ziemlich nah)
Vor   dem   gelehrten   Auge   da.
Wenn   sich   die   Perlen   lösen,
Ists   ein   behändes   Wesen:
Das   will,   bei   mehrem   Wein,
Scharf attrapieret sein!‹

Der große Monarche sprach: »Nein! das nehm ich krumm!
Ihr kehrt zuletzt den Keller mir gänzlich um und um!
Was   ihr   bei   sechzig   Flaschen
Nicht   fahen   könnt   und   haschen,
Bringt   ihr   mit   allem   Saufen   nicht
Herfür   ans   rechte   Tageslicht.
So   lange   wir   regieren,
Soll   weiter   nichts   passieren!
Das   Perlen   hat   nun   Ruh:
Die Kellertür ist – zu.«

›O großer Monarche, du gehst hinweg im Zorn:
Vorstudium und alles ist nun umsonst verlorn!
Gewiss   in   ein   paar   Stunden
Hätt   man   das   Ding   gefunden.
Nun trinkt im Wein sich – wer ihn hat –
Ohn   sonderlich   Verständnis   satt.
Wie   auch   der   Geist   florieret,
Wird   ihr   nicht   subvenieret,
So   hat   die   Wissenschaft
Niemals die volle Kraft!‹

Das grüne Tier und der Naturkenner

Die Thadener zu Hanerau sind ausgewitzte Leute:
Wär noch kein Pulver in der Welt, erfänden sie es heute!
Allein,   allein
So   wird   es   immer   sein:
Was   man   zum   ersten   Mal   ersicht,
Kennt   selber   auch   der   Klügste   nicht!
Und   –   wie   einmal   die   Thadner   mähn,
Sie   einen   grünen   Frosch   ersehn,
So grüne, so grüne!

So grüne war der liebe Frosch und blähte mit dem Kropfe,
Den Thadnern fiel vor Schreck dabei die Mütze von dem   Kopfe.
Mit   Beinen   vier
Ein   grünes,   grünes   Tier!
Das   war   für   sie   zu   wunderlich,
Zu   neu   und   zu   absunderlich!
Da   musste   gleich   der   Schultheiß   her,
Sollt   sagen,   welch   ein   Tier   das   wär,
Das grüne, das grüne!

Das grüne Tier der Schultheiß sah, als einen Hupf es machte   –
Die Thadner wollten schon davon, da sprach der Alte: sachte!
Lauft   nicht   davon,
Es   sitzt   und   ruhet   schon.
Seid   still!   und   ich   erklär   es   bald:
Das   Tier   kommt   aus   dem   grünen   Wald,
Der   grüne   Wald   ist   selber   grün,

Davon   ist   auch   das   Tier   so   grün,
So grüne, so grüne!

So grüne; denn es lebt darin von eitel grünem Laube,
Und – wenn es nicht ein Hirschbock ist, – ists eine Tur-
teltaube!

Da   hub   der   Hauf
Den   Schulz   mit   Schultern   auf,
Sie   riefen: das   ist   unser   Mann,
Der   jeglich   Ding   erklären   kann,
Er   kennt   und   nennt   es   keck   und   kühn,
Kein   Kreatur   ist   ihm   zu   grün,
Zu grüne, zu grüne!

Gelehrte Frage

Gelehrte   Herrn,   was   ist   im   Wein?
Ich   glaub,   im   Wein   ist   Sonnenschein,
Weil   er   illuminieret;
Doch wie wirds deduzieret?

Gelehrte Antwort

Man   deduziert   es   so: der   Wein,
Erst   ist   er   selbst   der   Sonne   Schein;
Der   Mond   wird   Becher,
Die   Erde   Zecher.
Nun   trinkt   sie   Sonn-   und   Mondenschein
Und   bringt   in   Lauben
Voll   goldner   Trauben
Ihn   wieder   in   Gestalt   von   Wein;
So   muss   das   Ding   beschaffen   sein
Mit   dem   Illuminieren.
Schenkt ein! schenkt ein! schenkt ein! schenkt ein!

Schenkt ein den Sonn- und Mondenschein!
So kann mans deduzieren.

Die Histörchen

Wir sitzen zusammen auf lustiger Bank,
Erzähle drum jeder einen Schwank,
Vielleicht von dummem Volk etwas,
Das macht uns Klugen am meisten Spaß.
Wer ausgetrunken hat, fängt an! –
Das trifft mich selber, – nun wohlan!

Die Fockbecker . . . es ist doch kein Fockbecker am
Tisch?
– »Nein, noch ist er draußen, erzähl er nur frisch!« –

Die Fockbecker aßen Hering einmal,
Das war für sie ein Göttermahl!
Sie dachten: das sollte man öfter haben,
Ist eine der besten Tafelgaben! –
Sie haben nicht viel und sind nicht reich,
Drum legen sie an einen Heringsteich,
Und kaufen sie gut gesalzen ein
Und setzen sie in den Teich hinein,
Und dachten so ohne sondre Mühn
Sich ihren Heringsbedarf zu ziehn.
Ging einer nun bei dem Wasser vorbei
Und rührte sich was, so rief er: »hei!
Es rührt sich schon: es werden schon mehr!«
Und rieb sich die Hände und freute sich sehr.
Als nun der Herbst gekommen war,
Da ließen sie ab das Wasser klar,
Und standen herum und guckten drein:

Da fanden sie – einen Aal allein,
Von Heringen nicht einen Schwanz,
Die waren weggeschwunden ganz. –
Da schrien sie alle auf einmal.
»Der Aal hat sie verzehrt, der Aal!
Fort, fort mit ihm zur Feuerqual!«
»Nein, meinte der Eine, so stirbt er zu schnell;
Werft lieber ihn in ein Wasser hell!«
»In ein Wasser? das wär ein dummer Streich;
Er hat ja immer gelebt im Teich.«
»Das Wasser im Teich ist flach und klein,
Wohl zehnmal tiefer muss es sein,
Werft in den großen Strom ihn hin,
Da wird er schon versaufen drin!« –
Wie nun der Aal tief Wasser spürt
Und lustig drin herumvagiert,
Da rufen sie: »Seht seine Not!
Ersaufen ist ein böser Tod!« –

Die Fockbecker . . . doch – da kommt einer herein,
Da muss ich wahrhaftig stille sein.« –
»Guten Tag, Herr Fockbecker, setzt euch,
Trinkt, und erzählt ein Histörchen!« – »Gleich!«

Die Kisdorfer . . . es ist doch kein Kisdorfer am Tisch?
– »Nein, noch sind sie draußen, erzähl er nur frisch!« –

Die Kisdorfer sind nicht grade dumm;
Doch kommen sie oft ums Wahre herum.
Einst, wie ein fremder Bauer da fährt,
Macht er am Wege sich Gras fürs Pferd,
Lässt liegen die Sense, und denkt: hierher
Komm ich am Abend und hol mir mehr.

So fährt er davon. – Nun war es ein Spaß,
Die Kisdorfer merken, es fehlt da Gras,
Und halten die Sense für ein Tier,
Und glauben, das hat gefressen hier.
Der Kühnste tritt nah hinzu und spricht:
»Es scheint zu schlafen: es rührt sich nicht.
Was tun? – Dem Ding ist nicht zu traun,
Kommt her und machen wir einen Zaun
In aller Stille rings herum:
So muss es verhungern!« – Das schien nicht dumm.
Sie machen den Zaun: »Nun kanns nicht heraus!« –
Da gehn sie getröstet all nach Haus.
– Der Bauer kam wieder – der hat gelacht,
Und die Sense geholt und Gras gemacht,
Und den Streich dann unter die Leute gebracht.
Den Kisdorfern aber war angst und bang,
Weil das Tier den Zaun doch übersprang.
Und keiner ging damals allein,
Sie mussten immer gekoppelt sein;
Bis auf dem Markt sie Sensen gesehn
Und merkten, das sei ein Ding zum Mähn. –
Noch schöner war es mit einem Gaul,
Der schlug um sich mit den Füßen nicht faul:
Dem bauten sie rings umher ein Haus . . .
Doch erzähl ich die Geschichte nicht aus,

Es kommt von Kisdorf eben ein Mann.
»Heran, heran, nur immer heran,
Herr Kisdorfer, kommt und setzet euch,
Trinkt, und erzählt ein Histörchen!« – »Gleich!«

Die Gabler . . .es ist doch kein Gabler am Tisch?

– »Nein, noch sind sie draußen, erzähl er nur frisch!« –
Die Gabler kannten die Katzen noch nicht
Und wurden geplagt von Mäusegezücht:
Da bracht ein Jud eine Katze daher,
Die, sagt er, zum Mäusausrotten wär.
Der Jude verlangte die halbe Welt,
Da legten zusammen sie vieles Geld
Und setzten die Katz ins erste Haus:
»Dort fange sie an und rotte aus!«
Der Jude war schon ein Weilchen fort,
Ein Tauber ritt nach und rief: »Ein Wort!
Was frisst das Tier?« – »Milch! rief er zurück,
Und Mäuschen frisst es!« – »O Ungelück!«
Ruft aus der Taube; denn er verstund:
Auch Menschen frisst es! »O böse Stund!«
Es erschrickt im Dorf Mann, Weib und Kind;
Doch weil sie gefasste Leute sind,
Entschließen sie sich: »Ums Haus dahier
Macht flugs ein Feuer, verbrennt das Tier:
Viel besser ein Haus geopfert ist,
Als wenn es einen Menschen frisst!« –
Gesagt, getan, das Feuer brennt;
Doch die Katze kommt heraus gerennt,
Und läuft in das zweite – »auch das muss fort!
Viel besser Brand als Menschenmord!«
Man zündet an – flink ist sie heraus,
Und ist schon wieder im dritten Haus!
Das ist des Schulzen: der brave Mann,
Er setzt das Seine gern daran,
Wenn er die Menschheit retten kann.
Hei! brennt der Speck in Schulzens Haus!

Wipp war die Katze wieder heraus!
Hier kann nichts helfen, man sengt und brennt,
Wo immer nur das Tier hinrennt.
Die Katze bleibt in einem Lauf:
So geht das Dorf in Feuer auf.
Doch tröstet man sich bei aller Not,
Die Katze ist zuletzt doch tot.
Man trug sie auf einer Stang umher,
Als ob es ein groß Mirakel wär.
Das Dorf war bald neu aufgestellt,
Sie hatten viel verscharrtes Geld,
Und dies war nicht ihr letztes Stück:
Sie hatten bei aller Dummheit Glück.

Zum Beispiel . . . »doch da kommt ein Mann
Aus Gabeln, still! – Heran, heran,
Herr Gabler, kommt und setzet euch,
Trinkt, und erzählt ein Histörchen!« – »Gleich!«

Die Büsumer . . .es ist doch kein Büsumer am Tisch?
– »Nein, noch sind sie draußen, erzähl er nur frisch!« –

Die Büsumer wohnen am Meeresstrand,
Und sind für kluge Leute bekannt,
Nur treiben sie die Bescheidenheit
In manchem Stücke gar zu weit.
Des einen Sonntags ihrer neun
Schwimmen sie weit in die See hinein.
Auf einmal, wie das Meer so schwankst,
Wird einem um die andern Angst,
Und zählt sie alle: »Eins, zwei, drei,«
Bis acht, – und lässt sich aus dabei;
Denn er ist ein echtes Büsumer Kind,

Die immer so bescheiden sind.
Ein Zweiter probierts, zählt: »Eins, zwei, drei,«
Bis acht – und vergisst sich auch dabei.
Da schwimmen sie alle bestürzt ans Land,
Wo eben ein kluger Fremder stand.
Dem klagten sie jammernd ihre Not
Und sagten: »Von uns ist einer tot!«
Und wussten nicht welcher ertrunken sei!
Und jammern und zählen immer aufs neu,
Und finden immer nur wieder acht,
Weil jeder bescheiden an sich nicht gedacht.
Der Fremde sprach: »Bescheidenheit
Führt euch, ihr guten Leute, zu weit;
Steck jeder die Nas in den Sand einmal,
Und zählt die Tupfen, so habt ihr die Zahl.«
Sie folgten dem Fremden – da zählten sie – neun!
Und luden vor Freud ihn zum Frühstück ein.

Die Büsumer . . . »still, wer tritt in die Tür?
Ein Büsumer – schön willkommen hier,
Herr Büsumer, kommt und setzet euch,
Trinkt, und erzählt ein Histörchen!« – »Gleich!«

Die Romöer . . .es ist doch kein Romöer am Tisch?
– »Nein, noch sind sie draußen, erzähl er nur frisch!« –

Die Romöer tragen als Leibgewand
Eine rote Jacke, das ist bekannt.
Nun war ein Robbenschläger zu arm,
Trug eine graue, dass Gott erbarm!
Er sagte zwar: »ich liebe das Grau«;
Doch neckten damit ihn Mann und Frau:
»Geh, Peter Modder; du tust nur so,

Hättst du eine rote, so wärst du froh.«
Nun muss es zu jener Zeit geschehn,
Dass in Romö kalte Winde wehn –
Die Kirche steht so sehr nach Nord,
Man rückte sie gern nach Süden fort.
Da sprach Peter Modder: »das wird gar leicht
Von uns durch vereinte Kraft erreicht!
Stemmt alle euch hier im Norden dran,
Ich richt auf der Süderseite dann.
Und dass wir treffen das rechte Maß
Legt eine rote Jacke ins Gras:
Dann schiebt, und hat sie erreicht die Wand,
So klopf ich und rufe: Stillestand!«
Gesagt, getan, der Rat beliebt.
Die Jacke liegt da, man drückt und schiebt
Vermeintlich fort die Kirchenwand; –
Da ruft Peter Modder: »Stillestand!
Ihr schiebt zu stark: die Jack ist fort!«
Da laufen sie alle hin zum Ort;
Fort ist sie richtig, jedermann
Sieht staunend Peter Moddern an,
Und lobet seinen guten Rat,
Und ist gar stolz auf solche Tat.
Doch nächsten Sonntag wundert sich
Im Dorfe jedermänniglich:
Peter Modder, der sonst graue Mann,
Hat eine rote Jacke an. –
Und Keiner wusste da, woher
Die rote Jack ihm kommen wär? –

Die Romöer . . . »still, wer tritt in die Tür?
Ein Romöer! – Schön willkommen hier,

Herr Romöer, kommt und setzet euch,
Trinkt, und erzählt ein Histörchen!« – »Gleich!«

Die Hosdrupper . . . es ist doch kein Hosdrupper am Tisch?

– »Nein, noch sind sie draußen, erzähl er nur frisch!« –

Die Hosdrupper leben friedlich im Land,
Und Krieg ist dort ganz unbekannt.
Und wie sie einmal Gras mähen zu Heu,
Ist einer, vielleicht ein Fremder, dabei,
Der hatt in der Stadt gehört von Krieg.
Da fragten sie alle: »Was ist denn Krieg?«
Da sagte der Mann: »Der Krieg besteht
Darin, dass immer die Trummel umgeht.«
»Wie geht denn die Trummel?« – »sie geht: bumm bumm,
Bumm bumm, im ganzen Lande herum.
Der Krieg ist schlimm und frisst viel Leut
Samt Vieh und Häusern weit und breit!« –
– Die Hosdrupper sprachen: »vor Kriegesnot
Bewahr uns der liebe Herregott!«
Und mäheten weiter. Nun lag im Gras
Ein Fass voll Bier, gut schmeckte das.
Die Sommerhitze war nicht gering,
Weshalb es bald zu Ende ging.
Da fliegt durch den Spund zum Ungelück
Eine Hummel hinein, findt nicht zurück.
Summ summ, bumm bumm, summ summ, bumm bumm,
Flog sie im hohlen Fass herum.
Da sprach der Klügste: »ich höre: bumm bumm,
Der Krieg ist da, die Trummel geht um!«

Nun fliehn sie über Stock und Block,
Und jeder wünscht der Bein ein Schock:
Das leere Fass noch rettet der Ein,
Läuft immer hinter den andern drein:
Drin tobt die Hummel mit ihrem Gebrumm
Dicht hinter ihnen: bumm bumm bumm.
Sie liefen bis endlich der Mann mit dem Fass
Hinfiel und es zerbrach im Gras.
Da traf ein Splitter den einen am Kopf:
»Ich bin geschossen!« schrie der Tropf.
Das war den andern erst ein Graun,
Hoch sprangen sie über Heck und Zaun
Und rannten fort, die Kreuz und Quer,
Man sah sie den ganzen Tag nicht mehr.

Die Hosdrupper . . . »still, wer tritt in die Tür?
Ein Hosdrupper – schön willkommen hier!
Herr Hosdrupper, kommt und setzet euch,
Trinkt, und erzählt ein Histörchen!« – »Gleich!«

Der Hosdrupper setzt sich, trinkt und spricht:
»Ein rechtes Histörchen weiß ich nicht;
Doch ist euch Lustiges angenehm,
So gabs recht dumme Leute vordem
Zu Bishorst, das vergangen ist:
Da wohnt einst mancher gute Christ,
Die Kirche aber war so klein,
Sie fanden bei Tage kaum hinein;
Wie sollt es erst in der Christnacht geschehn,
Wenn alle Wege mit Schnee verwehn! –
Da spannten sie einen langen Strick,
Von der Kirchentür zum Dorf zurück,
Dran gingen sie hin, wenn Christnacht war,

Mocht sein das Wetter trüb oder klar.
Sie kamen lange Jahre mit Glück
Am Stricke hin und wieder zurück;
Doch einmal band ein böser Mann
Den Strick an den offnen Brunnen an.
Platsch! fällt der Erst in das Wasser da;
Der Zweite dahinter war schon nah
Und denkt, er schließt die Kirchentür,
Und ruft: »Lass offen, ich bin schon hier!«
Platsch! fällt der Zweite dazu ins Loch;
Da ruft der Dritte: »warte doch!
Was machst du zu?« und plantscht hinein
Da ruft der Vierte hinterdrein:
»Was schlagt ihr denn die Pforte zu?«
Und plantscht hinein im selben Nu.
Der Fünfte und Sechste mit Weib und Kind,
Das purzelt alles hinein geschwind:
Drein plumpt das ganze Volk gemach,
Der Pfarr und Küster hintennach –
Und blieb nicht eine Seel am Ort,
Ganz war es ausgestorben dort.
Und kamen sie miteinander um,
So war auch kein Lamento drum.
Zuletzt getrost sich jeder Christ,
Dass solch ein Volk verstorben ist! –
Es geh der Krug die Reih herum,
Dankt Gott, dass keiner von uns so dumm!

Chorus
Ja geh der Krug die Reihe herum,
Dankt Gott, dass keiner von uns so dumm!

Willegis

Es sahn am Thum zu Mainz die adelichen Herrn
Den Willegis zum Bischof nicht allerwege gern.
Der war ein Wagnersohn:
Sie malten ihm zu Hohn
Mit Kreide Räder an die Wand:
Die sah er wo er ging und stand,
Doch es nahm Willegis
An dem Schimpf kein Ärgernis.

Denn als der fromme Bischof die Räder da ersehn,
So hieß er seinen Knecht, nach einem Maler gehn.
Komm Maler, male mir
Ob jeder Tür dahier
Ein weißes Rad im roten Feld,
Darunter sei die Schrift gestellt:
Willegis, Willegis,
Denk woher du kommen sis!

Nun wurde von den Herren im Thum nicht mehr geprahlt;
Man sagt, sie wischten selber hinweg was sie gemalt.
Sie sahn, dergleichen tut
Bei weisem Mann nicht gut.
Und was dann für ein Bischof kam,
Ein jeder das Rad ins Wappen nahm.
Also ward Willegis
Glorie das Ärgernis!

Friedrichs des Zweiten Kutscher

Des alten Fritz Leibkutscher soll aus Stein

Zu Potsdam auf dem Stall zu sehen sein –
Da fährt er so einher,
Als ob er lebend wär:
Aller Kutscher Meister, treu und fest und grob,
Pfund genannt, umschmeißen kannt er nicht: das war
sein Lob!

Mordwege fuhr er ohne Furcht, sein Mut
Hielt aus in Schnee, Nacht, Sturm und Wasserflut.
Ihm war das einerlei,
Er fand gar nichts dabei:
In dem Schnurrbart fest und steif blieb sein Gesicht,
Und man sah darauf kein schlimmes Wetter niemals
nicht.

Doch rührte man an seinen Kutscherstolz,
Ward jedes Wort von ihm ein Kloben Holz;
Woher es auch geschah,
Dass er es einst versah
Und dem alten Fritz etwas zu gröblich kam,
Wessenhalb derselbe eine starke Prise nahm,

Und sprach: Ein grober Knüppel wie Er ist,
Der fährt fortan mit Eseln Knüppel oder Mist!
Und so geschahs. Ein Jahr
Bereits verflossen war,
Als der Pfund einst Knüppel fuhr und gutes Muts
Ihm begegnete der alte Fritz; der frug: wie tuts?

I nu, wenn ich nur fahre, sagte Pfund,
Indem er fest auf seinem Fahrzeug stund,
So ist mirs einerlei
Und weiter nichts dabei,
Obs mit Pferden oder obs mit Eseln geht,

Fahr ich Knüppel oder fahr ich Euer Majestät.

Da nahm der alte Fritz Tabak gemach
Und sah den groben Pfund sich an und sprach:
Hüm, findt Er nichts dabei
Und ist Ihm einerlei,
Ob es Pferd, ob Esel, Knüppel oder ich;
Lad Er ab und spann Er um, und fahr Er wieder mich.

Der Parademarsch

Parademarsch! Parademarsch!
Was sprecht ihr viel von Parademarsch:
Des alten Fritzen Parademarsch,
Das war der rechte Parademarsch!
Er zog einmal ins Böhmerland,
Die Weißjacken zu schlagen, wies weltbekannt,
Zu Fuß und Roß: im Vortrab voran
Gewöhnlich seine flinken Husaren,
Dahinter kam dann Infanterie,
Mitunter auch allerlei Kavallerie.
Genug, an einem schönen Morgen
Schlendert man ohne besondre Sorgen.
Der alte Fritz hats schon im Kopf,
Wie er dem Feinde macht den Zopf;
Da hört man schießen und kehren wie dumm
Etwelche der vordern Husaren um;
Der König fragte: was da wär? –
»Sie schießen vom Weinberge her
Aus Böllern dort über die alte Mauer,
Mit Eisen und Blei, das Obst scheint sauer.«
Eh! sprach der König, es sind Panduren,

Die verschießen dem Kaiser ganze Fuhren,
Sie haben den Schnauzbart lang im Gesicht,
Doch treffen sie ihre Sache nicht.
Vorwärts! wir müssen hier vorbei,
Sonst geht unser schönster Plan entzwei.
»Parademarsch!« rief der alte Fritz,
Und ritt ins Feuer hinein wie der Blitz,
Und stellte sich auf im Kugelregen,
Zu sehn wie die Reihn sich vorbei bewegen.
Den Rücken der Mauer zugekehrt,
Sah er, ob seine Parade was wert.
Da marschierten die Seinen bei klingendem Spiel
Durch hin: es flogen der Kugeln viel,
Die machten Musik auf den Feldflaschen,
Feldkesseln und Patronentaschen;
Und ward auch manchmal ein Rösslein scheu,
Doch kam nicht einer aus Glied und Reih,
Als wer von des Feindes Gepladder fiel,
Und solcher waren nicht grade viel;
Die andern, die wohl vorbei paradiert,
Die waren von Stolz ganz inspiriert
Und haben den Feind so ausgeschmiert,
Es konnt der Generalfeldmarschall Daun
Den Tag viel Jahre nicht verdaun.
Parademarsch!   Parademarsch!
Was sprecht ihr viel von Parademarsch:
Des alten Fritz Parademarsch,
Das war der rechte Parademarsch!

Altweibergespräch

(Beliebig allegorisch)

Mutter Anne und Hanne,
Mutter Camille und Sibille,
Frau Murksen, Frau Mucksen,
Frau Drucksen, Frau Luxen,
Die saßen zusammen an einem Tage.
Da begann Frau Murksen mit dieser Klage:
's ist doch viel Not in der Welt, Mutter Hanne!
– Ja, ja, Frau Murksen, das Bier kost sieben Kreuzer die
Kanne!
Und das liebe Geld ist so rar,
Wies noch gar in der Welt nicht war!
Nur dummes Volk hat die Taschen voll,
Und Glück hat niemand, der es haben soll!
– Ja, ja, Frau Hanne, das ist sehr wahr
Und ward mir an mir selber klar.
Mir träumte heut Nacht, ich würde zum Peterberge
Geführt von einem kleinen allerliebsten niedlichen
Zwerge.
Der sagte: Was fragt Ihr nach roten Dreiern:
Hier sitzt eine goldne Gans auf goldnen Eiern.
Das Peterbild zeigt mit der Hand,
Wo man sie suchen muss im Sand.
Da sah ich, wie das Bild sich neigte
Und mir die Gans im Sande zeigte.
Ich grub sie mit allen Eiern aus
Und trug sie, versteht sich im Traum, nach Haus.
Nun aber erwacht ich wieder
Vom Schlaf und rieb mir die Augenlider,
Stand auf und lief in aller Frühe
Und sucht das Bild mit großer Mühe.
Ich fand es; aber, dass Gott erbarm!

Dem Bilde fehlte der rechte Arm:
Es zeigte nicht mehr! Ich wusste nicht wo
Ich graben sollte und – ließ es so! –
– Ach, sprach Mutter Hanne, das sind ja nur Träume,
Und Träume sind Schäume!
Ich glaube wenig an solche Zwerge;
Auch sitzt die Gans nicht im Peterberge:
Sie sitzt bei Mansfeld versteckt vor der Sonne
Und dicht dabei das Bild von einer Nonne.
Wo das hin sieht, wird die Gans gefunden.
Doch sind dem Bilde die Augen verbunden,
Und keiner merkts wohin es blickt.
Das macht die Leute dort bald verrückt.
Die Binde von Stein lässt sich nicht schieben;
So ist das Finden noch unterblieben. –
– Da sprach Frau Camilla: Was Nonnengesicht!
Die Gans sitzt auch in Mansfeld nicht:
In Farnstedt hat sie gesessen einmal,
Im Nonnenkloster am wüsten Saal:
Da fand sie ein frommer Jesuit,
Der fing sie sich ein und nahm sie mit.
Es war ein Mensch von Sünden rein,
Was wir dermalen all nicht sein! –
– Nun, sprach Frau Drucksen, ich will nicht streiten,
Dass da eine Gans saß vor alten Zeiten:
Dann aber ließ eine neue sich wieder
Um die Kapelle bei Landsberg nieder.
Da sitzt sie noch auf goldnen Eiern,
Wie alle Leute dort beteuern. –
– Jetzt räusperte sich Frau Mucksen und spricht:
O liebe Frau Drucksen, da sitzt sie nicht!

Nach Gibichenstein da führt ein Gang,
Der Gang ist finster und schmählich lang:
Da sitzt sie, aber hinten am Ende!
Und ist keine Gans nicht, es ist eine Ente.
Das sagen in Halle alle Leute;
Ich selber weiß es ja noch wie heute.
Es gingen drei Weiber von Halloren
In dem langen Gange beinah verloren.
Die wollten sie suchen mit einem Lichte,
Allein das bliesen aus die Wichte,
Sie aber tappten im Dunkel nach Hause
Und dankten Gott in der Moritz-Klause
Für die Erlösung aus Angst und Bangen:
Man sieht noch ihre drei Jacken hangen. –
– Da schluckte Frau Luxen hinab ihre Semmel
Und sprach und rückte mit dem Schemmel:
Frau Mucksen hat wohl recht mit der Ente
Und sagts so richtig, als ichs nur könnte;
Doch das mit den Jacken sind nur Mären,
Womit die Halloren die Weiber scheeren.
Auch sitzt die Ente nicht in dem Gange,
Die sitzt wo anders, wer weiß wie lange! –
– Und wo denn wohl? – Sie sitzt gemach
Bei Eisleben, zu Sittichenbach,
Unter dem Deichtenn, im faulen Stocke,
Und brütet auf einem ganzen Schocke
Und, kriecht keins aus, so legt sie in Ruh
Immer wieder ein neues hinzu. –
– Das ärgert endlich Frau Sibille,
Sie schwieg ohnedem zu lange stille:
Frau Luxen, bei meinem Haubenstocke,

Ihr übertreibts mit eurem Schocke!
Der Eier sind dreizehn, nicht mehr, nicht minder,
Wollt ihrs nicht glauben, so fragt die Kinder.
Und die Ente sitzt, das wissen hier alle,
Und schnattert im Gutenberg bei Halle.
– Nun, wisst ihr die Örter, Frau Gevattern,
Wo solche goldne Enten schnattern,
Warum wollt ihr die Eier nicht ergattern?
– Es war schon lange Zeit mein Wille,
Entgegnete Frau Murksen Frau Sibille,
Allein mir fehlts an einem Zwerge,
Der mir wie euch Anweisung gäb im Berge. –

Kleen Männeken

Kleen Männeken sei lustig, du hast ja was du magst!
Keins quält dich, keins plackt dich, alls lässt dich in
Ruh!«   –
»Mutter,« sagts, »das versteht ihr nicht!«
Und purrt und knurrt.
»Ach,« sagt die Mutter da,
»Was hast du zu knurren?« –
»Gar viel, gar viel!« sagt kleen Männeken:
»Wenn ich auf die Straße komm,
Sieht keins mich an und keins hat acht auf mich,
Und das ärgert mich.
Ach Mütterchen, ach Mütterchen,
Wär ich doch nur schön, recht schön!«
Kleen Männeken will mit Gewalt schön sein,
Holt alle seine Kleider her:
»Mutter, ich muss schön sein, schön, recht schön!« –

»So tritt vor den Spiegel, ich steck dich Wunderschön mit Nadeln!« – »Auh!« schreit kleen Männeken; Lässt sich aber fein stecken. »Haha! wie bin ich nun schön!« sagt kleen Männeken. – Wies auf die Straße kommt, So rufen alle: »O wie niedlich ist kleen Männeken! – Seht doch kleen Männeken!« – »Ach,« denkt kleen Männeken, »Wär ich doch lieber groß, recht groß!« –

Kleen Männeken will groß sein: Da gehts zum Hexenschmied: »Spann mich ein, zieh mich lang, lang, lang aus!« Der Hexenschmied legts vor das Drahtöhr Und kneipt und zieht: »Auh!« schreit kleen Männeken, Lässt sich aber durchziehn. »Hihi! wie bin ich nun lang!« sagt kleen Männeken. – Wies auf die Straße kommt, So nimmts der Fuhrmann, bindts an die Peitsche sich Und haut die Pferde mit: »Auh!« schreit kleen Männeken, »Wär ich doch lieber breit, recht breit!« –

Kleen Männeken will sich breit machen: Da gehts zum Hexenschmied: »Lieber Hexenschmied, klopf mich breit, breit, recht breit!« Der Hexenschmied legts aus den Amboß Und klopft darauf: »Auh!« schreit kleen Männeken, Lässt sich aber breit klopfen.

»He he! wie bin ich nun breit!« sagt kleen Männeken. –
Wies auf die Straße kommt,
So klebens die Kinder an die Scheuertür:
»Kleen Männeken soll Scheibe sein!«
»Auh!« schreit kleen Männeken,
»Wär ich doch lieber dick, recht dick!« –
Kleen Männeken will dicke tun:
Da gehts zum Hexenschmied:
»Pust mich auf, mach mich dick, recht dick, dick, dick!«
Der Hexenschmied nimmts vor den Blasebalg
Und setzt das Rohr an.
»Uh!« schreit kleen Männeken;
Lässt sich aber aufpusten. –
»Ho ho! wie bin ich nun dick!« sagt kleen Männeken. –
Wies auf die Straße kommt,
So nehmens die Buben und schlagen Ball damit:
Blitz! blautz! wie fliegt es!
»Ich platze!« ruft kleen Männeken,
Und klitsch und klatsch! da wars zerplatzt.
Da nähts die Mutter mit Nadel und Zwirn
Und trägts zum Hexenschmied:
»Mach mir kleen Männeken wieder wies war, wies war!«
Der Hexenschmied tuts ins Feuer ein und aus
Und pochts auf dem Amboss.
»Auh!« schreit kleen Männeken,
Hält aber ganz geduldig still. –
»Hi hi, nun bin ich wieder wie ich war, kleen Männe-
ken!« –
Wies auf die Straße kommt,
Sieht keins es an und keins hat acht auf es:

Da   freut   es   sich:
»Ach   Mutter,«   ruft   kleen   Männeken:
»Wie ist mir wohl, ich bin nun wie ich war!« –

Das kleine Tümmelding

Der Bauer hier zu Land ist just kein Wicht;
Allein so reich wie Thümmel wird er nicht.
Das war der reichste Bauer in der Welt:
Der maß mit Scheffeln nur sein Buttergeld.
Der fuhr mit drei vier Rappen querfeldein,
Wos ihm gefiel, und ließ die Leute schrein,
Griff in den Sack und warf die Strafe hin:
Da durft er ungehindert weiter ziehn.
Er strich die Butter auf den Käs und aß
Den Zucker eingetunkt ins Honigfass.
Er schmauste sein gebraten Schwein in Ruh
Und Rindfleisch knappert er statt Brots dazu!
Das Bier trank er nur eben oben ab;
Doch Fässer Weins bis auf den Grund hinab.
Bat ihn um ein Stück Brot ein armer Mann,
Reicht er es hinterrücks, sah ihn nicht an,
Und sagte einer: tausend Gotteslohn!
Sprach er: geh zu mit deinem Gotteslohn!
Ich brauch das nicht, ich habe ja vollauf!
Und lachend setzt er einen Schluck darauf.
– Das Leben währt noch eine gute Weil;
Allein auf einmal hat der Tod nun Eil
Und holt ihn ab und bricht den Übermut,
Und Thümmels Seele ging es nun nicht gut:
Sie wollte querfeldein ins Paradies,

Wohin Sanct Peter sie jedoch nicht ließ.
Sie hatte Gottes Lohn verschmäht und nun
Begehrte sie ihn doch: was war zu tun? –
Sie musste zwischen Erd und Himmel gehn,
Bis sie aufs neu sich Gottes Lohn gewönn:
Man sah wie sie gehüllt in Feuer ging
Und hieß sie nur das kleine Tümmelding. –
– Mein kleines Tümmelding zog nun umher
Probieren, ob ihm jemand günstig wär?
Allein die Leute liefen von dem Ort,
Wos kleine Tümmelding sich zeigte, fort.
Man hielt den Tümmel für nichts Gutes mehr,
Weil er im Feuer ging: das brannte sehr! –
Doch aber merkt man endlich mit der Zeit,
Das Tümmelding tut niemand was zu leid.
Ging einer dort im Marschland überquer,
So liefs im Finstern eben nebenher
Und leuchtete nach Hause – dann und wann
Rief man zum Leuchten sich das Ding heran.
Ach! wie das kleine Tümmelding da ging
Und Müh sich gab, dass es den Dank erzwing!
Doch niemand sprach nun irgend »Gotteslohn!«
Und so vergingen viele Jahre schon.
Zwar sagte: »schönen großen Dank!« etwann
Auch: »schamster Diener!« der und jener Mann,
Auch: »sehr verbunden!« und dergleichen mehr,
Auch: »bleib gesund!« doch – half ihm das nicht sehr!
Denn niemand sagte schlichthin: »Gottes Lohn!«
Es schien am Ende aus der Mode schon . . .
Bis dermaleinst ein Trunkenbold, bei Nacht,
Durch vieles Trinken sich so weit gebracht,

Dass er den Graben hielt für einen Weg
Und so ins Wasser plumpte von dem Steg.
Obwohl er unten nun bald nüchtern war,
Sah er im Graben doch nicht just und klar
Und rief: wenn doch das kleine Tümmelding
Hier wär! – Da kam das Tümmelding gar flink
Und fing ihn, zischend durch den wüsten Schlamm,
Und stellt ihn rauchend wieder auf den Damm
Und trocknet ihn und leuchtet ihm nach Haus.
Da rief gerührt der Halbgesottne aus:
»O kleines Tümmelding, nun find ich schon,
Nimm für dein Leuchten tausend Gotteslohn!« –
Da flackert es vor Freuden lichterloh:
Gottlob! ich bin erlöset! rief es froh:
Hoch hüpfete das kleine Tümmelding,
Hoch, hoch, bis in den Sternen es verging.
Und seit derselben Stunde bleibt es fort:
Man siehts nicht wieder auf der Heide dort.
Aus alle dem jedoch zu merken ist,
Dass ein »Gott lohns!« nicht zu verachten ist!

Die Stempe kommt

Der Hunger macht die Kinder krank:
Eßt! wer hat nicht genommen?
Fegt aus die Schüssel rein und blank,
Sonst wird die Stempe kommen!
Und wen sie wird treten,
Dem nützet kein Beten;
Kein Beten, kein Bitten
Wird von ihr gelitten.
Sie tritt und tritt und tritt ihn platt

Und macht ihn wie ein Kartenblatt,
Und patschet ihn zu Apfelmuss
Mit ihrem breiten Schwanenfuß.

Die Roggenmuhme

Lasst stehn die Blume!
Geh nicht ins Korn!
Die Roggenmuhme
Zieht um da vorn!
Bald duckt sie nieder,
Bald guckt sie wieder:
Sie wird die Kinder fangen,
Die nach den Blumen langen!

Die Heinzelmännchen

Wie war zu Köln es doch vordem
Mit Heinzelmännchen so bequem!
Denn, war man faul, . . . man legte sich
Hin auf die Bank und pflegte sich:
Da kamen bei Nacht,
Ehe mans gedacht,
Die Männlein und schwärmten
Und klappten und lärmten,
Und rupften
Und zupften,
Und hüpften und trabten
Und putzten und schabten . . .
Und eh ein Faulpelz noch erwacht, . . .
War all sein Tagewerk . . . bereits gemacht!
Die Zimmerleute streckten sich

Hin auf die Spän und reckten sich.
Indessen kam die Geisterschar
Und sah, was da zu zimmern war.
Nahm Meißel und Beil
Und die Säg in Eil;
Sie sägten und stachen
Und hieben und brachen,
Berappten
Und kappten,
Visierten wie Falken
Und setzten die Balken . . . .
Eh sichs der Zimmermann versah . . . .
Klapp, stand das ganze Haus . . . schon fertig da!
Beim Bäckermeister war nicht Not,
Die Heinzelmännchen backten Brot.
Die faulen Burschen legten sich,
Die Heinzelmännchen regten sich –
Und ächzten daher
Mit den Säcken schwer!
Und kneteten tüchtig
Und wogen es richtig,
Und hoben
Und schoben,
Und fegten und backten
Und klopften und hackten.
Die Burschen schnarchten noch im Chor:
Da rückte schon das Brot, . . . das neue, vor!
Beim Fleischer ging es just so zu:
Gesell und Bursche lag in Ruh.
Indessen kamen die Männlein her
Und hackten das Schwein die Kreuz und Quer.

Das ging so geschwind
Wie die Mühl im Wind!
Die klappten mit Beilen,
Die schnitzten an Speilen,
Die spülten,
Die wühlten,
Und mengten und mischten
Und stopften und wischten.
Tat der Gesell die Augen auf . . . .
Wapp! hing die Wurst schon da im Ausverkauf!
Beim Schenken war es so: es trank
Der Küfer bis er niedersank,
Am hohlen Fasse schlief er ein,
Die Männlein sorgten um den Wein,
Und schwefelten fein
Alle Fässer ein,
Und rollten und hoben
Mit Winden und Kloben,
Und schwenkten
Und senkten,
Und gossen und panschten
Und mengten und manschten.
Und eh der Küfer noch erwacht,
War schon der Wein geschönt und fein gemacht!
Einst hatt ein Schneider große Pein:
Der Staatsrock sollte fertig sein;
Warf hin das Zeug und legte sich
Hin auf das Ohr und pflegte sich.
Da schlüpften sie frisch
In den Schneidertisch;
Da schnitten und rückten

82

Und nähten und stickten,
Und fassten
Und passten,
Und strichen und guckten
Und zupften und ruckten,
Und eh mein Schneiderlein erwacht:
War Bürgermeisters Rock . . . bereits gemacht!

Neugierig war des Schneiders Weib,
Und macht sich diesen Zeitvertreib:
Streut Erbsen hin die andre Nacht,
Die Heinzelmännchen kommen sacht:
Eins fähret nun aus,
Schlägt hin im Haus,
Die gleiten von Stufen
Und plumpen in Kufen,
Die fallen
Mit Schallen,
Die lärmen und schreien
Und vermaledeien!
Sie springt hinunter auf den Schall
Mit Licht: husch husch husch husch! – verschwinden all!

O weh! nun sind sie alle fort,
Und keines ist hier mehr am Ort!
Man kann nicht mehr wie sonsten ruhn,
Man muss nun alles selber tun!
Ein jeder muss fein
Selbst fleißig sein,
Und kragen und schaben
Und rennen und traben,
Und schniegeln
Und biegeln,

Und klopfen und hacken
Und kochen und backen.
Ach, dass es noch wie damals wär!
Doch kommt die schöne Zeit nicht wieder her!

Die Önnerbänkissen

Die Önnerbänkischen sind kleine Leut
Und wohnten sonst vom Strande nicht weit
In grünen Dünen.
Sie kamen hervor, wenn das Wetter klar,
Bald sichtbar und bald unsichtbar,
In Sternennächten.
Sie planschten und wuschen im Wässerlein
Und bleichten die Wäsche wie Schnee so rein
Im Mondenscheine.
Man sah sie nicht kochen, doch blauen Rauch,
Und hört im Berg ihre Stimmchen auch,
Musik und Singen.
Oft klangen die Fideln und sang ein Chor:
Wipp, schlüpften sie aus dem Berg hervor
Zu Ringeltänzchen,
Und ringelten hin und ringelten her,
Als ob hier lustige Hochzeit wär,
Am grünen Strande.
Sie nannten den Himmel Tropfensaal
Und flohn vor dem Donner allzumal
Wie weggestoben! –
Im Winter, wenn frisches Eis im Teich,
So kamen sie auf Schlittschuhn gleich,
Und schoben Kegel:

Purr! schnurrte die Kugel, und fiel was um,
So blieb das kleine Volk nicht stumm,
Schrie: Alle Neune!
Die Kegel, die Kugel, die sah man dort,
Doch nicht die Leutchen am selben Ort;
Nur Schlittschuhblinken.
Man sah das Blinken und Spur hingehn,
Manch zierliche Eisfigur entstehn:
Die konnten Künste!
Fiel einer und fiel sein Käppchen vom Kopf,
Da sah man liegen den armen Tropf
Und hört ein Lachen!
Rings, rings klein kleine Stapfen im Schnee.
Im Sommer tropfte der Tau vom Klee,
Worauf sie gingen.
Die Blümchen aber bogen sich kaum:
Sie traten auf so leicht wie ein Traum,
Mit Geisterfüßchen.
Sie buken Kuchen mit süßem Kern:
Da riefen die Kinder – sie aßen sie gern –
Gebt Kuchen, Kuchen!
Das Önnerbänkischen keiner sah;
Doch lag auf einmal ein Kuchen da
Mit süßem Kerne.
Auch Teller und Schüsselchen liehn sie aus
Zur Kindtauf oder zum Hochzeitsschmaus
Von blankem Golde:
Man ging nur und klopfte und fing davon an,
So schleppten die kleinen Leute schon an:
Man brachts dann wieder,
Und legt ein kleines Geschenk dazu

Und drehte sich um, da verschwands im Nu,
Recht wie ein Wunder. –
Man sagt, um Mittag schlafen sie fest,
Da krochen einst hinein in ihr Nest
Zwei kleine Kinder:
Die fanden dort eine glitzernde Pracht,
Die Kammern von Edelstein gemacht
Und Betten von Seide.
Die fühlten sich an wie Flaum so weich:
Das Volk lag drauf wie im Himmelreich
Und schlief so selig!
Ihr König der Alte, der schnarcht so fest,
Dass einer der Knaben sich locken lässt,
Nimmt einen Becher,
Und läuft mit dem Becher stracks hinaus,
Läuft und läuft und kommt nach Haus
Und zeigt das Wunder.
Der Becher von Golde war so schön,
Die ganze Welt war drauf zu sehn
In bunten Spiegeln:
Man sah da hundert Fabelein,
Meermänner, Riesen, Nixen und Fein,
Mit Feuerdrachen.
Und Ritterkampf und Ritterpreis
Und Liebeshistörchen tausendweis,
Ganz allerliebste!
Kurz, aller bunten Zeiten Lauf,
Ja selbst Unmögliches war darauf,
Schön wie Karfunkel.
Da gabs ein Kucken, ein Wenden und Drehn,
Ein jeder wollte was andres sehn,

Und alle sprachen:
Kind, wahre den Becher, der bringt dir Glück!
Nein! sprach das Kind, ich trag ihn zurück
Zur grünen Düne;
Und lief schnurstracks in den Berg hinein
Und setzt auf das Tischchen von Marmelstein
Ihn wieder nieder:
Und wollte davon in vollem Lauf;
Da wachten die Önnerbänkischen auf
Und sahn das Kindchen:
Was laufst du, lieb ehrlich Bübelein?
Weil noch in unserm Hübelein,
Lass dir was schenken! –
Da gaben dem Kinde sie tausendviel,
Zuletzt ein wunderlich Saitenspiel,
Das klang gar eigen!
Und als das Kind das Klimpern verstand,
Klimpimperten immer in seine Hand
Blitzblanke Taler. –
Die Önnerbänkischen sind wahrlich gut;
Doch leiden sie keinen Übermut,
Von keinem Menschen;
Auch selbst im Spaß kein kleines Geneck:
Beim Spiel nahm jemand ein Kegelchen weg
Und hielts in die Höhe –
Da kam das Völkchen mit Zeterschrein
Und zwickte den langen Kerl ins Bein;
Da musst ers lassen.
Er wurde mit Kneifen fast abgepellt,
Bis er den Kegel genau gestellt,
Wie er gestanden!

Ein andrer hörts, zieht Stiefeln an,
Damit ihn das Volk nicht kneifen kann,
Leibhohe Stiefeln.
Dem Manne gehörte das Stückchen Land,
Und nahm nun Spaten und Hacke zur Hand
Und wollte graben,
Will sehn, was da für Wirtschaft ist,
Ob man da wird Jud, Heid oder Christ? –
Er gräbt und hacket,
Und gräbt und hackt schon tiefer hinein –
Da klingt es hohl, da hört er schrein:
»O weh o wehe!
Du hackst ins Dach, es fällt unser Haus!
Es fällt auf uns!« – So geht heraus!
Begann der Bauer. –
»Mensch! Gerne geht wohl keiner heraus,
Wenn lang er gewohnt in einem Haus –
Erklangs da wieder.
Wir wohnten hier schon, eh man Haber gesät,
Wir wohnten hier schon, eh man Gras gemäht;
Lass uns mit Frieden! –
Wir wohnten hier schon, eh man Bier gebraut,
Wir wohnten hier schon, eh man Häuser gebaut;
Lass uns mit Frieden! –
Wir wohnten hier, eh ein Mensch noch kam
Und eine Rübe vom Felde nahm;
Lass uns mit Frieden! –
Und hörst du nicht auf, du Übermut,
So sieh dich um! – Sieh zu wies tut,
Sein Haus verlieren!

Ja, sieh dich um! Sieh zu wies tut!« –

Da sieht er sein Haus in heller Glut,
In lohen Flammen!
Vor Schrecken der Mann sich selbst nicht kennt
Und rennt und rennt und rennt und rennt
Hinein zum Dorfe.
Ihm nach erklingts: »Du Übermut,
Da sieh wies tut! da sieh wies tut!«
Viel tausend Stimmchen.
Der Mann schreit Feuer im Dorf herum,
Doch niemand kümmerte sich darum,
Die Bauern lachten.
Sie sprachen: Wir sehn nicht Rauch, nicht Schein:
Du kommst wohl eben vom süßen Wein?
Du bist betrunken!
Da sprach er: so muss ich löschen allein,
Und schöpft einen Eimer Wasser ein
Und läuft zum Hause.
Da kommt sein Weib aus dem Keller hervor –
Platsch! gießt er den Eimer ihr übers Ohr,
Sie auszulöschen,
Und schöpft aufs neu, Großmutter kommt,
Kein Reden hilft, kein Bitten frommt;
Er gießts ihr über!
Er sieht allein die Flammen nur,
Begießt Tisch, Bett, Stuhl, Bank und Flur,
Stall, Küh und Kälber,
Den Hund an der Kette, die Ziegen im Gras:
Das war für alle Leute ein Spaß
Im ganzen Dorfe!
Und endlich fing man den tollen Hans
Und begoss ihn selber: das war ein Tanz!

Nun ward ihm anders. –
Da stand und glotzt und gaffte der Mann
Und sah das nasse Haus sich an,
Und lachte selber.
Er merkte, das Feuer war Geistertrug,
Und dachte: das war nun Spaß genug,
Und ließ das Graben.
Und verkaufte das Geisteräckerchen gern,
Er gabs für ein Ei und drei Mandelkern,
Und mied die Düne.
Die Önnerbänkissen meiden sie auch,
Man sieht nur selten noch blauen Rauch,
Sie ziehn sich tiefer.
Es rumpelte so die eine Nacht,
Da, sagt man, haben sie weggebracht
Den Drachenkasten.
Noch hat man im Land ein eigen Lied,
Das sich auf der Geister Ziehn bezieht,
Die Kinder singens.
Weiß niemand, wer es die Kinder gelehrt,
Man glaubt, sie habens am Strande gehört,
Dort in der Düne.
Es lautet: »Welt, Welt, Welt entweich!
Zieht ein, zieht ein ins Niederreich,
Da blühn die Felder!
Da tobt nicht Krieg, nicht Sturm, nicht See,
Da tut der Winter mit Schnee nicht weh,
Da fließts von Bächen!
Und Bäume wachsen und Früchte bunt,
So süß wie ein Kuss von Kindesmund,
Und Vöglein singen,

Und Hasen springen und Hirsche im Strauch,
Und Ringeltänzchen tanzen wir auch
Auf grünen Auen.
Was brauchen wir Sonn und Mondenschein?
Uns leuchtet ja der Karfunkelstein
Allmächtig, prächtig. –
Nun trippelt und trappelt hinab, hinab!
Lass keiner keine Nebelkapp
Im Winkel liegen!«
Dies Liedelein, sagt man, sangen sie
Im Ziehn, doch ganz entwichen sie nie:
Es gibt noch welche.
Und manchmal kommt noch eines heraus
Und wohnet bei guten Leuten im Haus:
Sie tun viel Gutes.

Die Zwerge in Pinneberg

In Pinneberg eine Hochzeit ist, auf, auf, ihr lustigen
Geister!
Flink hin wos was zu essen gibt, wir sind Schnablierens
Meister!
Ja! rief das sämtliche Gezwerg,
Nach Pinneberg – nach Pinneberg!
Mit feinen Stimmchen: Pinneberg!
Mit gröberen: – nach Pinneberg!
Ja Pinneberg!
Nach Pinneberg!

Die Gäste sitzen schon am Tisch und denken nun zu
schmausen;
Doch zwischen hockt das Geistervolk und flink beginnt

das   Mausen.
Kehrt   sich   ein   Gast   zur   Nachbarin,
Schlipp   schlapp,   ist   seine   Suppe   hin!
Es   fasst   es   kein   Verstand   und   Sinn,
Er   sieht   sich   um,   wo   ist   sie   hin?
Wo   ist   sie   hin,
Wo ist sie hin?

Es sind die Zwerge nicht zu sehn, sie haben Nebelkap-
pen,
Sie drehen, wenden, ducken sich, man kann sie schwer
ertappen.
Sie   höhlen   aus   den   ganzen   Fisch,
Sie   ziehen   aus   der   Gans   den   Wisch,
Sie   langen   das   Konfekt   vom   Tisch,
Sie   trinken   aus   den   Gläsern   frisch
Wein   und   Gemisch
Verschwenderisch!

Der Tanz beginnt, man steht nun auf, die Gäste sind
noch   nüchtern!
Es knurrt der Magen und man war im Nehmen doch
nicht   schüchtern!
Doch,   kam   auch   noch   so   viel   herein,
Gleich   war   das   Zwergvolk   hinterdrein,
Weg   war   sogleich   Bier,   Meth   und   Wein,
Im   Nu   auch   jeder   Teller   rein
Von   Leckerein
Und Näscherein!

Die Gäste sind zum Tanz so leicht, als wär es vor dem
Speisen.
Hei! wie gelang den Paaren es im Saal herumzukreisen!

Doch	bald	erhebt	ein	Stäuben	sich
So	mächtiglich		und		fürchterlich,
Als	tanzte	hier			unsichtbarlich
Der	Püsterich			mit	Alberich
Und					Alberich

Mit Kalberich.

Und sieh! so wars; die Zwerge sind vom vielen Wein betrunken:
Da wird im Saal herumgeschleift, gehumpelt und geh-
unken!

Dem	einen	juckt	so	weit	die	Haut,
Er	küsst	beherzt	die		schöne	Braut,
Und	was	der	Eine		sich	getraut,
Getraut	sich	alles		böse		Kraut:
Es		graut		der		Braut,

Die fühlt, nicht schaut.

Den Bräutigam verdrießt das Ding: er schlägt um sich
im   Zorne,
Und trifft, da fliegt ein Käppchen ab dem einen Zwerg
von   vorne.

Das	fängt	der	Bräutigam	sodann
Und	sieht	nunmehr	den	kleinen	Mann,
Der	aber	blickt	ihn	bittend	an
Und	weint	so	sehr	man	weinen	kann:
»Sei		kein			Tyrann!

Lass los den Bann!«

Halt fest! rief da ein Gast ihm zu, dann kommen andre
Zwerge,
Die bringen dir zum Lösegeld viel Schönes aus dem
Berge.

So! kneif ihn recht! dann schreit er sehr,
Da kommen Zwerge mehr und mehr:
Sieh! keiner hat die Hände leer
Und alle tragen Schätze schwer;
Sie keuchen sehr:
Kneif ihn noch mehr!

Wie mühsam kommt nun einer an mit einer goldnen
Kette
Und fleht der schönen Braut, dass sie den Kameraden
rette.
Die Braut, zufrieden mit dem Kauf,
Setzt nun dem Schelm sein Käppchen auf,
Gibt einen Kuss ihm obenauf
Und sagt: nun armer Schelm, nun lauf!
Lauf Zwergehauf
Den Berg hinauf!

Da lief so schnell es konnte fort das ganze Volk der
Zwerge
Und zankte sich noch lange Zeit, man hört es tief im
Berge.
Sie sagten: Nie nach Pinneberg –
Spricht einer noch von Pinneberg,
Den schicken wir nach Pinneberg,
Und lassen ihn in Pinneberg,
In Pinneberg,
In Pinneberg!

Der Braut zu Füßen aber liegt der Saal gehäuft voll
Schätze,
Und jeder Gast empfängt ein Stück, dass er sich dran
ergötze.

Aufs neu beginnt das ganze Fest;
Und da nun fort das Wespennest,
Ein jeder sichs auch schmecken lässt,
Was man ihm bringt aus Ost und West,
Und hält es fest
Bis auf den Rest.

Des kleinen Volkes Überfahrt

Steh auf, steh auf! Es pocht ans Haus –
»Tipp, tipp!« – Wer mag das sein?
Der alte Fährmann geht hinaus.
»Tipp, tipp!« – Wer mag das sein?
Nichts sieht er, – halb nur scheint der Mond,
Die Sache deucht ihm ungewohnt! –
Da flüstert es fein:
»O Fährmann mein,
Wir sind ein winzig Völkelein
Und haben Weib und Kindelein.
Fahr über uns, die Müh ist klein,
Und jedes zahlt sein Hellerlein.
Es lärmt zu sehr im Lande,
Wir wollen zum andern Strande.

Unheimlich wirds an diesem Ort,
Es gellt hier zu viel Hammerschlag
Und schießt und trommelt fort und fort,
Die Glocken läuten Tag für Tag!« –
– Der Fährmann steigt in seinen Kahn:
Ich will euch fahren: kommt heran!
Werft ohne Betrug
Das Geld in den Krug! –

O welchen Lärm vernahm er da,
Obwohl er nichts am Ufer sah:
Er wusste nicht wie ihm geschah,
Es klang wie fern und war doch nah:
Zehntausend kleine Stimmchen,
Viel feiner als die Immchen.

Der Schiffer ruft dem Knechte sein;
Er kommt. Die kleinen Wesen schrein:
»Zertritt uns nicht, wir sind so klein!«
Da musst er wohl behutsam sein!
Tück, tück! fiels in den Krug hinab
Wie jeder seinen Heller gab.
Pirr! trippelts heran
Und stapft zum Kahn
Und ächzt wie mit Kisten und Kasten schwer,
Rückt, drückt und schiebt sich hin und her,
Es drängt und zwängt sich immermehr:
»Fahr ab, der Kahn will sinken,
Fort! eh wir all ertrinken!«

Der Schiffer stößt vom Ufer los,
Und als er jetzo drüben war,
Geht an das Schiff mit leichtem Stoß.
Auh! schrie die ganze kleine Schar,
In Ohnmacht fiel da manche Frau,
Das hörte man am Ton genau.
Nun dappelts hinaus
Mit Katz und Maus,
Mit Kind und Kegel und Stuhl und Tisch,
Mit Kisten und Kasten und Federwisch.
Es war ein Lärmen und ein Gemisch
Von Ruf und Zank und Stillgezisch.

Nichts sieht man, doch am Schalle
Hört man, hinaus sind alle. –

Nach holt er wieder neue Schar:
Die lärmt hinaus: er fährt zurück.
Als dreißigmal gefahren war,
Lässt nach im Krug das Tück tück tück. –
Er fährt den letzten Teil zum Strand:
Der Mond geht unter am Himmelrand.
Doch dunkelt es nicht:
Was glänzt so licht?
Am Strand gehn tausend Lichter klein,
Wie von Johanniswürmelein. –
Da rafft der Knecht vom Uferrain
Erdboden in den Hut hinein,
Setzt auf, und kann nun schauen
Die Männlein und die Frauen.

O welche Wunder er nun sah:
Der ganze Strand war all bedeckt,
Sie liefen mit Laternchen da,
Von Gras und Blumen oft versteckt,
Und trugen Kindlein wunderhold
Und Edelstein und rotes Gold. –
Hei, denket der Knecht:
Das kommt mir recht!
Und langt begierig aus dem Kahn
Am Uferrande weit hinan: –
Da merket ihn ein kleiner Mann,
Der fängt ein Zeterschreien an! –
Puh, puh! sind aus die Lichte,
Verschwunden alle Wichte!

Drauf flog es her wie Erbsen klein:
Es mochten kleine Steinchen sein:
Die warfen sie mit großer Pein,
Und ächzten mühsam hinterdrein! –
»Es sprühet immer mehr wie toll!
Fort, fort von hier, der Kahn wird voll!« –
Sie wenden geschwind
Herum wie der Wind,
Und stoßen eilig ab vom Land
Und fahren in Angst sich fest im Sand,
Bald rechter Hand, bald linker Hand,
Und immer ruft es nach vom Strand:
»Das Fliehn war euer Glücke,
Sonst kamt ihr nicht zurücke!«

Die Trommelmusik

Hans Pumper fährt zur Stadt – hi! ho! –
Was kommt da aus dem Büschchen?
Klein Männchen kommt herausgeschwirrt
So munter wie ein Fischchen:
»Wo fährst du hin?« – Zur Stadt, hi! ho! –
»Was willst du da?« – Was kaufen! –
»Was kaufst du denn?« – Zur Hochzeit was! –
»Hei! wie die Pferde laufen!
Lad mich doch ein!« – Das wär mir recht! –
»Ich lass mich auch nicht lumpen,
Ich bring dir dann zur Hochzeit mit
Von Gold einen großen Klumpen.« –
Aha! brr, brr! steh Schimmel, steh!
Das wär ja sehr manierlich!

Wie groß? – »Wie dort dein dicker Kopf!« –
Das   nenn   ich   reputierlich!
Bring, Männlein, bring, und nicht zu spät;
Du   bist   mir   sehr   willkommen.
– »Hans Pumper, noch eins! Was wird dazu
Für   Tanzmusik   genommen?«   –
Die   schönste   Musik,   die   beste   Musik
Soll   um   die   Ohren   klingen,
Ja   Trommelmusik   und   Paukenmusik:
Da   wollen   wir   eins   springen!   –
»Wie schad! leb wohl!« – Warum? – »Leb wohl,
Nun   musst   du   mirs   erlassen,
Was   ich   versprach: die   Trommelmusik
Die   will   für   mich   nicht   passen!«
Da huscht es fort – So komm doch nur! –
»Nein,   nein,   ich   muss   dir   sagen:
Die   grobe   Musik,   die   Trommelmusik,
Die kann ich nicht vertragen!« –

Prolog
zur ersten Aufführung der deutschen Übersetzung eines neapolitanischen Volkslustspieles

Personen: *Pulcinella* und die *Poesie*

Pulcinella, *marschierend, ein Bündel auf einem Stock tragend.*
Rammta tammta, rammta tammta, rammta tammta, tatatam.

Die Poesie. Pulcinella!

Pulc. Rammta tammta.

Poesie. Pulcinella!

Pulc. Rammta ta- – uh.

Poesie, *ihn am Ohre haltend.* Steh! wo willst du hin?

Pulc. Wohin ich will?

Poesie. Wohin?

Pulc. Dahin zurück, Wo ich geboren bin.

Poesie. Wohin denn, wieder nach Apulien, Oder nach Neapel?

Pulc. Beides gilt mir einerlei.

Poesie. Um dort Etwas vorzunehmen?

Pulc. Vorzunehmen? Ja, ich will mich da So an die Erde legen unter die Pommeranzen, oder wo Lauben sind von Trauben, dicht am Ufer, wo mich die Meeresluft Freundlich abkühlt, während ich mir den Bauch mit süßen Feigen da, Lehnend auf den gefüllten Weinkrug, nach und nach vollstopfe.

Poesie. So?

Pulc. Oder bei dem geliebten Garkoch soll die schönste Tochter mir Ganze Bündel Maccaroni zierlich in das Maul winden . . .

Poesie. So?

Pulc. Während man zu der Zither Klange lustig Taran-
tella   tanzt,
Tarantella, Tarantella, taran tarantella (*will hinwegtan-
zen*)

Poesie.   Halt!
Darum hast du deutsch erlernt, Schelm? Steh! Warum
rennst   du   mir   davon?
Rede!

Pulc. Weil ich will. So gerne. Weil es hier nichts ist.

Poesie. Mit was?

Pulc. I, mit nichts.

Poesie. Sprich deutlich, ich versteh dein Gerede nicht!

Pulc.   Es   ist
Dreierlei, was mich dahier kränkt. Erstens: weht der
Winterwind
So unerbittlich bis in den Sommer immerfort und
immerfort,
Bis er die Seel im Leib – erfrieren macht –

Poesie. Und zweitens?

Pulc.   Zweitens,   ja,
Zweitens tragen alle Narren hier sich zu gesetzt; jeder
meint
Es mit der Narrheit völlig ernsthaft. Lacht ihn unser
einer   aus   –
Schwapps! bekommt er eins aufs Maul zu seiner Zeit
und   schweigt   hernach.
Drittens: mangelt mir ein Gelehrter.

Poesie. So? Warum?

Pulc. I weil sie mich
Gar für nichts ansehen werden, wenn ich vorher
nicht beschrieben bin
Und auf die Flatterblätterlappen überall herumge-
druckt.
Aber im Fall mich einer so heraufschraubenschreiben
wollte;

Poesie. Nun?

Pulc. So verblieb ich da, und zwar so lange –

Poesie. Nun, wie lange denn?

Pulc. Just so lange, wie in Italien euer Erzlandschimpfer
blieb,
Den die Flöhe hinausgebissen, was für uns ein Jubel
war!
Der . . .

Poesie. O schweige! War das lange?

Pulc. Nein, nicht eben lange, doch
Ungefähr so lange bleibt was Gutes, nämlich ich dahier.

Poesie. Also einen Gelehrten willst du, der auf der
Prahlposaune bläst?

Pulc. Ja, und einen der mit Gewalt bläst, einen gelernten
Schmetterhals,
Dem die Berliner Oper Spaß ist, kurz der so laut
schmettern kann,
Bis der Markt voll Menschen steht, und jeder fragt:
wo brennt es denn?
Donnerwettern muss er, bis uns der Rahm im Topf

zusammenläuft.

Poesie. O, von dergleichen Prahlposaunen wimmelt Deutschland überall.

Pulc. Aber wenn das Gelärm vorbei ist, sag einmal, wer zahlt   zuletzt
All das Prahlposauner Geld?

Poesie. Du selbst.

Pulc. Ich   selbst?   –   Ich   habe   nichts.
Lege du derweilen aus.

Poesie. Du weißt es wohl, ich habe nichts.

Pulc. So? – Wir haben alle beide nichts? – Geschwind nun   aufgepackt!
Marsch denn! (*will fort*)

Poesie. Bleib! Ich will für dich nun zu den Deutschen reden.

Pulc.   Schön,
Gut, versuch es; hübschen Leuten hört ein jeder freundlich zu.

Poesie. Also still!

Pulc. Noch eins –

Poesie. Geschwind!

Pulc.   Frau   Poesie,   ich   bitte   dich,
Sage nur dahier, ich sei der Pulcinell, und nimmermehr
Casperl, oder Thaddädel, oder gar jener Berliner Theaterspaß,
Welcher zwar bald so, bald so ist, aber zugleich das-

selbe bleibt.

Poesie. Was?

Pulc. Du kennst ihn nicht? Geschwind, ich bitte dich, sag ihnen das!

Poesie. Also still!

Pulc. Noch eins –

Poesie. Geschwind!

Pulc. Sag ihnen noch: der gepeitschte Narr,
Jener Bajazzo habe mir vor langer Zeit ein Hemd sti-
bitzt
Und sich damit, so dumm er ist, hübsch aufgestutzt, und tue nun
Just, als wär er Ich; allein hier fehl es ihm, hier fehl es ihm!

Poesie. Pulcinell!

Pulc. Da bin ich.

Poesie. Sage, wirst du endlich ruhig sein?

Pulc. Ja, wenn ich im Grabe liege.

Poesie. Schweige still!

Pulc. So frag mich nicht!

Poesie. (*zu den Zuschauern gewendet*)
Jetzt, geneigter Kreis, vernimm es: dieser schwarzver-
larvte Mann
Ist geboren wo des Homerus Zauberfabeln wandel-
ten;
Aber darum kein Mensch –

Pulc. Bewahre!

Poesie. Nein, ein leichter Maskenscherz!
Wo der Vesuv sein Prachtgewölk in dunkelblauen
Äther türmt,
Schuf der leichte Sinn der Menschen, sich zur Lust,
dies Lustgebild,
Welches der Dichter Odem täglich neu belebt und
neu beseelt:
Hoch fantastisch, leicht beweglich, wie sich der See
Gekräusel hebt;
Dort um das Paradies des Erdballs, wo die gescharte
Menge lacht,
Wenn sie der Welt gesamte Torheit spiegeln sieht in
diesem hier,
Der mit der Einfalt Zunge lallet, aber der Weisheit
Pfeile wirft,
Wenn er des Volkes Weh und Kummer wegzuscher-
zen, Leiden spielt,
Oder gerüstet, hoch auf Stelzen, wie im Traum, das
Weh besiegt,
Oder mit des Mutterwitzes Funken neckend sprüht
um sein Gespräch:
Leicht beschuht, in jedes Standes bunte Torheit ein-
gemummt,
Eben ein König, wieder ein Bettler, tändelt er mit der
gesamten Welt,
Wie des azurnen Meeres Brandung in des Gestades
Muscheln wühlt
Und, mit Korallen bunt gemengt, sie hebt und senkt
im Silberschaum. –
Nehmt den wunderbaren Gast nun freundlich auf in
der Freude Kreis;

Euch zu ergötzen, gab ein Dichter Deutsch ihm in
den   verwöhnten   Mund,
Welcher sonst nur honigsüßes Süditalisch hergelallt.
Sollt es glücklich ihm gelingen, aller der schwarzen
Sorgen   Schwarm,
Die von Osten, die von Westen flattern in der beweg-
ten   Welt,
Von dem Gemüt euch fortzugaukeln, wenge heitre
Stunden   nur   –
O so gewährt des lauten Beifalls herzerfreuend Lust-
geklatsch! –

Der Becher

Auf dem Becher aus klarem Golde
Bilde   einen   kleinen   Knaben,
Wie   er   eine   volle   Traube,
Mit den Händchen drückend, aussaugt,
Schwelgend in dem süßen Moste.
Und   daneben   steh   ein   Jüngling,
Der ein Mädchen hält und küsset.
Neben   einem   vollen   Schlauche
Sitz   ein   Alter   dann   am   Boden:
Abgewendet   füll   er   eifrig
Sich zu neuem Trunk den Becher!

Vor Neapel

Kühlung   bietend   eröffnet   dort
Ein Lustgarten den Blick über das weite Meer –
Das   hell   schimmernden   Glanz   verstreut!
Dorther funkelt die Stadt, ach und die schönste Stadt!

Sieh, der Bäume Gezweig umhangt
Festlich wechselndes Licht bunter Laternen Glut;
Oleander erhellt es und der Palmen Pracht.
Hoch im himmlischen Blau hanget der Silbermond
Und umscheint des Vesuvs Gewölk,
Das wie Flocken dahin flieht in dem milden Hauch! –

Ein Karnevalsfest auf Ischia

Auf der glückseligen Insel Ischia, die mit allem Segen
Gottes reichlich überschüttet ist, lebte zu einer Zeit ein
vornehmer Mann, von den Leuten schlechthin Don Antonio genannt, welcher in seiner Lebensweise von den
meisten seinesgleichen das Widerspiel war. Er verprahl-
te sein Geld nicht in der Residenz, weder mit schönen
Tänzerinnen noch Sängerinnen, auch ward es weder
verbankettiert noch vertändelt noch verspielt, noch auf
schönen Pferden vergaloppiert. Er überließ die Verwal-
tung seiner Güter auch nicht, wie viele Herren, den
Händen habgieriger oder fahrlässiger Schaffner, hielt es
auch nicht für wohlgetan, alles in Bausch und Bogen zu
verpachten, um in Gemächlichkeit gleichsam den Rahm
von der Milch zu essen, während andre sich mühten
und plagten. Nein, er hielt es für sehr anständig und
vornehm, wirklich Herr der Scholle zu sein, womit Gott
ihm ein Geschenk gemacht, und zwar ein ziemlich an-
sehnliches: Denn er besaß manches Obst- und Ackerland
in den Niederungen am Meere, manche schöne Lehne
mit guten Reben, dazu wohlgebaute Landhäuser mit
mancherlei zierlichen Kunstwerken ausgeschmückt, alles sehr fröhlich und wohlgelegen. Seine gewaltigen
Thunfischnetze ließ er weit ins Meer hinbreiten, seine

Wachtelnetze hing er wie Spinneweben über alle Klippen.

Aber fröhlicher als alles dieses war der Herr selber, ein rascher rühriger Witwer. Sein Wahlspruch war: »Des Herrn Auge macht die Kühe fett; aber nicht wenn es blind ist.« Daher kam ihm die Gewohnheit: mit allem, die seine Güter ihm bewirtschaften halfen, sehr häufig und genau zu rechnen, damit er beständig wüsste, wie er mit jedem daran wäre; »denn, was man auf die lange Bank schiebt, verfault,« sprach er und war überall hurtig hinterdrein. Er bezahlte keinen Tagelohn; sondern sprach zu den Leuten: »wie viel wollt ihr, wenn ihr mir dies und das arbeitet?« und handelte sehr scharf; doch, wenn er zuletzt die Arbeit wohl bestellt fand, gab er manchen Groschen zu, sodass die braven Arbeiter fröhlich von ihm nach Hause gingen und nicht darben durften. Wer aber faul war, kam des geringen Lohnes wegen lange nicht wieder und, kam er endlich, so arbeitete derselbe Mann viel mehr als vorher – wegen der Groschen, welche der Herr zulegte. Daher kam es, dass alles Volk, welches da herum lebte, die Arbeit lieb gewann und den weisen Don Antonio: Denn er war keineswegs geizig. Er war den Faulen nur genau, damit sie emsig würden, und teilte sonst gern mit, wo es nottat. Almosen jedoch gab er auch nur sparsam. Er sah lieber zu, wie er die Leute gründlich wieder aufbrächte, und pflegte darum nicht erst dann zu helfen, wenn einer schon ganz darniederlag; sondern wo er einen Ehrlichen sah, der sich plagte mit seiner Wirtschaft und doch mehr zurück als vorwärts kam, – zu dem ging er hin und fragte: »Freund, wie steht es?« Und wenn er alles erforscht hatte, sprach er weiter: »Ich will dir einen Rat geben: so und so musst du es machen; aber ich sehe, deine Mittel sind zu schwach; darum komm zu mir und hole dir Werkzeug, silbernes und eisernes, damit magst du wirtschaften. Ich will dir Zweig und Samen geben und doch sehn, ob ich recht habe mit meinem Rate.«

So und noch viel besser wusste Don Antonio mit den Leuten zu sprechen und stand allen bei mit Rat und Tat und schlichtete manchen schlimmen Handel. Daher kamen alle Sorgenvollen auf der Insel zu ihm, und wem er half, der achtete sich damit gelobt und nahm sich zusammen, dass er seinem Helfer keine Schande machte. Durch solche Dinge war Don Antonio bei Vornehm und Gering groß angesehn. Sein aufrichtiges Tun und Treiben war so herrlich, dass er sich gar nichts damit vergab, wenn er schlichthin mit jedermann sprach und scherzte; dazu waren seine Reden in allen Stücken anmutig zu hören für jeden, er mochte sein, wer er wollte, und wo ehrliche Leute fröhlich waren, sparte Don Antonio nichts, er gab mit Freuden her und lachte mit.

Da ihm nun jung und alt so zugetan war, so war, wie sich leicht denken lässt, auch großer Segen auf allem, was der weise Don Antonio bestellen hieß; besonders aber waren seine Fruchtfelder unter dem schönen Himmel ein beständiges Grünen, Blühen und Ernten. So viel geschah bei Don Antonio, dass man von Jahr zu Jahr die Gegend nicht mehr wiedererkannte. Die Regenbäche, welche sich im Winter von allen Bergen stürzten, ließ er nicht so wild ins Meer hineintaumeln. Nein, er verschloss sie bald oben in großen Klüften, aus denen er sie erst im Sommer wieder herausließ, die dürren Hänge zu wässern; denn er sagte: So ist die Erde: Lassen wir sie dürsten, so lässt sie uns dürsten. Und wo er einen kahlen Felsen sah, sprach der fröhliche Mann vor seinen Leuten: »Warte, du fauler Stein, du bratest dahier an der Sonne! Von dir wollen wir bald Wein trinken!« Und hieß Terrassen umherbaun und aufschütten, die er mit Reben umzog, immer bis zum obersten Gipfel hinan, sodass man wenige Zeit darnach die allerbesten Trauben lesen konnte, wo vorher der klirrende Felsen war.

Aber, aber, je schattiger es um Don Antonio rings auf allen Klippen wurde, – je lichter ward es auf seinem eigenen Haupte, und als er eines Tages seiner Gewohnheit nach auf freiem Felde gebetet hatte, hielt ihm sein alter Diener Pietro die Hand, womit er das Käppchen wieder aufsetzen wollte, und sprach, indem er des Herrn Schädel recht eigens betrachtete: »aber, mein lieber Don Antonio, wie werdet Ihr kahl!« –

»Jawohl, du alte Haut,« sprach Don Antonio lächelnd, »alles ist eitel! Die Blätter fallen von den Bäumen. Doch – was tuts? – Wenn man nur munter ist, und frisch arbeiten kann.« –

Da sprach Pietro wiederum: »Aber mit Verlaub, gnädiger Herr, für wen plagt Ihr Euch so Tag und Nacht? Was hilft Euch all das Zeug, die vielen Felder und Schlösser, wenn Ihr so allein seid und keinen Sohn habt, dem Ihr alles nachlassen könnt? Es ist endlich Zeit, dass Ihr das Witwerkissen wegtut und wieder an das Heiraten gedenkt, eh Euch die paar Haare vollends ausgehn!« –

Da sprach Don Antonio: »Lieber Pietro, ich denke Tag und Nacht daran; denn ich will auch nicht von der Welt wegbrennen wie ein Talglicht, von dem nichts nachbleibt wie die letzte Schnuppe. Ich will gern heiraten, dazu sind aber zweie nötig.« –

»Ih, die zweie sind da,« sprach Pietro wiederum. »Geht nicht so lange Zeit um das schöne Weib, die junge Witwe herum, die Euch so gern sieht. Herr, wartet so lang Ihr wollt, schöner wird sie doch nicht! Also, flink zugelangt, so ist beiden wieder geholfen.«

»Flink zugelangt ist bald gesagt, lieber Pietro; doch Donna Teresa ...«

»Eh! Donna Teresa, gnädiger Herr,« fiel Pietro ein, »nehmt es mir nicht übel – aber Ihr seid ein wunderlicher Mann. Ihr seid herzhaft und entschlossen wie ein altes Pferd in allen vier Elementen, fürchtet Euch auch vor keinem Christen noch Heiden; nur vor den paar schwarzen Augen, da werdet Ihr wie ein Kürbis. Wie oft soll ich meine Mütze noch mit Füßen treten, wenn ich Euch so mit ihr stehn sehe? Immer sag ich da bei mir selber: sprich, sprich, Don Antonio! Jetzt ist es Zeit! Drück ab, drück ab! Feuer! – Aber prosit die Mahlzeit, Ihr tut die Lippen nicht voneinander!« –

»Du redest, wie du es verstehst,« sprach der Herr wiederum. »Es schwärmen jetzt Freier um sie her, die ihr besser gefallen, Leute mit vollen Locken.«

Da sprach Pietro wieder: »Eh! Locken oder nicht! Wenn man aus allen Freiern in der Welt nur einen Mann macht – Ihr seid mehr wert wie alle zusammen! – Mein lieber Herr Don Antonio, wenn das Weib Fenster im Kopfe hat, muss sie doch sehen, dass Ihr viel frischer ausseht unter Eurer Glatze, wie die zwei jungen Maulaffen unter den Haarschnecken, welche sie alle Tage braten und ringeln; und muss denn auch ein Freier just überall rau sein wie ein Bär? Glaubt mir, gerade die Glatze, wie sie jetzt ist, kleidet Euch viel besser, wie das Gemengsel von Haaren, das Ihr sonst hattet!«

»Mach keine Possen,« sprach der Herr lächelnd, »die Weiber sehn uns mit andern Augen und haben den Kopf der Männer lieber unten glatt als oben!« Hiermit brach Don Antonio das Gespräch ab und hieß Pietro weiter arbeiten.

Nicht lange darnach, zur Zeit des Karnevals, geschah es, dass zwei Grafen aus Neapel bei ihm einsprachen, um eine bedeutende Summe Geldes von ihm geliehen zu erhalten. Er empfing die Herren freundlich und bewirtete sie in seinem städtischen Palast zu Ischia, dass sich die Tafeln bogen, weigerte sich jedoch, ihnen die Summe vorzustrecken, weil sie dieselbe, wie er wohl bemerkte, nicht zur Verbesserung ihrer sehr vernachlässigten Güter, sondern nur zum Verprassen auf dem neapolitanischen Karneval haben wollten. Seine Weigerung traf die stolzen Herren sehr empfindlich, dennoch wussten sie, solange sie noch in seiner Gesellschaft waren, den Ton der feinsten Höflichkeit zu halten. Der Ärger über den misslungenen Plan brach erst aus, als Don Antonio sie an der Tür seines Palastes entlassen hatte. Da blieb der eine der Herrn, Don Ottavio, stolz und verachtend stehen und rief ihm über die Schulter nach: »Geh zu, Kahlkopf!«

Dieses Wort hörte Don Antonio zwar nicht mehr, denn er war schon in das Haus gegangen; aber mehrere Leute, die auf der Straße standen, vernahmen es wohl und ein alter Sackträger sprach entrüstet zu dem Grafen Ottavio: »Herr, Ihr mögt sein, wer Ihr wollt; aber einem Ehrenmanne, wie Don Antonio, dürft Ihr hierzulande dergleichen nicht nachrufen!«

»Geht es dich an, was ich rede, du Lasttier?«, fragte Don Ottavio und ging stolz dahin.

Aber der Mann trat ihm munter in den Weg und sagte: »Ja, Herr, uns Ischiesen geht alles an, was einer von Don Antonio spricht. Hier bin ich, tretet auf mich; aber von Don Antonio redet künftig, wie es sich gebührt!«

»Ja, ja, seid artig, Herr Kavalier!«, rief ein Zweiter, der alles mit angehört.

»Zieht den Hut ab, wenn Ihr Don Antonios Schafe seht!« sprach ein Dritter.

»Gurgelt Euch mit Rosenwasser, wenn Ihr seinen Namen in den Mund nehmt!«, rief ein Vierter und sprang ihm keck in den Weg.

Da stand Don Ottavio still und sprach stolz zu seinen Bedienten: »Schafft mir das Gesindel vom Halse!« Da stellte sich der erste Mann wieder vor ihn hin und fragte: »Wo ist denn hier ein Gesindel? Ich sehe keines. Aber Ihr, Herr, seht Euch vor, Ihr seid hier nicht zu Hause! Wir sind freie Ischiesen, die für Don Antonio durch alle vier Elemente gehn!«

»Was hat er denn mit Don Antonio?«, fragten neugierige Schiffer, die hinzutraten. –

»Ih! Erst wirft er Don Antonio einen Kahlkopf nach, nun nennt er uns ein Gesindel!« –

»Er schimpft Don Antonio einen Kahlkopf und uns ein Gesindel!«, rief alles empört.

»Macht mir Platz!«, rief Don Ottavio wieder seinen Bedienten zu, und als diese nicht vortraten, wollte er selbst einige Leute, die vor ihm standen, seitwärts drücken; aber – diese standen wie die Mauern. Da wurde Don Ottavio noch heftiger und schalt immer mehr; denn er war, wie mancher Zornige, der Meinung, damit durchzudringen; – aber die Ischiesen verstanden das Schelten noch besser, und es ward ein so großer Lärm in der Straße, dass Don Antonio wieder aus seinem Hause kam. Als er nun sah, wie seine Gäste von den Leuten aufgehalten wurden, rief er: »Liebe Kinder, was macht ihr? Lasst sie frei gehn, es sind meine Gäste!« Da ließen alle Hände von dem Fremden ab, und der Schwarm öffnete sich vor Don Antonio. – »Der Herr da nennt uns ein Gesindel,« riefen einige. Da sprach Don Antonio beschwichtigend: »Herr Ottavio, Ihr habt sehr unrecht, diese Männer nicht nach Würden zu ehren. Ihr würdet dies auch gewiss tun, wenn Ihr sie kenntet. Es sind brave Leute, die mit ihren Armen manches Nützliche schaffen: Weingärtner, Fischer und Ackerleute. Doch ihr, liebe Kinder, müsst nicht gleich so heftig zufahren, wenn jemand, der euch nicht kennt, ein Wort fallen lässt, das niemandem gefällt.«

»Wisset, Herr Antonio, wir mussten wohl heftig werden, da er Euch beschimpft.«

»Warum aber sollte er mich denn beschimpft haben?«

»Warum, wissen wir nicht«, sagten einige, »aber er rief Euch einen Kahlkopf nach.«

»Nun, wenn es weiter nichts ist! Ein Kahlkopf bin ich wirklich,« sprach Don Antonio und nahm das Käppchen ab: »Das weiß die Sonne, die mir die Haare wegsengt. Geht in Frieden, meine Herren. Ein Kahlkopf ist ja kein Schimpf, solange die Ehrlichkeit nicht aus Zöpfen geflochten wird. Die Kahlköpfe sind mitunter die bravsten Leute. Da seht einmal hier den alten Delfin, den Fischer Jakob an. Er ist ein Kahlkopf, wie man ihn nur wünschen kann und doch – wer mag mit ihm um die Wette schwimmen, rudern und Netz werfen? Ist er nicht allemal der erste, wo es gilt, und hält er nicht das Steuer, wenn alles verzweifelt?«

»Mit Gottes Hilfe, das ist Euer schöner Mund, der das sagt,« sprach Jakob, Don Antonio den Ärmel küssend; »aber in Wahrheit, laut sag ich es vor allem Volk, mein Kahlkopf ist mir zur Ehre geworden, seit Don Antonio einen trägt!«

»Dergleichen Ehren gibt es mehr!« sprach ein andrer fröhlicher Mann und klopfte sich auf den Schädel.

»Hier auch!« sprach ein Dritter und zeigte seine Glatze.

»Hier ist wieder ein Kahlkopf!«, rief ein Vierter, und neigte sich, damit alle das sehen könnten.

»Hier mein Mann ist auch einer!«, rief ein muntres Weib und schob ihren Gatten vor.

»Mein Vater ist auch ein Kahlkopf!«, rief ein kleiner Knabe.

»Heran, ihr braven Kahlköpfe!«, rief der alte Jakob jubilierend. »Kommt daher und genießt die Ehre, die euch Gott beschieden, denn Don Antonio ist ein Kahlkopf!«

Beschämt, ohne nur eine Entschuldigung zu wagen, entfernten sich die Fremden; aber sie sahen noch von Weitem, wie sich um Don Antonio immer mehr Kahlköpfe versammelten, Leute von allen Ständen, die es sich zur Ehre rechneten, zu sein wie er. Ja, der jubelnde Schwarm brach zuletzt in ein lautes Geschrei aus: »Es lebe Don Antonio, der brave Kahlkopf!« Don Antonio aber schüttelte allen freundlich die Hand und rief verwundert aus: »Der Tausend! Welche Menge von blanken Schädeln!«

»O, in Casamicciola sind mehr wie hier!«, riefen einige.

»In Lacco sind noch viel mehr!«, riefen andre. –

»Nun, da möcht ich erst alle beisammen sehn, die auf der ganzen Insel sind,« sprach Don Antonio lachend, »da müssen ihrer ja sein wie Sand am Meere!« –

»Ja, ja, die Ischiesen sputen sich, dass sie flink kahl werden,« sprach ein leichtfertiger Vogel: »Aber keinem lässt es so hübsch wie Don Antonio!« – Und alle riefen von Neuem: »Es lebe Don Antonio, der brave Kahlkopf!« Hiermit hoben ihn die nächsten besten auf ihre Schultern und trugen ihn, er mochte sich wehren, wie er wollte, schwebend in sein Haus zurück. Dieser wunderliche Triumphzug ging dicht unter einem Balkone vorüber, auf welchem Donna Teresa mit Antonios lockigen Nebenbuhlern stand. Sie lachte von Herzen über den Spaß, den sie von Anfang mit angesehen, und nickte freundlich. Don Antonio konnte kaum den Gruß erwidern, so schnell trug man ihn dahin, und das Volk jubelte noch lange vor dem Hause, als er schon auf seinem Zimmer war.

Der brave Mann freute sich herzlich über die harmlosen Äußerungen des Volkes und die wunderlichen Ehrenbezeugungen; doch gestand er sich zugleich, die Feier seines Kahlkopfes wäre ihm überall lieber gewesen, als gerade unter dem Balkone seiner Dame. »Nun, des Himmels Wille geschehe!« sprach der fromme Philosoph und ging wieder an seine Geschäfte.

Aber da es nun einmal Karnevalszeit war, ging das fröhliche Volk auf dem Markte nicht so bald auseinander. Im Gegenteil, es sammelte sich von Neuem, als ein Freund des Gefeierten erschien, ebenfalls ein Kahlkopf, Don Carlo genannt, der ihm ziemlich glich an Reichtum und Sitten, aber weit ausgelassener und fantastischer zu scherzen pflegte. Er hatte so eben eine fröhliche Tafel verlassen und des lieblichen Weines nicht zu viel und nicht zu wenig genippt, sondern gerade genug, um in der allerbesten Laune gleichsam zu schweben. Als er nun über den wilden Schwarm von Kahlköpfen erstaunt, nach der Ursache des gewaltigen Gelächters und der sonderbaren Versammlung fragte, drängten sich, ihm den Vorfall zu erzählen, alle heran, wie Beeren sich, wenn sie voll wird, um den Stiel der Traube drängen. Alle Kehlen schrien und jedermann erzählte, die nahe standen, mit Worten, die ferne waren, mit Gebärden, bis Don Carlo sich die Ohren zuhielt und die Augen fest verschloss und selber schrie: »Schweigt! Ich weiß nun alles! Still und hört, was ich euch sage!« Nach diesen Worten war es nicht so bald still, nein, alles schrie nun immer wieder von Neuem: »Still und hört, was Don Carlo sagt!« bis auch dieses Geschrei leiser und leiser endlich in eine Totenstille verscholl.

»Nicht so feierlich!« sprach Don Carlo, »denn was ich sagen will, ist nicht zum Weinen! Die Geschichte da ist nicht mit Golde zu bezahlen, wiewohl euer Vortrag nicht viel besser war als tausend Ohrfeigen! Besonders war dahier ein Mann mit einer Trompetenstimme, der gleich einer Traufe beständig dasselbe Wort sprach, sodass ich zulegt nichts mehr hörte wie das; aber das war gut; denn es war ein Wort von Don Antonio! Sprich es noch einmal aus, Checco!«

Da trompetete Checco wiederum: »Don Antonio hat gesagt: Er möchte wohl einmal alle Kahlköpfe beisammen sehn, die auf der ganzen Insel sind.«

»Ja, ja, das hat er gesagt!«, riefen alle.

»Bravo!«, rief Don Carlo: »Er hat es gesagt und es soll geschehn! Ich habe schon manche Woche vergeblich über ein Karnevalsfest für meinen braven Don Antonio nachgedacht; nun aber will ich ihm eins geben, wie Meer und Erde und der Himmel da oben noch nicht gesehen hat. Also vernehmt: Auf übermorgen Nachmittag sind hiermit alle guten ehrlichen Kahlköpfe, womit unser nach allen Seiten hin fruchtbares Eiland Ischia so reichlich gesegnet ist, Don Antonios Geburtstage zu Ehren; von mir zu einem großen Freudenfeste geladen, und zwar in meinen Palast am Meere, zur Stunde, wenn Don Antonio sein Mittagsschläfchen hält, welche Stunde jedermann bekannt ist, weil wir alle zur selben Zeit ebenfalls zu nicken pflegen.«

»Aber, Don Carlo, womit wollt Ihr so großes Volk bewirten?« fielen einige Stimmen ein.

»Sonderbare Frage! – Mit Essen und Trinken!« sprach Don Carlo; »hier gilt das Wort, welches der gewaltige Redner Stomachus schon oftermalen ausgerufen: Tu dich auf, Keller und Speicher, und zeige dein Inwendiges! He! Antoniello, Pangrazio, Ricciardo, Pepo, Checco, Lunardo, Raffaele, Paolo, Giacomo, Pandolfo, Carluccio, Ciccio, kommt daher! Ihr seid in solchen Dingen die Flinksten! Auf, besorgt euch Trommeln, und sind nicht genug Trommeln da, so nehmt Kessel, damit geht auf der ganzen Insel umher, trommelt und macht Spektakel, singt und ladet ein!«

»Prächtig!«, riefen alle.

»In was für Versen?«, fragten einige.

»Ich will sie keinem vorschreiben,« sprach Don Carlo, »denn ihr seid insgesamt große Poeten! Reimt frisch darauf los, lockt sie wie die Wachteln in meinen Weizen!«

»Etwa so?«, fragte Pepo und sang:

> »Pittperwitt!
> Pittperwitt!
> Volle Spieße, volle Töpfe!
> Pittperwitt, ihr kahlen Köpfe!
> Von Don Carlo seid geladen,
> Pittperwitt, zu Wein und Fladen!
> Pittperwitt!
> Pittperwitt!
> Maccaroni wird es graupeln,
> Pittperwitt, und viel zu knaupeln!
> Don Antonio zu Ehren,
> Pittperwitt, gibts viel zu zehren!
> Pittperwitt!

Pittperwitt!
Schön maskiert zu Saus und Brause,
Pittperwitt, kommt her zum Schmause!
Keiner bleib in seiner Klause!
Pittperwitt, es gilt keine Flause!
Pittperwitt!
Pittperwitt!«

»Pittperwitt, Pittperwitt!«, sangen alle mit Pepo, schnappten, wie er, mit den Fingern dazu, und tanzten und sprangen wie die Ziegenböcke.

»Bravo!«, rief Don Carlo, »singe jeder, was ihm einfällt!«

»Hoch lebe Don Carlo!«, schrie nun der ganze Schwarm, und die er aufgerufen, liefen nach Trommeln und Kesseln, während er weiter sprach: »Wir, liebe Kinder, wollen indes nicht müßig sein. Ich will euch meine großen Netze herausgeben, damit wollen wir alles, was Fisch heißt, aus dem Meere ziehen, auf dass kein Mangel sei. Etliche müssen nach dem Walde von Cumä hinüber rudern und Austern von Fusaro [2], holen, der Jagdmeister des Königs wird mir schon ein fünf bis sechs wilde Schweinchen ablassen, vielleicht auch ein paar Hirschchen oder Rehchen. Rebhühner haben wir hier auf der Insel, die Schnepfen und die Kibitze, die Kaninchen und die Hasen werden uns auch nicht alle fortflattern und entlaufen, und ist das Wilde nicht zu haben, so spickt man das Zahme; nur Hund und Katzen lassen wir den Mailändern; sonst halten wir uns an alles, was da ist. Von Hühnern, Enten und Truthähnen wimmelt es über-

---

2 Vom See Fusaro, dem alten Acheron.

all auf meinen Höfen, um Kälber und Ochsen wird auch keine Not werden, solange wir noch da sind. Maccaroni und Fedelini und Broccoli und Sicilianer Artischocken und Sellerie wird sich alles finden, wenn man nur darnach sucht. Die Stadtbäcker sollen Brot und Kuchen backen. Die Weinfässer dürfen nur angebohrt werden. Glaubt mir, es wird sich alles machen.«

»Hört, Don Carlo, da kommen sie schon mit Trommeln und Kesseln«, unterbrachen ihn einige, »berrumpumpum, berrumpumpum, papiongpingpang!«

»Still da!«, rief Don Carlo; »Don Antonio soll noch nichts davon merken; es wäre wohl hübsch, wenn man ihn damit überraschen könnte!«

»Trommelt und lärmt immerzu,« sprach der alte Pietro, der mit einem Päckchen auf dem Rücken dabei stand, »mein Herr ist bereits auf sein äußerstes Vorwerk hinausgegangen. Ich zottle jetzt ganz sachte nach, mit diesem Päckchen. Vor übermorgen Mittag kommen wir nicht wieder herunter.«

»Das trifft sich ja ganz vortrefflich,« sprach Don Carlo.

»I freilich, gnädiger Herr,« sprach Pietro, »ich geh ihm bis übermorgen Mittag nicht von der Seite. Glaubt mir, so wahr ich Pietro bin, er soll euren Braten nicht riechen, bevor er gar ist. Lasst mich nur sorgen! Ich weiß, wie man etwas geheim hält. Jede Fliege, die daran geleckt hat, wird abgewischt, so bleibt ihm alles verborgen!«

»Nun, so verteilt euch! Geht in alle Welt, trommelt und schreit, dass die Gassen übereinander fallen!« rief Don Carlo, und es hätte dieser starken Aufforderung zum Lärmen wahrlich nicht bedurft; denn kaum hatte sich jeder seinen Weg gewählt, so ward der Lärm auf einmal ganz übermäßig. Sechs Trommeln und sieben Kessel wurden fast zerschlagen. Alles, was Odem hatte, jung und alt, schrie und tobte mit, Katzen miauten darein, und Hunde bellten. Es war auch zwischen diesem und dem jüngsten Tage kein Unterschied mehr, nur dass hier nicht die Toten aus den Gräbern, nur die Lebendigen aus allen Häusern kamen. Es zeigte sich auch noch außerdem großer Übermut, der am Jüngsten Tage wohl wegbleiben wird: Die Trommler nämlich sahen über ihre Trommeln verächtlich auf die Kesselschläger und schnitten ihnen gar schnöde Gesichter; die Kesselschläger aber meinten: Bei solchen Einladungen zum Essen seien Kessel schicklicher wie Trommeln und schrien beständig während des Schlagens: »Heute sind sie toll, übermorgen voll!«, und: »Singt mit, wenn ihr könnt, ihr Lederpauker!« Da konnten die Trommler freilich nicht mitsingen; trommelten aber aus Zorn desto stärker. Zweie zerschlugen sogar die Trommeln und mussten sie umwenden. Diese wurden von den Kesselschlägern so verhöhnt und verlacht, dass sie froh waren, als sie durch ein Nebengässchen ins Freie kamen.

Nun lassen wir die Lärmer ziehen: Denn es wäre selbst dem großen Poeten Homerus unmöglich zu erzählen, was die sechs Trommler und sieben Kesselschläger auf ihrer Wanderung durch die anmutigen Gefilde und die zierlichen Ortschaften der Insel für Aufsehen erregten mit der wunderlichen Einladung und was sie an jedem Orte für tolles Zeug anzugeben wussten. Man fing überall damit an, dass man die lustigen Vögel mit ihren Reimen für betrunken hielt. Sie setzten ihre Köpfe wohl tausendmal zu Pfande, bevor ihnen irgendjemand nur ein Wort von allem glaubte. Dann zogen ihnen auch überall einzeln besonders pfiffige Leute nach, superkluge Spione, welche durchaus das Geständnis von ihnen heraus haben wollten, der ganze Spaß sei nur auf eine Fopperei abgesehn. Auch kamen von überall her Boten an Don Carlo zurück, welche sich im Namen ganzer Ortschaften feierlich nach dem wahren Verlauf des Dinges erkundigten. Diesen gab er nun die Einladung zu besserem Zeugnisse schriftlich mit. Dennoch währte das Hin- und Herfragen bis zum Abend des andern Tages, bevor man auf der ganzen Insel überzeugt wurde, die Sache sei wirklich außer dem Spaße.

Die sonderbaren Einladungen selbst, so große Fröhlichkeit sie im Allgemeinen auf der ganzen Insel verbreiteten, wurden dennoch von manchem der Geladenen nicht ganz so harmlos aufgenommen, wie sie gemeint waren. Einige wurden zuerst bitterböse; doch ergaben sich zuletzt die meisten, da es einmal nicht anders war, in den allgemeinen Humor und lachten von Herzen mit.

Am übelsten wurde jedoch der Spaß von den heimlichen Kahlköpfen aufgenommen, welche sich unter künstlichen Locken verbargen; denn überall schwärmten freiwillige Spione herum, welche dergleichen Kontrebande ans Licht brachten, und mit der Keckheit, welche die Leute dortzulande zur Karnevalszeit allgemein zu befallen pflegt, riss man hie und da jenen Dohlen die fremden Federn aus und ein wahres Treibjagen von tausend Neckereien zwang dieselben wider Willen zur Teilnahme. Bei alledem gab es immer noch viele, welche die raffinierte Kunst der Haarkräusler vor aller Entdeckung zu schirmen schien: Aber als Don Carlo gar anfing, seidene rosenfarbige Käppchen machen zu lassen, die er, wie es hieß, als falsche Platten Leuten mit vollen Locken schicken wollte, die an dem Feste teil zu nehmen Lust hätten, da wurde den meisten in ihrer Verborgenheit bange, weil sie glaubten, die Käppchen würden für sie genäht. Viele derselben hatten nun auf einmal höchst wichtige Sachen in Neapel abzumachen. So viel Plätze wurden auf den Barken, welche gewöhnlich dahin fuhren, belegt, dass es allgemein auffiel, besonders da der Wind nicht eben günstig zu werden schien.

Wer sich aber recht von Herzen über das unerhörte sonderbare Fest freute, war Donna Teresa. Von Natur zu Scherz und Lachen geneigt, konnte sie gar nicht begreifen, warum ihre beiden jungen Anbeter so wenig Vergnügen darüber empfanden. Diese wollten wieder nicht begreifen, wie eine so feine liebenswürdige Dame Geschmack an solchen Dingen finden könne, nannten den harmlosen Scherz einen plumpen Bauernspaß, und fanden es für einen Mann von Stande wie Don Carlo sehr ungeziemend, dergleichen abgeschmacktes Zeug zu veranstalten. Vergeblich warfen die schönen Lippen der fröhlichen Dame beständig ein, sie möchten nur bedenken, es sei Karneval, und ein Karneval sei je toller, je besser; beide blieben bei ihrer Ansicht und verließen die schöne Dame fast ein wenig missgestimmt. Ja, sie kamen sogar am Morgen des Festtages zu ihr, um sich auf einige Tage zu beurlauben, weil sie nicht Zeugen eines so sinnlosen Volkstumultes abgeben wollten, welcher, wie sie behaupteten, jeden Nerv in ihnen empören würde. Donna Teresa jedoch lachte sie beständig aus und stellte ihnen vor, welchen widrigen Wind sie haben würden, wenn sie heute segelten. Vergeblich. »Das Meer wird sehr stürmisch werden, nicht wahr, mein Herr?« sprach sie zu Don Carlo, der eben eintrat. »Jawohl«, sagte dieser, »es wird weiß werden wie Schnee, ich bin froh, dass meine Fische gefangen sind! Wir bekommen Nordoststurm; darum, meine Herren, wollt noch ein Weilchen unsre Stadt mit eurem Aufenthalte beglücken und diesen Abend mein lustiges Fest mit eurer Gegenwart.« Hierbei zog Don Carlo zwei sauber in Papier eingeschlagene Käppchen hervor und wollte sie den Herren überreichen. Diese jedoch bedankten sich dieser Ehre ziemlich stolz und empfahlen sich mit vornehmer Kälte. Donna Teresa wollte sogar einen Anflug von Verlegenheit bei ihnen bemerkt haben, als die Käppchen zum Vorschein gekommen, doch flog sie leicht darüber hin und sprach zu Don Carlo: »Jetzt, wenn jene wunderlichen Käuze die Käppchen nicht annehmen wollen, gebt sie mir, ich will mit meinem Mühmchen vermummt auf Euer Fest kommen.« – »Viel Ehre für mein Fest,« sagte Don Carlo und legte die Käppchen in ihre schöne Hand, »kommt vermummt, wie Ihr wollt, ich will Euch schon herauskennen.«

»Woran denn?«, fragte Donna Teresa.

»An Eurem Foppen,« sprach Don Carlo, »denn Ihr könnt es nicht lassen!«

»Warum denn nicht?«

»Weil es Euch so gut lässt!«, sagte Don Carlo neckend und huschte zur Tür hinaus und heim, wo er noch gewaltig viel zu tun fand. Denn, obwohl sein Haushofmeister ein tüchtiger Mann war, und bei allen Festen sonst die ganze Wirtschaft in großartiger Ordnung zu erhalten wusste, so war ihm diesmal doch die Aufgabe zu mächtig und Don Carlo musste selbst in allen Winkeln hinterdrein sein. Die Herde der Küche, so übergroß sie der Erbauer seines Palastes angelegt hatte, gaben diesmal nicht Raum für die Hälfte der nötigen Spieße, Kessel und Töpfe; daher ward es nötig, in dem geräumigen Hofe Notherde zu bauen, die sich Altären gleich ausnahmen, um welche die lustigen Köche wie die Baalspfaffen sangen und sprangen. Die Eimer der Zisterne, welche die Mitte des Hofes einnahm, gingen beständig auf und nieder wie Sonne und Mond, weil die gewaltigen Meerfische zu kochen ein unermesslicher Wall von Wasser nötig war. Don Carlo hatte nämlich befohlen, heute kein Tier zu zerschneiden, sondern alles ganz auf die Tafel zu bringen, – die Ragouts und Frikaseen ausgenommen. Daher fand er, als er heim kam, große Not um einen Schwertfisch von ungeheurer Länge. Dieser hatte den Fischern bereits viel Plage gemacht, bevor sie ihn aus dem mächtigen Netze, welches von ihm ganz zerrissen war, in das große Boot brachten, aus welchem er noch, allen Schlägen und Stichen zum Trotz, entwischt wäre, wenn sich nicht der alte Jakob beherzt auf das Schwert des Ungeheuers gestellt hätte. Nun aber war die Not bei den Köchen, und die Fischer lachten; denn wo man auch hinsandte, war kein Kessel zu finden, der ihn hätte fassen können. Da hieß Don Carlo den Schmied ein blechenes Dach von einem albernen japanischen Gartenhäuschen abnehmen, reinigen, und in aller Eil an den Seiten umbiegen. In diese Schwarte ward nun der Fisch gelegt, so lang er war, und zwischen den vier japanischen Drachen, die an den Ecken in die Höhe standen, unter großem Jubel der umhertanzenden Köche ganz vortrefflich gesotten, samt seinem übermannslangen Schwerte. Die wilden Schweine, die sonst im Cumäer Wald gegrunzt hatten, wurden ebenfalls unzerstückt im Hofe gebraten, auf Spießen von Lorbeerbäumen, welchen man die grünen Wipfel gelassen und mit Bändern geschmückt. Überhaupt ward alles nicht etwa nur so schlichthin betrieben, nein, Don Carlo ließ, nach dortiger Landesart, Haus, Hof, Küche und Keller mit Lorbeerbäumen und Myrtenkränzen ausputzen. Alles, was gebraten wurde, hatte Zitronen oder Blumen in Schnauz und Schnabel, auch waren im Hofe Dudelsackpfeifer angestellt, welche zum Drehen der Spieße lustige Stückchen aufspielen mussten, damit den Drehleuten bei den dicken Braten die Zeit nicht zu lang würde. Sie hatten zwar ohnedem insgesamt Weinkrüge zur Unterhaltung neben sich, die ihnen an der dörrenden Glut so liebe Gesellschafter waren, dass beständig mehr davon an den Lippen als an der Erde stehen blieben, wie Don Carlo mit großer Lust bemerkte. Rings im ganzen Palaste stand alles offen. In allen Sälen, Zimmern und Hallen waren Tische und Bänke gestellt, doch so, dass überall Raum zur Belustigung blieb. In einem der Säle war – doch davon nachher, denken wir jetzt wieder an Don Antonio. Dieser war, wie wir bereits von Pietro wissen, nach seinem äußersten Landhause hinaufgeritten, welches er sich an der Lehne, die sich von dem zackigen Gipfel der Insel herabsenkt, erbaut hatte. Die Höhe war früher nackter Fels und mit vielen Steinen übersät; aber

weil man von da herab alle seine Güter übersehen konnte, hatte Don Antonio das Unland in einen lachenden
Weingarten umgeschaffen und von den umherliegenden
Steinen ein ausnehmend zierliches Landhaus erbaut, in
welchem er alljährlich den Morgen seines Geburtstages
ganz einsam zu feiern pflegte. So war er auch diesen
Morgen auf den Altan des Hauses herausgetreten und
hatte Gott für alles, was er ihm verliehen, inbrünstig ge-
dankt, auch jemanden, den wir bereits kennen, in sein
lautes Gebet eingeschlossen: als er hinter sich mit seinem
eignen ein ebenfalls recht lautes Amen vernahm. Er
wandte sich um und sah Pietro hinter sich knien, welcher etwas verlegen aufstand und zu ihm sprach: »Verzeiht, Herr Don Antonio, ich gedachte dahier heimlich
mit für Euch zu beten und Euch im Stillen die Worte
nachzusprechen, die Ihr so schön zu setzen wisset. Es
ging auch alles gut und still ab, und ich wollte mich
eben wieder fortschleichen, da muss ich just noch mit
dem Amen so herausplatzen, weil ich Esel gewohnt bin,
es immer so laut zu sagen!« – »Bleibe immer dabei, das
schadet nicht, und zwei Amen sind besser wie eines,«
sprach Don Antonio und küsste dem Alten, der sich
zum Handkuss neigte, die Stirn; »lässt Gott mein Gebet
in Erfüllung gehen, so soll es dir auch niemals fehlen!
Komm, mein alter Pietro, hast du mit mir gebetet, so lass
uns auch zusammen frühstücken! Stellen wir uns den
Tisch hierher auf den Altan, da können wir die Gottes-
gaben im Angesicht von Himmel, Meer und Erde zu uns
nehmen.« Nun mochte sich Pietro sträuben, wie er wollte, Don Antonio trug alles mit ihm heraus, Tisch und Essen, stellte Pietros Stuhl hart neben seinen und sprach:

»hier setze dich, mein alter Pietro, lass uns fröhlich sein, Gott wird uns ferner Gnade schenken.« Da setzte sich Pietro und trank das erste Glas, welches ihm der Herr eingeschenkt, fröhlich auf sein Wohlsein aus; bei dem zweiten Einschenken aber bat er ihn, aus der Flasche trinken zu dürfen. – »Immer trink, wie du es gewohnt bist,« sprach Antonio lachend. – »Darf ich auch mein Messer herausholen?« – »Mache, was du willst, Pietro!« – Da tat Pietro Messer und Gabel, die auf dem Tische lagen, hinweg, und zog ein Ungeheuer von Taschenmesser hervor, womit er dem großen Ziegenkäse und dem gewaltigen Brote, wie auch der Honigwabe, womit der Tisch besetzt war, tüchtig zusetzte, wozu er seiner Gewohnheit nach hörbar gluckend aus der Flasche trank. Das einfache Frühstück mundete beiden ganz vortrefflich. Als sie damit zu Ende waren, lustwandelten sie noch ein wenig im Garten und bestiegen bald darauf ein paar muntere Tierchen, Esel genannt, die ein Knabe vor dem Tore des Gartens bereithielt, welcher für diesen leichten Dienst an diesem Tage von seinem Paten Don Antonio jedes Mal einen spanischen Piaster zum Geschenk erhielt; doch heute gab er ihm zwei. »Geht mit Gott, mein Herr Don Antonio!«, rief der Kleine jubelnd, während der Herr und der alte Diener auf den zierlichen Tierchen [3]um die Hänge des Berges hinabschwebten. Der Morgen war, obwohl fern in Nordost Sturm drohte, wunderschön hell und klar. Fast windstill ruhte die Luft und Don Antonio sah, obwohl es Winter war, unter dem milden Himmel seine Felder himmelblau von blühen-

---

3 Die Esel auf der Insel Ischia sind ausnehmend zierlich gebaut und überaus munter und leicht.

dem Leine. Bohnen und Erbsen wucherten üppig überall, auch die andern Fruchtfelder waren mit lieblichem Grün bekleidet. An den Wegen blühten Narzissen und bunter Krokus, und Hagerosen streuten die fallenden Blätter umher. Immergrüne Gebüsche von Myrten und Lorbeern und andern duftenden Bäumen mischten sich in Hecken von indischen Feigen und mächtigen Aloen und machten den Winter vergessen. Überall war fröhliches Gedeihen, und Herr und Knecht unterhielten sich über alles, was ihr Fleiß gemeinsam angebaut, sehr angenehm und vertraulich, bis sie in der Stadt Ischia im Hofe Don Antonios abstiegen, in welchen sie diesmal auf Pietros Zureden nicht durch die Stadt, sondern durch den Orangengarten einritten: Denn Pietro suchte den Herrn klug von allem abzuhalten, was ihm den Spaß Don Carlos hätte verraten können; hier aber war seine Sorgfalt überflüssig: denn Don Carlo hatte bereits überall gewandte Knaben als Wächter ausgestellt, die ihn von fern kommen gesehen und in der Stadt vorgemeldet. So blieb Don Antonio noch alles verborgen. Er speiste zu Mittag, wie er an diesem Tage zu tun pflegte, ganz ruhig mit den Waisenkindern, über die er Vormund war, und nachdem er viel mit ihnen gescherzt und gelacht und alle beschenkt entlassen, begab er sich, ohne das Mindeste von dem Feste zu ahnen, in sein Gemach um – ein wenig zu nicken.

Hier mochte derselbe wohl ein gutes Stündchen geruht haben, als ihn mitten aus dem süßesten Schlummer ein von der Straße kommendes, niemals erhörtes Schreien erweckte. Der brave Mann, der Meinung, wenigstens ein Erdbeben rüttle die Stadt zusammen, sprang erschreckt empor, an das Fenster, und streckte, noch vom Schlafe taumelnd, den Kopf hinaus. Da scholl ihm von allen Seiten ein unermessliches Gelächter entgegen, während er sich beständig die Augen rieb, zu sehen, was es gäbe; denn was er wirklich sah, schien ihm ein Traum, und in der Tat, jedermann hätte sich an seiner Stelle die Augen gerieben, wie Don Antonio; denn Markt und Straße, Fenster und Balkone, selbst die platten Dächer hoch und niedrig, wimmelten überall, überall von Kahlköpfen, die alle nach ihm gewendet, Gläser oder Flaschen in den Händen und Mützen und Hüte schwenkend und in die Luft werfend, aus vollen Hälsen schrien: »Hoch lebe Don Antonio, Don Antonio der brave Kahlkopf! Er lebe, lebe, lebe, lebe ho–ch! Und abermal ho––ch und zum dritten Mal ho–––ch!« Während dem wurden ihm von einzelnen immer Handküsse zugeworfen. Viele schlugen sich ans Herz, indem sie beständig heftig und schnell wiederholten: »Mein Don Antonio! Mein Don Antonio! Mein Don Antonio! Mein Don Antonio!« Hierauf wurden Flaschen und Gläser bis auf den Boden geleert und alle hielten ihm die Nagelprobe hin. Da gedachte Don Antonio des Vorfalles von neulich; die Augen wurden ihm vor Freuden fast ein wenig nass; doch er fasste sich, sprang vom Fenster, fuhr eilig in seinen besten geblümten Schlafrock, nahm eine Flasche Wein und ein großes Glas, trat auf den Balkon, schenkte sich ein und rief: »Hoch leben alle braven Kahlköpfe, da unten, da oben, und rechts und links, und im Himmel St. Peter mit uns allen!« Hierauf schwang er sein Glas, trank es ebenfalls bis auf den Boden leer und wies die Nagelprobe nach allen drei Seiten und nach unten und nach

oben herum, dass jedermann sie sehen konnte; sodann
warf er das Glas wider einen Pfeiler seines Palastes, dass
es zu Staub auseinander sprang. Ein allgemeines Jubelgeschrei stieg nun rings um ihn empor, worein sich von
dem höchsten Dache daher ein so misstöniger Lärm von
sonderbaren Blasinstrumenten ergoss, dass der Jubel
sich dort umher in ein lautes Gezisch und gellendes Pfei-
fen verwandelte. Ja, man warf sogar mit allem, was man
erlangen konnte, nach jenem Dache, bis die Lärmtrom-
peter lachend auseinander liefen, deren Harmonie ganz
allein in der Meinung bestanden hatte: je toller der
Lärm, je besser der Tusch. Sie hatten sich dazu nicht allein aller Arten verbogener und verdorbener Blechin-
strumente bedient, sondern zum Teil aus Gießkannen,
Dachrinnen und mächtigen gewundenen Seemuscheln
ein Geheul hervorgebracht, wie man es sonst wohl nur
in den afrikanischen Wildnissen zu hören bekommt. Der
Nordoststurm, welcher bereits mit großer Heftigkeit
über jenes Dach herwehte, hatte das Schariwari durch
seine Schwingungen noch viel misslautender gemacht,
sodass jedermann zufrieden war, es beseitigt zu wissen.
Nun erst gewann Don Antonio Muße, die versammelten
Schwärme der immerwährend jubelnden Kahlköpfe genauer zu betrachten. Er bemerkte nun erst, dass fast
niemand in gewöhnlicher Tracht zu sehen war. Alle hatten sich mehr oder minder fantastisch vermummt. Einige stellten uralte Waldgötter vor, besonders häufig sah
er Männer in Toga, oder vielmehr in reinliche Tisch- und
Betttücher eingehüllte Leute, die gewaltig wichtige Mie-
nen annahmen oder anzunehmen bemüht waren. An alten Priestern und Philosophen war ebenfalls kein Man-

gel; denn zu seinen Füßen zankten sich allein zwanzig Sokratesse, von denen jeder behauptete, ganz allein der echte Sokrates zu sein, weil er zuerst diesen Einfall gehabt. Don Antonio ward von allem dem sehr ergötzt und nickte jedem zu, den er erkannte. Da trat ein Mann in altgriechischer Tracht mit einem lagen Stabe, der oben mit einem Blumenstrauße geziert war, zu den Streitenden und sprach: »Er hat gesagt: Der rechte Sokrates zankt sich nicht!« Da waren alle still, nur einer fragte: »Wer ist der Er?« »Pythagoras!« war die Antwort. Hiermit ging der Mann durch die Sokratesse feierlich unter Don Antonios Balkon in den Palast ein. Nicht lange, so trat er, gefolgt von vier kahl geschorenen Knaben, auf Don Antonios Zimmer, stieß mit dem Stabe auf den Boden und sprach zu ihm: »Er lässt dich bitten, dieses Gewand umzunehmen und uns zu folgen.« »Wer lässt mich bitten?«, fragte Don Antonio. »Pythagoras!« war die Antwort. Hierbei trat der Herold seitwärts und die vier kahl geschorenen Knaben warfen Don Antonio ein griechisches Gewand über und wollten ihm eben auch den Mantel umgeben, als er sagte: »Geschorene Diener des Pythagoras, gern will ich euch folgen, nur lasst mich erst meinen Schlafrock hinwegtun!« Er kleidete sich nun um, wie es sich gehört, und stand bald als ein wahrhaft schöner griechischer Philosoph da. Der Herold schritt hinaus, Don Antonio folgte seinem gemessenen Tritte. Lautlos folgten hinter ihm die vier Knaben, die er zu verschiedenen Malen fragte, warum man sie so kahl geschoren. Vergeblich, sie legten den Finger auf den Mund und schwiegen. Als er so vor das Tor seines Hauses kam, war der bunte Lärm verstoben, nicht eine kahlköpfige Seele war zu sehen, als die geheimnisvollen Fünf, die ihn immer weiter geleiteten, die Straßen entlang, endlich vor Don Carlos Palaste zuerst im Kreise herum, dann im Viereck, dann im Dreieck, endlich durch das bekränzte Tor in den Palast selbst hinein, durch weite Hallen, welche von Kahlköpfen angefüllt waren, die sich alle zugleich vor ihm verneigten in langen stummen Reihen – als zwei Flügeltüren sich vor ihm auftaten und einen Saal eröffneten, welcher, so groß er war, dennoch von griechischen und arabischen Philosophen und Magiern und ägyptischen Priestern erfüllt war. Schweigend und sich neigend tat die Menge sich voneinander und Don Antonio ward genau in den Mittelpunkt eines Halbkreises geführt, welchen auf hohen Thronen sitzend, die sieben alten Weisen bildeten, jeder nach seiner Art fantastisch dekoriert. Auf den Lehnen der Throne stand, zu besserem Verständnis, jedwedes Name. Jeder hielt einen gewaltigen Papierstreif mit großer bunter Schrift in den Händen. Don Antonio las zuerst auf dem Zettel Perianders, welcher sehr ernsthaft darein sah, die wichtige Frage: Welches Gericht ziehet ein Jeder unter euch allen andern vor? Bias hielt ebenfalls auf einem großen Zettel die Antwort: ein Gericht Trüffeln, wo nicht zu viel Pfeffer oben auf ist. Bei Thales aber war zu lesen: ein Gericht Wachteln, von denen keine weder zu fett noch zu mager ist. Anacharsis Zettel hatte: Dicke Maccaroni mit feinem Käse; des Kleobulos: einen Salat, bei dessen Bereitung der Essig mehr als das Öl gefürchtet wird; des Chilon: einen guten Meerfisch, bei dem man weniger auf die Gräten achtet als auf das Fleisch. Endlich hatte des Solon Zettel: ein Ragout, worin die Zunge das eine Stück nicht geringer schätzt wie das andre. Ein achter Thron, ziemlich in der Mitte des Bogens, war noch unbesetzt und ohne Wahlspruch. Ein großer Vorhang daneben schien einen neunten Thron zu verbergen. Schon eine Weile stand Don Antonio so da und harrete der Dinge, die da kommen sollten. Der Herold und die vier Geschornen hatten ihn bereits verlassen. Niemand sprach zu ihm. Alles war totenstill. Der Sturm, welcher draußen tobte, verhüllte die untergehende Sonne mit schwarzem Gewölk, und Dunkelheit erhub sich. Da fuhr es plötzlich um alle Wände des alten Saales wie ein feuriger Drache wild daher und vierzig große Wachsfackeln brannten auf einmal entzündet. Zuerst erschrak die ganze Versammlung und Don Antonio mit; aber als ein Pulvergeruch und Dampf sich verbreitete, brach die vorher stumme Menge in ein schlecht verhaltenes Gelächter und teilweises Husten aus, welches jedoch bald ein dumpf donnernder Paukenwirbel verschlang, bei dem niemand merken konnte, wo er herkam. Da ging plötzlich unter lautem Trompetenschall der Vorhang des neunten Thrones auf und Don Carlo stand vor demselben fantastisch als Pythagoras gekleidet, in einem Purpurgewande mit goldnem Diadem auf dem Haupte, wohinter ein Feuerrad zischend seine bunten Wirbel von Funken warf. »Bravo!«, schrie alles. Aber der Herold des Pythagoras hob seinen Blumenstab und rief: »still, er spricht!« Da ward es still, das Feuerrad platzte, die Menge lachte von Neuem, Pythagoras aber sprach: »Männer des Lichts, Inhaber weniger Locken und vieler Weisheit, die Stellung der Gestirne, die neue Harmonie von neun Welten begehrt – warum ist den

Göttern bekannt und mir – auch unter den Weisen anstatt der alten Zahl Sieben die Zahl Neun als neue Zahl!
Noch aber ward sie nicht erfüllt, denn ich, Pythagoras,
trat zu euch als Achte. Darum würdiget eure Blicke diesem Throne zuzuwenden, der zu meiner Rechten
prangt. Saget selbst, verlangt er nicht seinen Weisen so
gut wie die andern? Antwortet, jedoch nicht mit
menschlicher Rede, sondern mit stummer Verbeugung;
denn Pythagoras will niemanden reden hören als sich
selbst.« Da verneigten sich alle, nur zwei der sieben
Weisen bohrten ihm Esel in aller Stille, welches Pythagoras ebenso still erwiderte, sodann aber feierlich weiter
sprach: »Die Neune zu der Achte steht dahier! Es ist der
allbeliebte Kahlkopf Don Antonio, welcher das Eiland
Ischia durch sein Dasein verherrlichet. Betrachtet diesen
glänzenden Scheitel, welcher gleich dem Helme der Minerva blitzt und die Bewohner der Erde mit seinem
Leuchten in Erstaunen setzt, während das Herz, welches
in der Brust dieses Philosophen pocht, ein reiner Karfunkel von gütigem Wohlwollen ist. Sei es euch genehm,
glückselige Fässer der himmlischen Weisheit, dass ich
ihn auf den ihm allein gebührenden Thron geleite!« – Da
neigten sich alle sieben Weisen, die Esel wurden wieder
gebohrt und erwidert; Pythagoras aber ging die Stufen
seines Thrones hinab und führte Don Antonio unter
Trompetengeschmetter und Paukengewirbel an den
Thron zu seiner Rechten, trat sodann wieder zu dem
Seinigen und sprach, während Thales auf einem Kamme
blies, feierlich weiter: », wie glückselig sind, doch wir,
welche von den neun Thronen der Weisheit empor getragen ruhn und der himmlischen Sphären Musik und

Harmonie vernehmen! Wohl uns! Gleich edlen Früchten ließen wir unsres Haupthaars schattige Blüte fallen, um besser am Sonnenstrahl zu reifen: nun, unmittelbar vom Strome des Lichts getroffen, blicken wir beruhigter in das harmonische Durcheinander des unbegreiflichen Weltalls. Schweige die Stimme der Verleumdung, welche von einigen unter uns besagt: Nicht Minerva hat sie kahl gerupft, sondern Bacchus und die Göttin, die, von kahlen Delfinen gezogen, mit ihrem Muschelwagen auf Paphos landet. Schweige diese Stimme vor dem ehrwürdigen Haupte Don Antonios, an welchem sich klar erzeigt, dass die unermüdlichen Gedanken solches schaffen, wenn sie Maulwürfen gleich im Gehirn des Menschen arbeiten und mit tiefsinnigem Grübeln die Wurzeln der Haare hinwegzupfen oder ausstoßen; – und doch, doch entging der vortreffliche Don Antonio nicht dem Spotte zweier Sterblicher, welche noch blind in der Finsternis ihrer Locken umhertappen, bis Saturn oder die andern Götter sie kahl machen. O ihr Spötter, tut auf die Fenster eures Hauptes und blickt hinaus, betrachtet, was die Natur uns selbst als weise vorbildet! Welche Geschöpfe sind weise? Doch nicht die Schafe, deren Denkkraft sich, anstatt das Gehirn zu durchdringen, überall in lockiger Wolle kräuselt? Doch nicht die Bären, welche sich plump und unbeholfen in ihren dickhaarigen Pelzen herumtummeln? Nein! Die kahle Schlange wird für weise geachtet, der Elefant, welchem der Sonnenstrahl ungehemmt durch das nackte Fell brennt. Aber bei den Tieren mit Fittigen ist der hochfliegende, weise, weitschauende Lämmergeier kahl, wenigstens an seinem Halse. Was? Und sind die erhabenen

Gipfel der höchsten Gebirge, die Warten des Erdballs, nicht kahl, während die niedern Hügel und gemeinen Ebenen haarig erscheinen von Gras und Wald und verworrenem Dickicht? Doch lassen wir, gleich Empedokles, unsere Pantoffeln auf dem Erdball stehen, schweben wir höher, den Himmel zu betrachten. Die heiligen Gestirne selbst mit ihren Monden, alle Sonnen, welche geregelte Bahnen der Weisheit wandeln, sind, gleich dem Haupte des Weisen, rund, glatt und kahl; die jedoch, welche gleich den Häuptern der Unverständigen langes Haar nachfliegen lassen, sind recht eigentlich Irrsterne, verirrt, unstet, flüchtig im Weltall. Aber steigen wir nun, belehrt vom Himmel, wieder herab auf den Erdball, bemitleiden wir die lockigen Spötter und die Wilden, welche besonders von langen Haaren verfinstert umherirren und nicht wissen, was sie sollen und wollen. Aber lasset uns – und welcher Weise wollte das nicht gern tun – lasset uns besonders jene Wesen liebreich in Betracht ziehen, welche das längste Haar zu tragen pflegen, nämlich die Frauen und Mädchen. Lassen wir gegen dieselben von unsrem Stolze, nehmen wir sie freundlich auf in die Arme unsrer Weisheit, und schämen wir uns nicht mit dem anmutigen Geringel ihrer Locken zu spielen und zu tändeln; denn die Weisheit verlangt vor allen Dingen Gütigkeit und Herablassung.«

Nach diesen Worten fiel der Vorhang wieder herab um Pythagoras, und Bias, dem er einen Esel gebohrt, erhob sich und wollte reden; was er aber sagen wollte, bekam niemand zu hören: Denn zu derselben Zeit vernahm man aus den andern Sälen einen Lärm, der immer näher und näher kam und am Ende die sieben Weisen aus ihren Rollen brachte. Selbst Pythagoras kam hinter seinem Vorhange hervor und fragte, was es gäbe. Da riefen einige Stimmen von außen: Ganz in der Nähe des Ufers sähe man ein Fahrzeug in großer Not des Sturmes; bei der dicken Finsternis vermöge man nicht einmal zu erkennen, ob es nicht schon an den vorliegenden Klippen gestrandet.

Da warf Don Antonio seinen Mantel hin und sprang hinaus, Freund Pythagoras tat ein Gleiches, und bald standen sie an dem schwarzen Lavaufer, zu welchem die See mit furchtbarer Gewalt herauftobte. Hinter ihnen sammelten sich fast alle Genossen des Festes in ihren bunten Masken. Das Meer leuchtete weiß von Schäumen, und alle bemerkten nun im Schein der vielen Fackeln, welche der Wind nicht verlöschte, weil man mehrere zusammenband, dass nicht allzu fern vom Ufer an einem Riff eine große Barke gestrandet.

»Zündet ein mächtiges Feuer an, dass man besser sehen könne«, rief Don Antonio, »ich will in dieses Boot steigen, wer folgt mir?« –

Da sprang der alte Schiffer Jakob hervor und sprach: »Herr, lasst mir das Ruder!«

Auch Pythagoras trat heran und rief: »Wo mein Antonio ist, bin ich auch!« –

»Lasst mich zu meinem Herrn!«, schrie Pietro, und drängte sich mit einem Pack von Seilen durch das gaffende Volk, welches die Kühnen vergeblich aufzuhalten strebte. Sie rissen sich von den haltenden Armen los und stießen ein kleines Boot vom Ufer, in welches sie geschickt hineinsprangen. Antonio und Carlo hatten Fackeln in den Händen, Jakob und Pietro ruderten. Ein Feuer am Ufer, von Bränden aus der Küche zusammengetragen, loderte schnell hoch empor und erleuchtete das Meer, sodass man die Barke, welche nicht fünfzig Schritt vom Ufer lag, sogleich für eine von Ischia erkannte. Mit Erstaunen sah man nun, wie ruhig der alte Jakob sein Ruder in den entsetzlichen Brandungen handhabe. Pietro richtete das seine genau nach dessen Bewegungen, die er scharf beobachtete; denn wie jener, war niemand geschickt im Beurteilen der daherrollenden Wogen: er wusste von den wildesten, welchen Lauf und Schwung sie an diesem Ufer nehmen würden, arbeitete kräftig gegen das obere Wasser und ließ sich, wo dieses flach wurde, von dem zurückrollenden Unterwasser in See treiben. Der verworrene Schaum, welcher den Unkundigen am meisten schreckt, ward von ihm ganz gering geachtet, wenn er auch zuweilen die Rudernden fast zu begraben schien. Antonio und Carlo mussten die Fackeln oft hoch emporheben. So tanzten sie mutig über die Wellen und gelangten bald zu der gestrandeten Barke.

Hier war große Not, denn das Fahrzeug lag umgeworfen zwischen Klippen, die Mannschaft aber fanden sie rings in den Wellen zerstreut, teils schwimmend, teils an einzelnen Klippen festgeklammert. Da warfen Don Antonio und Carlo Seile aus, woran sich die Schwimmenden halten konnten. Etliche der hineingefallenen Seeleute schwangen sich trotz des Schwankens bald geschickt zu ihnen in das Boot und halfen Andere mit herausziehen. Als nun das kleine Boot voll Menschen war, hieß sie Don Antonio an der Klippe, woran die Barke gestrandet, aussteigen, wo eine kleine sandige Bucht dies erlaubte. Sie sprangen hinaus: die Viere jedoch fuhren nach den Andern, die um die Felszacken geklammert mehr schrien als nötig war. Auffallend jedoch war es den beiden Rettern, dass sie nur Wenige, wie es doch sonst gebräuchlich ist, bei den Haaren aus dem Wasser ziehen konnten; denn fassten sie irgendeinen Haarschopf, so blieb er ihnen in der Hand und der schreiende Mann als Kahlkopf um den Felsen geklammert, bis sie ihn am Kragen oder an den Händen ergriffen und heraufzogen. Endlich schienen alle glücklich nach der höheren Klippe gebracht zu sein; der Herr der Barke zählte sie und fand auch, dass niemand mehr fehle. Da zogen die vier Helden ihr kleines Boot auf den Sand der Klippe; denn sie mussten wahrlich ein wenig ruhen. Aber ein lautes Jubelgeschrei erhub sich am Lande, als man durch Zeichen gemeldet hatte, die Mannschaft sei gerettet. Indem sah Don Antonio die gestrandete Barke von einer Welle bewegt und rief: »Das Meer wendet sie, werft sie vollends herum.« Da fassten alle daran, und sieh, es gelang. Die Barke ward wieder flott. Der alte Jakob sprang zuerst mit seinem Ruder hinein; ihm folgten die andern Seeleute, zuletzt Pietro mit dem andern Ruder, und, was niemand gedacht hätte, diese Leute brachten die Barke, wie wohl halb voll Wasser, glücklich nach dem jubelnden Strande. Die Passagiere waren noch auf der Klippe bei Don Antonio und Carlo, welche nun glücklich zwei der vielen umhertreibenden Ruderstangen auffischten und damit aufs Neue das Boot bestiegen. Es währte lange, bis sie die furchtsamen Passagiere beredeten oder vielmehr beschrien, wieder mit einzusteigen; doch gelang es ihnen zuletzt, und nun zeigten die beiden Herren, dass sie von den Insulanern nicht die Letzten im Rudern waren; denn was Jakob und Pietro getan, vollbrachten sie mit gleicher Geschicklichkeit, und landeten glücklich in einer Sandbucht mit dem furchtsamen Häuflein der Passagiere.

Ein allgemeines Lebehoch und Bravoklatschen erhub sich, als die beiden Helden das Ufer betraten, und übertäubte den Donner der Brandungen; aber während sie den Geretteten nach und nach aussteigen halfen, huschten die Fröhlichsten und Gewandtesten der Zuschauer hurtig in den Palast und kamen bald mit Blumengewinden daher gerannt, welche sogleich ein ausnehmend zierlicher Plato in Empfang nahm, die Besieger der Wogen feierlich und anmutig zu kränzen. Die Helden weigerten sich zuerst der Ehre; doch als die Menge mit Schreien und Bestürmungen nicht nachließ, mussten sie sich wohl in den allgemeinen Willen ergeben. Sie neigten die lockenarmen Scheitel, um sie stattlich geschmückt wieder zu erheben. Der zierliche Plato sprach mit einer sonderbaren Bassstimme ziemlich feierlich, welches ihn jedoch nicht hinderte, die beiden Herrn während der Bekränzung schalkhaft am Ohre zu zupfen, worauf Don Carlo augenblicklich sagte: »Mein lieber Plato, du bist« – Donna Teresa, wollte er sagen; da hielt ihm die Maske den Mund zu. – »Seht, ich hab Euch erkannt an Eurem Necken,« flüsterte Don Carlo, »Ihr könnt es nicht lassen!«

»Verratet mich nicht!«, flüsterte die Maske; denn es war wirklich Donna Teresa, welche die Bekränzung der Helden zu einer griechischen Tracht so zierlich zu ordnen wusste, dass, wer irgend nahe stand, immer von Neuem Beifall rief und klatschte. Durch das allgemeine Zujauchzen schritten sie dahin wie Sieger in Olympia. Don Antonios hohe Gestalt erschien von dem blühende Kranze ganz verjüngt, und viele sprachen laut: »Es ist wahrlich ein stattlicher, schöner Mann!« Don Carlo glich mehr einem gutmütigen behaglichen Anakreon. Die beiden andern, Jakob und Pietro, wussten ihre Bekränzung ebenfalls recht liebenswürdig zu tragen, sie nahmen unwillkürlich feinere Manieren an und setzten die Füße bedeutend zierlicher als gewöhnlich.

Mit dieser fast heroischen Szene der Bekränzung wechselte nun augenblicklich eine, welche gerade das Gegenteil von heroisch war. Als nämlich die Geretteten, noch von Schreck zitternd und ernsthaft klappernd vor Kälte, sich um das hochlodernde Feuer sammelten und in den nassen Kleidern hell beleuchtet dastanden, erhub sich um sie her ein ganz unermessliches Gelächter; denn es waren, zum Erstaunen aller, sämtlich Kahlköpfe, die, so durchnässt, gleich gebadeten Mäusen, recht erbärmliche Figuren abgaben. Als sich dieselben nun so verlacht sahen, wollten sie alle davon; aber man ließ sie nicht so bald hinweg. Man hielt sie und sah ihnen mit Gewalt genauer unter die Augen. Da ward einer nach dem andern erkannt und sein Name laut ausgeschrien ohne alle Barmherzigkeit. Es waren jene heimlichen Kahlköpfe, welche so plötzlich Geschäfte halber nach Neapel abgereiset. Wie aber erstaunte jetzt Donna Teresa in ihrer Maske, da sie unter den verlachten Jammergestalten von ehemals heimlichen, nun öffentlichen Kahlköpfen auch ihre beiden lockigen Anbeter entdeckte. Sie zitterten und klapperten wie die Störche, und wenn Vater Homerus jemals recht hatte zu sagen: Nichts vermöge den Mann mehr zu verwüsten als das Meer, so hatte dieser große Poet hier dreimal recht. Die Ärmsten waren kaum mehr wieder zu erkennen. Ihre netten Kleiderchen waren überall zerrissen und hingen schlapp und triefend herab um die allzu schlanken Leiber. Ihre Locken hatte die Wut des Elementes fast rein hinweggespült. Immer versuchten sie durch die Menge zu dringen, welche sie, grausam genug, am Feuer zurückhielt, mit der neckenden Weisung: »Sie möchten sich erst noch ein bisschen wärmen!«

Da trat Don Antonio hinzu. Wie vor einem Könige ward Platz vor ihm, und er sprach zu den grausamen Lachern: »Lieben Freunde, wie drollig es sich gefügt hat, dass auch diese Kahlköpfe zu uns geraten müssen, lasset sie nun hinweg, sie bedürfen trockener Kleider; die aber lasset uns ihnen verschaffen! Das wird ihnen wohler tun, als euer Lachen.« Hiermit nahm Don Antonio den nächsten besten der Frierenden an den Händen, und die Menge wollte sie eben hindurchlassen und begleiten, da rief Don Carlo: »Halt! Noch wollet sie nicht entlassen, ihr liebwerten Freunde; dahier bin ich Herr und werde mein Strandrecht zu gebrauchen wissen. Hört mich an, ihr unglückseligen Seefahrer, wes Standes und Amtes ihr sein möget. Der Himmel hat euch, mittelst der gewaltigen Seewogen, auf meinen Grund und Boden kommen lassen, um euch zu zeigen, wie großes Unrecht ihr beginget, als ihr Einladungen verachtetet, welche diese Männer da überall mit großer Anstrengung ausgetrommelt und abgesungen. Darum wollet nun meine zweite Bitte, die zwar nicht so festlich getrommelt und gelärmt wird, aber ebenso freundlich an euch ergeht, besser in Ehren halten; gebt mir euren Handschlag, dass ihr heute noch auf mein Fest zurückkommen wollet, so bald ihr euch umgekleidet, wozu ihr auch bei mir Gemächlichkeit findet. Sehr angenehm ist mein Bankett angebrochen worden, wenn ihr es bald mit eurer Gegenwart vermehrt und verschönert. Fürchtet euch nicht vor Spott, der Spott wird eher müde werden, als die Freude. Lass das Lachen über dich ergehen, so bald du gefehlet, sagt der fromme Sirach. Diese Lehre wollet nicht verachten, sie steht auf gutem Grunde. Kommt und lachet mit uns, die wir allzumal Kahlköpfe sind und mehrenteils weniger Locken haben als ihr, die ihr nochmals freundlich geladen seid.«

Diese Rede, gesprochen von dem Manne, der sie eben aus den wilden Wogen und den Zähnen der Haifische gerettet, verfehlte die Wirkung nicht: Die Verspotteten überwanden sich und gaben Handschlag und Versprechen, an seinem Feste teilzunehmen. Der Spott der Umstehenden verlor sich nun in harmlosen Jubel. Einige Rechenmeister, welche die Gäste vorhin gezählt hatten, freuten sich, dass ihrer nun noch anderthalb Dutzend mehr geworden; die Klapperstörche selbst aber wurden in ein hübsches Zimmer an ein breites prasselndes Kaminfeuer gebracht und alles beeiferte sich und tummelte sich mit Don Carlo und Antonio, den Leib der neuen Gäste mit trocknen Kleidern zu erfreuen und mit erwärmenden Getränken: Welche dieselben bald wieder so auf die Beine brachten, dass einer nach dem andern anfing zu lachen, zuerst, weil die fremden Kleider die sie erhielten, einigen ganz possierlich standen, sodann über das sonderbare Durcheinander, welches sie im Hause selbst wahrnahmen. Dieses war entstanden, weil die Sturmszene mit den Gästen auch viele Diener Don Carlos an das Ufer gelockt, wo sie die Zeit mit Gaffen, Zurufen, Angst um den Herrn, Bravoklatschen, Vivatschreien und Auslachen hingebracht hatten. Deshalb ging nun der Sturm im Hause los. Der Haushofmeister, außer sich vor Zorn, lief scheltend hin und her, und jeder wollte nun das Versäumte mit übermäßiger Eile wieder nachholen. Daher kam es, dass hier und da welche mit Schüsseln zusammenrannten, so, dass die Katzen und die Hunde manches zu lecken bekamen, das eigentlich für die Herrschaften bestimmt war. Die beiden Herren, Antonio und Carlo, mussten sich auch etwas am Feuer trocknen. Die Abwesenheit des Hausherrn vermehrte daher die Unordnung, und unter dem mutwilligen Volke der Gäste gab es, wie wir wissen, Leute von aller Art, die gern lachten und sich an der Verlegenheit anderer ergötzten. Diese bemühten sich, hier und da entstandene Irrtümer zu vermehren, riefen die eilfertigen Diener mit fremden Stimmen, schickten sie rechts, wo sie links gehen sollten; dazwischen tobte der Haushofmeister hin und her: So wurden die tollen Verwirrungen immer drolliger; bis endlich Don Carlo wieder zum Vorschein kam. Er musste selber über die wilde Wirtschaft und das entsetzliche hin und her Gespringe lachen, hatte jedoch seine Plage, bis er alles wieder ins rechte Gleis brachte. Die Sitzung der neun Weisen fortzusetzen und Bias Rede von dem Throne zu hören, war nun nicht mehr Zeit; denn die Throne mussten gerückt werden, weil die erhöhte Bühne, worauf man sie errichtet, die eigentliche Haupttafel aufnehmen sollte, woran Don Carlo mit seinem Antonio und dessen nächsten Freunden Platz zu nehmen gedachte. Man konnte von dort aus alles am gemächlichsten übersehen. Die Gäste wurden deshalb einstweilen in andern Zimmern mit allerhand Erfrischungen bewirtet und wussten sich mit allerlei kleinen Späßen sehr angenehm die Zeit zu vertreiben, wozu die vielerlei Masken reichlich Veranlassung gaben. Bias begann, trotz aller Verhinderungen, immer wieder von Neuem seine Rede zu halten, wurde jedoch jedes Mal wieder von einem neuen Tumulte unterbrochen, der aus irgendeiner drolligen Szene bestand, welche bald diese bald jene Masken mit großem Lärm dazwischen schoben. Aber als er nun zum sechsten Mal begann und wieder unterbrochen wurde, verschwor er alles und jedes Redenhalten, schlug sich auf den Mund und blieb den ganzen Abend stumm wie ein Fisch. Von dieser letzten Unterbrechung darf der Erzähler nicht schweigen, weil sie einen Hauptteil der Unterhaltung bis zum Essen ausmachte. Mehrere Spaßvögel hatten nämlich eine große dicke Puppe von allerhand Kleidern zusammengestopft und derselben eine Perücke, die sehr drollig war, aufgesetzt. Diesen Balg brachten sie nun auf einem Sessel herbeigeschleppt und setzten ihn an die Tür des Zimmers, wo Bias aufhörte zu reden, weil ein Arlekin, welcher den Balg geleitete, furchtbar anfing zu trommeln, sodann aber marktschreierhaft die Stimme hob und rief: »Ihr ehrlichen Kahlköpfe samt und sonders! Dieses Bild stellet für die heimlichen Kahlköpfe, die sich etwa noch irgendwo auf der Insel oder anderwärts verborgen halten! Bei großer Strafe darf hier niemand aus und eingehn, er hebe denn diese zierliche Perücke weg und schlage dem Bild auf den Scheitel!« – Das Bild war auch so drollig zusammengestopft und der Scheitel unter der Perücke so einladend elastisch, dass jedermann dem lustigen Gebote Folge leistete. Jeden Augenblick erhielt der Balg einen andern Namen, nach irgendeinem, den man für einen heimlichen Kahlkopf hielt, zuletzt aber, als zum Essen geblasen wurde und alles da hindurch ging, bekam er unter dem Namen Don Ciccio solche Schläge, dass Arlekin ihn beständig wieder aufrichten musste. Bias schlug ihn vor Zorn gar auf die Perücke selbst, wobei er sich empfindlich in die Finger stach: Er merkte zu spät, dass einige Locken nur mit Nadeln angesteckt waren, und Solon sprach zu ihm, die Perücke hebend: »Alles mit Maß, lieber Freund! Alles mit Maß!« und schlug so derb auf den Balg, dass Arlekin anmerkte: »o Solon, Solon, Solon! Wenn das dein Maß ist, so ist es nicht von den kleinen; da siehe, Don Ciccio ist außer sich!« – »Wirklich, der Balg ist geplatzt,« sprach Solon, und half hineinstopfen, was herausgefallen war. Arlekin band alles mit einem Strick zusammen und das Klopfen ging wieder los. Als die Menge sich gänzlich in die Speisesäle verteilt hatte, nahm Arlekin den Balg und setzte denselben auf eine Erhöhung hinter ein kleines Tischchen, aber vor ihn eine Schüssel Papierschnitzel, und schrie laut: »Sehet, wie hier Don Ciccio Maccaroni speist.« [4], Damit schnitt er dem Balg einen Mund und

---

4 Maccaroni sind eine Art Regenwürmer die man von Teige formt und abgesotten mit geriebenem Käse bestreut, oder sonst auf allerlei Art be-

stopfte demselben nach und nach die Papierschnitzel hinein; aber nach jedem Bissen musste Don Ciccio sich mit Kopfnicken bedanken, worüber die es sahen, viel zu lachen hatten. Alle Gäste nahmen nun Platz an den Tafeln, welche sie mit Wein und Speise ganz vortrefflich besetzt fanden. Mit Erstaunen sahen sie nun nicht allein ganze Vögel und Fische darauf; sondern sogar ganze Rehe, ganze Schweine, ganze Kälber waren auf Gerüsten so künstlich aufgestellt, als wollten sie gebraten noch davonlaufen. Alles war mit Blumen und Fruchtkränzen geschmückt und mit vergoldeten Zitronen umsteckt. Bei jedem großen Braten war Platz gelassen für die Zerleger, welche von allem reichlich austeilten; die Diener ermahnten überall mit lustigen Sprüchen zum Essen. Aber den ungeheuren Schwertfisch brachten acht weiß gekleidete kahlgeschorene Köche tanzend und singend hereingetragen: Voran kamen die Dudelsackpfeifer und bliesen. Man trug ihn erst an allen Tafeln umher, damit ihn jeder sehen möchte, zuletzt aber setzten sie ihn keuchend auf einen Tisch nieder, welcher in der Mitte des großen Saales war. Viele Gäste standen nun auf, um das Ungeheuer in der Nähe zu betrachten, die Schüssel dazu war ein mächtiges Brett, welches man mit einem reinen Tischtuch zierlich umwunden. Hier lag der gewaltige Fisch, der sonst die Tiefen des Meeres durchtobt, auf einem weichen Bett von Lorbeerblättern und grünem Salat und war mit Schuppen von bunten Scheibchen überdeckt, die man aus Zitronen, Sellerie und gelben und roten Rüben zierlich ausgeschnitten. Sein langes grausa-

reitet verspeist: ein Lieblingsessen der dortigen Einwohner, welche danach zuweilen Maccaronifresser benannt werden.

mes Schwert war nun mit blühenden Rosen umwunden, die Flossen aber soviel wie möglich ausgebreitet und mit kleinen Blümchen besteckt. Als der Zerleger Hand an ihn legte, schenkte Don Carlo seinen schönen Pokal von böhmischem Glase voll, stand auf und brachte folgenden Toast aus:

»Ehrenfeste, teure Gäste!
Wie das Fischchen
Auf dem Tischchen
Seiner Art das größte beste
Ward erfunden
In den Sunden,
Also ist von allen Männern
Aller Orten,
Wie in Worten
So in Taten, rechten Kennern
Wohl der wahrste
Beste klarste
Wunderbarste
Größte rarste
Mann Antonio. Wer eben
Wie ich denke
Denkt, der schenke
Voll und ruf: Hoch soll er leben!«

»Hoch lebe Don Antonio!« scholl es in allen Sälen wie aus einem Munde, keine Stimme blieb nach, und ein Tusch von Pauken und Trompeten mischte sich dreimal wiederholt in das dreimalige Klingen der unzähligen Gläser. Da nahm Don Antonio seinen vollen Pokal, stand empor und sprach, sich ehrerbietig verneigend:

>>Edler Wirt, achtbare Gäste!
Die   Gedanken
Euch   zu   danken
Drängen sich bei diesem Feste:
Wer   von   Herzen
Weiß   zu   scherzen,
Dem gebührt die schönste Krone!
Wer   in   Leiden
Wie   in   Freuden
Gleiche Huld zeigt, den belohne
Liebesneigung,
Gunstbezeigung,
Ruhmersteigung,
Kranzverzweigung!
Der uns diese Lust gegeben,
Mein   geliebter
Nie   getrübter
Carlo soll in Freuden leben!<<

Bei diesen letzten Worten umarmte Don Antonio seinen Carlo, und während das Lebehoch von allen Seiten wiedertönte, drängte sich die Erinnerung an manche Not und manche Freude, welche die Freunde gemeinsam übertragen und genossen, vor ihre Seele, sodass in beider Pokale Tränen inniger Rührung fielen, indem sie den duftenden Purpur des Weines schlürften.

Als sich nun alles wieder gesetzt hatte, wurde die Unterhaltung bei dem so festlich besungenen Schwertfische, von dem jeder zu essen bekam, und durch den feurigen Wein immer lebhafter, und lachende Scherze flogen her und hin.

Don Carlo hatte schon eher vergeblich den schönen Plato gesucht, welchem er einen Platz an Don Antonios Seite bestimmt. Er stand nun auf und ging überall umher ihn von Neuem zu suchen. Vergeblich: Er war verschwunden.

Aber als der freundliche Wirt so durch die langen Säle ging, ward ihm von allen Seiten freundlich zugenickt und zugetrunken. Da saß mancher arme alte ehrliche Mann an dem Tische, dem es sein ganzes lebenlang noch nicht so gut geworden war, und letzte den alten Gaumen an den trefflichen Speisen, und der Duft des köstlichen Weines wob süße Träume um seine Sorgen, dass er wie mit fremden Backen in die Welt hineinlachte. Darüber freute sich der brave Don Carlo von Herzen. Auch war es wirklich schön zu sehen, welche reine, heitere Fröhlichkeit überall verbreitet war. Selbst als die Lust etwas ausgelassener wurde, ward kein Scherz übelgedeutet. Die Tugend des Wirts hatte sich über die Gäste ergossen. Auf und ab in allen Sälen tanzten verschiedene Reimer, welche sich in neckenden Versen auf die Anwesenden zu übertreffen suchten. Besonders zeichnete sich ein rechter Kahlkopf, namens Bennardo aus, ein Schiffer, den man gern auf allen Barken wie einen Ruderer bezahlte; obwohl er sein Ruder nur obenhin einzutauchen pflegte, so verstand er doch so lustige Lieder zu singen, dass die übrigen ihrer Plage ganz vergaßen und umso schneller ruderten. Dieser war an jenem Abende so übermütig mit Neckereien, dass ihn zuletzt etliche lustige Vögel, die er zu sehr geneckt, mit Gewalt ergriffen und ihm die zwanzig dreißig Haare, die er noch haben mochte, völlig auszupften. Sodann trugen sie ihn mit großem Gepränge herum, setzten ihn auf einen Thron und nannten ihn Kahlkopfkönig. Trotz alledem verlor er die gute Laune nicht und hatte er vorher die Leute mit seinem Witze geneckt, so tat er es jetzt als König noch weit verwegener und stolzer und war im Reimen ganz unerschöpflich.

Immer lustiger und allgemeiner ward das Treiben. Endlich kamen auch die Frauen vieler Anwesenden, in Masken, zu sehen, was ihre Männer eigentlich vorhätten und um sie tüchtig zu necken. Da gab es denn manche sehr drollige Szene, besonders wenn der Kahlkopfkönig sich mit seinem Spotte darein mischte, über welchen sich die Frauen totlachen wollten. Don Antonio, dessen Nachbarn ebenfalls mit ihren Frauen scherzten, ward davon zuerst herzlich erfreut; er verlor sich aber darüber nach und nach in Gedanken an sich selbst und war fast ein wenig traurig, – als eine sehr natürlich nachgebildete Maske mit langem Stabe zu ihm herangewankt kam. Es war ein betagter Eremit mit langem weißen Barte, welchem die greisen Glieder so heftig erzitterten, dass Don Antonio ihm, als er sich auf den Stuhl ihm zur Seite niederließ, fast unwillkürlich beistehen musste. Sobald der Alte sich, wie es schien, ein wenig erholt hatte, begann er mit tremulierender Stimme zu Don Antonio: »Mein teurer Don Antonio, mich will es fast wundern, dass Ihr so ernsthaft darein sehet bei diesem fröhlichen Feste, da es doch selbst mich Abgelebten, welcher bereits geraume Zeit aller Welteitelkeit entsaget, mannigfaltig und reichlich ergötzt hat. Sollte dieser bunte Wirrwarr Euch die Weltlust vollends verleidet haben, o, so wär ich nun zu guter Stunde von meiner Einöde herabgekommen, da ich vielleicht Gelegenheit finde, den für die wahre Einsamkeit zu gewinnen, welcher sich inmitten dieses fröhlichen Getümmels bereits einsam zu fühlen scheinet, denn einsam ist beständig – die Seele, wenn sie betrübt ist. Und Ihr seid betrübt, Don Antonio. Saget mir, was betrübet Euch? Schüttet mir altem Greisen das Herz aus, kommt in meine Waldeinöde, da könnt Ihr allen Kummer den Lüften des Himmels geben, ich will Eurer Seele warten und pflegen wie eines neugeborenen Kindleins; aber sagt mir, Don Antonio, was betrübt Euch? Was betrübet Euch?« –

Diese letzte Frage war mit so natürlicher Innigkeit gesprochen, dass der Befragte bald versucht worden wäre, den Eremiten für einen wirklichen zu halten, wenn der Greis ihm nicht bei diesen Worten eine Hand gereicht hätte, welche sich zarter anfühlte wie Sammet. Verwundert streichelte Don Antonio die sanfte Hand, welche seinen Druck innig wiedergab, und sprach: »Ehrwürdiger Vater, gern wollte ich Euch als einem welterfahrenen, betagten Manne mein ganzes Herz ausschütten; aber das zarte Frauenhändchen, welches Ihr mir soeben reichet, macht mich in meiner Aufrichtigkeit irre.« –

»Nun, so will ich meine Hand zurückziehen!« sprach der Eremit.

»Nein, lasst mir das Händchen, es gefällt mir!« sprach Don Antonio streichelnd.

»Ach, mein lieber Don Antonio,« fuhr der Eremit da, wie erschrocken und sehr ernsthaft tremulierend, fort, »wenn Euch, selbst bei dieser welken Hand eines greisen Mannes, Frauenhändchen in den Sinn kommen, so seid

Ihr wahrlich sehr entfernt vom einsamen Leben, und ich glaube fast, dass in Eurem Herzen weltliche Liebe wohne mit ungestilltem Verlangen, welches Euch selbst bei diesem fröhlichen Gelage so traurig machet. O lasset fahren die falsche Sehnsucht, denn ein Weib, das eine Person wie die Eure verschmähen kann, muss eine sehr eitle weltliche Törin sein, welche Locken an Euch suchet, wo sie Euch fehlen, welche die Annehmlichkeit Eurer Gespräche weder zu würdigen weiß noch Euer wohlwollendes Herz zu ehren, welche blind ist für die Schönheit Eurer Gestalt und die Anmut Eurer Gebärden und das Ansehen, in welchem Ihr bei den Bewohnern dieses Eilandes stehet. Darum lasset sie vergehn in ihrem eitlen Dünkel und folget mir in meine Waldeinsamkeit, wo der unschuldige Gesang der Vögelein erschallet; dort will ich Euer Herz von weltlichen Gedanken reinigen und Euch die Seele stärken mit dem Troste der Eremiten, bis Ihr den Himmel offen über Euch sehet, der Euch nunmehro von düstern Wolken des Grams verborgen ist.«

Während der Eremit solches mit großer Salbung sprach, bemerkte Don Antonio den Ring Donna Teresas an dem Finger des zarten Händchens, welches er noch beständig festhielt; wusste jedoch die Freude, welche bei dieser Entdeckung ihn überwallte, schlau zu mäßigen und sprach: »Ehrwürdiger Eremit, dein weises Gespräch überwältigt mein Herz und das Leben, welches ich bisher geführt, wird mir davon mehr und mehr zuwider. Ich will es ändern und dir folgen in deine Waldeinöde: Dort will ich bei dem Gesange der Nachtigallen an den Lehren deines Mundes hangen, gleich einem Bienchen, welches Honig aus dem Kelche der Blumen sauget. Aber beweise mir nun auch, dass auch dich nichts mehr an die Welt bindet.« – »Und womit soll ich dir solches beweisen, mein teurer Sohn?« fragte der Eremit.

»Damit,« sprach der neu geworbene Schüler, »damit, dass Ihr mir das weltliche Geschmeide lasset, welches Ihr eben traget.« Hierbei blickte Don Antonio ihm nach dem Halse. Der Eremit aber, seines Ringes vergessend und nur dem Blick Don Antonios folgend, sprach: »Nehmt das Geschmeide hin, ich habe keines!«

»Doch, doch,« sprach Don Antonio, und unverwandt nach dem Halse blickend, zog er den goldenen Ring von dem zarten Fingerchen; »seht da her! Mein ehrwürdiger Vater, dieser Ring ist viel zu weltlich für Einsiedler!«

»Gebt ihn mir zurück,« sprach der Eremit etwas betroffen, »es ist der Trauring meiner Mutter.«

»Das weiß ich,« sprach Don Antonio neckhaft bestimmt, »ich kenne ihn gar wohl und hatte schon lange Verlangen darnach. Es ist etwas Wunderbares um den Ring eines frommen Eremiten; denn nun ich ihn an meinen Finger stecke, fällt jede weltliche Betrübnis wie Schuppen von meinen Augen, und ich sehe den Himmel über mir offen und heiter.«

»O, treibt den Scherz nicht zu weit, gebt mir den Ring wieder!« sprach der Eremit – plötzlich mit Donna Teresas Stimme.

»Glaubt Ihr denn, ich scherze?« sprach Don Antonio sehr ernsthaft; »nein, mein ehrwürdiger Vater, es ist mein völliger Ernst, wenn ich sage: Der Himmel ist über mir offen, seit ich Euren Ring besitze.«

»Ihr besitzt ihn nicht, Ihr habt ihn mir genommen, Don Antonio!« –

»Ihr habt ihn mir gelassen, er ist mein, ehrwürdiger Vater, bedenkt, als ich um Euer Geschmeide bat, sagtet Ihr, nehmt es hin!« – »Wohl, aber ich sagte dazu: Ich hätte keines, woraus Ihr sehen könnt, dass ich nur unachtsam war.«

»Unachtsam? Ei, ei,« sprach Don Antonio, »wenn so fromme, betagte Lehrer noch unachtsam sind, wie sollen wir arme Schüler sein?« –

»Gebt mir den Ring wieder,« sprach Donna Teresa und wollte ihn mit Gewalt von seinem Finger ziehen; aber Don Antonio hielt ihn fest und ihre Hand dazu und sprach: »Ei, ei, mein ehrwürdiger Eremit, Ihr seid schlimmer als ich den weltlichen Dingen ergeben, wenn Ihr so heftig nach diesem Ringe verlanget, welcher doch nun mein ist; bedenkt: Andrer Eigentum begehren ist große Sünde!«

»Gebt mir den Ring wieder!« sprach Donna Teresa und rang noch heftiger darnach: als von dieser Bewegung die Maske, welche nicht allzu wohl befestigt war, – plötzlich herabfiel, sodass der entzückte Don Antonio ihr schönes Gesicht von hellen Tränen der Rührung überströmt sah, welchen sie bisher unter der Maske nicht Einhalt getan. Nun aber suchte sie, weil Don Antonio sie nicht fortließ, ihr verlegenes Erröten in den Falten des Eremitengewandes zu bergen, als – Don Carlo, welcher schon ein gut Teil der Szene mit angehört, ihr in die Augen sah und sprach: »Wie? Ringe werden gewechselt? Masken fallen ab und Tränen fließen? Darüber muss ich meinen

Mantel breiten, bis ich den Notar geholt!« Hiermit warf er seinen weiten Pythagorasmantel um die Liebenden und verschlang ihn so, dass ihn beide nicht so bald entwirren konnten: Ja das Entwirren ging so langsam, dass einige meinten, beide blieben gern so verborgen, der Philosoph sowohl als der Eremit.

Als sie endlich den purpurnen Vorhang, der sie umschloss, erhoben hatten, stand ein kleines Tischchen vor ihnen, woran Cicero saß und eine Feder schnitt. Es war der Notar des Ortes, welcher den beiden Willigen einen Ehekontrakt in zwei Worten zusammensetzte, den beide mit zitternder Hand unterschrieben, während kristallne Tränen des Entzückens darauf hinabfielen. Pietro und der alte Jakob, welche den Tisch herbeigebracht, klopften vor Freuden in die Hände, ergriffen beide den Pythagorasmantel und hielten ihn, auf zwei Stühlen stehend, als einen Baldachin hoch über die Glücklichen, während lautes Geschmetter von Trompeten und Pauken sich in ein allgemeines Jubelgeschrei und Händeklatschen mischte. Die Jubelnden riefen einstimmig: »Das ist die Krone des ganzen Festes!«

Der Träumer

Von dem Strande, welcher nun Stabiä, die fast zweitausend Jahre in Aschenregen begrabene Stadt, lieblich überblüht, gelagert zwischen dem Golf von Neapel und dem von Salern, erhebt sich über den Spiegel des anmutigen Meeres, erst mit sanfteren Hügeln, bald aber geschwungener und kühner, ein mächtiges, vielzackiges, oben dunkelbewaldetes Kalkgebirge, dessen fruchtbare, terrassierte Hänge der Bienenfleiß der Menschen überall reichlich mit Öl- und Weingärten und mit unzähligen, zierlichen Ortschaften überbaut und geschmückt hat. So vollendet ist daselbst das Werk des Fleißes, dass es vor die Augen tritt, wie ein müheloses, unmittelbar göttliches Geschenk, als habe das Paradies sich herniedergesenkt in die Täler und um die Lehnen der zackigen Anhöhen.

Unter den vielen Ortschaften aber erhebt sich eine, Gragnano genannt, besonders gesegnet mit köstlichen Purpurtrauben. So reichlich trägt die Rebe dort, dass die Winzer noch im Schatten gehn, wenn sie schon die Blätter hinweggebrochen; die Trauben allein geben Schatten genug. Nicht zu früh, nicht zu spät reifen sie dort an den luftigen Hängen und füllen die gewaltigen Fässer mit köstlichem Getränk, sodass die Besitzer daselbst von Jahr zu Jahr an Wohlhabenheit zunehmen. Ja, rings um den ganzen schönen Golf sagt man, will man Jemanden als wohlhabend bezeichnen: Er hat sein Kellerchen in Gragnano.

Nun hatte daselbst vor Jahren Gott einem Mann Namens Strintillo solcher Kellerchen nicht nur eines, sondern mehrere beschieden, auf deren Besitz sich Herr Strintillo nicht wenig zugute tat. Seine liebste Rede war: Ich bin Don Strintillo und was ich haben will, muss geschehen! – Herr Strintillo wollte jedoch manchmal sehr dummes Zeug; besonders wenn ihm dergleichen geträumt hatte; denn er war über alle Maßen abergläubig und hielt gewaltig viel auf seine Träume. So hieß er einst in eine dürre Felszacke einen Brunnen hauen, weil ihm dort im Traum von seinem Vetter Ciccio ein Glas Wasser gereicht worden. Als man ihm aber vorstellte: Hier werde kein Wasser kommen, sprach er: »Ich bin Don Strintillo und was ich haben will, muss geschehen!« – Sofort wurde mit dem Hauen des Brunnens begonnen. Man sprengte, dass die Steine flogen. Drei Monate vergingen, – immer kam noch kein Wasser; aber Don Strintillo verlor den Mut nicht und würde, jedem Spötter zum Trotz, noch heute graben lassen; hätte sein Vetter Ciccio nicht Wasser in die Grube gegossen, und ihm ein Glas daraus geschöpft und zu trinken gereicht. – »Wer hat nun recht?« fragte Don Strintillo und trank das Glas rein aus. Zwar kam später, trotz alles Grabens, kein Wasser mehr nach; aber Don Strintillo hielt den Traum für erfüllt und war zufrieden und, als man ihm einige Zeit nachher von Ciccios List sagte, sprach er: »So sagt Ihr nur, damit ich nicht recht haben soll«, und alles endigte damit, dass er nur desto mehr im Glauben an seine Träume bestärkt wurde, recht nach dem alten Sprichwort: Zerstoße den Narren im Mörser und er wird ein Narr bleiben, nach wie vor. Jeden Morgen, sogleich nach dem Frühgebet, langte Don Strintillo nach seinen Traumbüchern, deren er nicht genug bekommen konnte. Dieselben widersprachen sich zwar hier und da; aber das war ihm eben recht; denn, traf sein Traum nach dem einen Buche nicht ein, so fand er in dem andern Trost. Alles, was ihm widerfuhr, wusste er immer hinterher den Träumen anzupassen, die er kurz vorher oder lange vorher gehabt hatte. Als ihm seine gute Frau starb, sagte er zu seinem Vetter Ciccio mit Tränen in den Augen: »Da sieh, wie meine Träume zuletzt doch eintreffen! – Vor drei Jahren, just in derselben Nacht, sah ich im Traum eine Katze, die auf glühenden Kohlen stand und gewaltig schrie. Was diese

Katze bedeuten sollte, konnte ich damals in meinen Büchern nicht finden und auch nicht denken: Nun ist es aber klar: Die Katze, die auf Kohlen steht, ist meine Frau im Fegefeuer; denn, unter uns gesagt, sie kam mir manchmal nicht aufrichtig vor. Nun aber lass uns für ihre arme Seele beten!« –

»Ihr tut ihr unrecht«, sagte Don Ciccio.

»Lass uns beten«, sagte Strintillo, »vor Gott sind wir alle Sünder!«

Zum Glück wurde seine schöne Tochter Angiolina nicht von ihm erzogen, sondern von einer verständigen Muhme, die er ins Haus genommen, und wuchs an Seel und Leib so herrlich heran, dass sie mit sechszehn Jahren das Wunder der ganzen Gegend war. Unzählige Freier hatten sich bereits vergeblich bei dem wunderlichen Vater um sie beworben, als eines Tages zwei bei ihm zusammentrafen, welche sich besser berechtigt glaubten als alle früheren. Der ältere dieser Freier, Don Granco, war zwar von Gestalt hässlicher und drolliger, als man irgendein Figürchen aus Brot kneten könnte, dabei jedoch der wohlhabendste Mann in Gragnano und, was ihn bei Strintillo gleichermaßen empfahl, wie er, ein leidenschaftlicher Liebhaber von Träumen. Der andere dieser Freier aber war das Gegenteil von diesem, weder ein Träumer, noch mit Reichtümern gesegnet, aber sonst mit allem ausgestattet, was an jungen Leuten wohlgefällt. Er war jung und schön, kräftig und rührig und rasch in allem was er tat, der beste Tänzer am Ort und geliebt von jung und alt. Begabt mit der süßesten Stimme, die je von Mannesmund erklungen, verstand er zu Tänzen und Spielen augenblicklich die zierlichsten

Weisen und Lieder zu erfinden, und hatte vor Kurzem erst in einem Wettsingen mit den besten Improvisatoren der Umgegend eine schön ausgelegte Mandoline gewonnen, zu deren beseelten Klängen er, unter Angiolinens Fenster, manch schmelzendes Lied gehaucht. Kurz, Don Granco besaß das Herz des Vaters und Giovanni das Herz der Tochter und war bei dem Alten ebenfalls so wohl angeschrieben, dass er die beste Hoffnung hatte. So gerüstet, traten beide zugleich in das Zimmer, jeder im Vertrauen auf sein Glück, hatte keiner ein Hehl vor dem andern, und Giovanni ließ den drolligen Don Granco seine Werbung zuerst anbringen. Dieser hub folgendermaßen an: »Mein ehrenwerter Freund Strintillo, vielleicht ist Euch bereits bemerklich geworden, wie mich schon seit geraumer Zeit der Liebesgott quält und peinigt, und zwar um Eurer schönen Tochter willen, welche, wie alle Welt weiß, von der Nasenspitze bis zur kleinen Zehe nichts anders ist, als ein Zucker und ein Honig, und, dass ich es kurz heraussage, durchaus gemacht für Euren Diener Granco. Viel Redens kann ich nicht machen, gebt sie mir zum Weibe: Ich stelle sie in ein Glasschränkchen und lasse kein Stäubchen auf sie fallen, so wahr ich Granco bin, es soll Euch nicht leid werden! – Ihr wundert Euch vielleicht, woher ich den Mut nehme, und sogar auf einmal mit der Tür ins Haus falle? Doch seht diese zerknitterte Schlafmütze dahier und vernehmt, was mir diese Nacht geträumt hat.«

Bei diesen Worten ward der arme Giovanni leichenblass. Auf einen Traum seines Nebenbuhlers war er nicht gefasst, und da er Strintillos Leidenschaft für

Träume kannte, fürchtete er sehr, dass Granco die Oberhand gewinnen könnte.

»Der Traum ist«, fuhr Granco fort, »so gut, wie einer sein kann und ein Morgentraum, er passt überall ein und schließt zusammen, dass gar keine Fuge bleibt.« Hierauf erzählte Granco mit langweiliger Ausführlichkeit: wie ihm Angiolinchen im Traum erschienen sei, um und um mit Blumen besteckt, und ihm eine Rose gegeben habe: Wie sie dann zusammen einen großen goldnen Fisch gefangen und mit einem Hammer totgeschlagen hätten, der Fisch aber habe so viel Rogen gehabt, dass alle seine Kessel und Töpfe nicht langen wollen, ihn auszunehmen. Als er deshalb den Hut abgenommen, sich hinter den Ohren zu kratzen, sei er aufgewacht, die Schlafmütze in der Hand, die er vor Freuden über den prächtigen Traum ganz zerküsst und zerbalgt habe. »Da seht, wie sie aussieht, überall zerknittert und zerknillt!«

»Warum aber dünkt Euch der Traum so gut?«, fragte Giovanni. Da sagte Don Granco: »Wenn Ihr es ihm nicht selber ansehet, will ich Euch belehren; der Traum ist sechsmal gut:

Einmal, weil der Gegenstand der Liebe selber darin ist.

Zweitens, bedeuten die Blumen, dass das Zuckerkind bald heiraten wird.

Drittens, bedeutet die Rose, die sie mir gab, dass ich ein beneideter Mann sein werde.

Viertens, bedeutet das Angeln und, dass der Fisch anbeißt, unsere Heirat, und dass wir immer wohlhabend sein werden, denn der Fisch war von Golde.

Fünftens, bedeutet der Hammer, dass wir die Heirat durchsetzen werden, es mag in die Quer kommen, wer da will, und endlich:

Sechstens, bedeutet der viele Rogen zahlreichen Kindersegen.

Nun sagt selber, was fehlt dem Traum noch an seiner Vollkommenheit. Fragt einmal Don Strintillo, er ist gelehrter als ich; aber er mag ihn nach Rotbarts Traumbuch auslegen, oder nach Schwarzbarts, er ist gut und bleibt gut. Nach der klugen Sybille fällt er freilich anders, aber da sind die Nummern verdruckt, und wer ihr traut, ist immer betrogen. Was meint ihr, Don Strintillo, fragte Granco mit zuversichtlicher Miene, ist er nicht gut, ist er nicht prächtig?«

Aber Strintillo, der auf keine Frage rasch zu antworten gewohnt war, und der, unter uns gesagt, noch etwas auf die Sybille hielt, bewegte nachdenklich den Kopf, wandte sich zu Giovanni, und fragte: »Hat Euch auch etwas geträumt?« –

»Mir? Nein oder doch, ja, entgegnete Giovanni, und ergriff die Hand Strintillos: Mein lieber Don Strintillo, seit ich Eure Tochter gesehen, lebe ich beständig, Tag und Nacht, in dem Traume fort, dass nie Leute glücklicher zusammenleben würden, als Eure Tochter und ich!« Hierbei standen ihm die hellen Tränen in den Augen. Don Strintillo sah ihn freundlich an und sagte: »Nun, mein lieber Giovanni, ich weiß, dass meine Tochter Euch wohlwill und habe nichts gegen Euren wachenden Traum und gegen Euren schlafenden auch nichts, ehrenwerter Don Granco, beide Träume können recht gut sein, doch erstens, habe ich sie nicht selber geträumt und zweitens, seid ihr an einem bösen Tage zu mir gekommen, denn hört: Als ich diesen Morgen ausgehen will, kommt mir rechts ein altes Weib entgegen, links huscht mir ein Häschen über den Weg und, wie ich wieder ins Haus trete, läuft mir bis ins Zimmer Ciccios roter Hund nach, der mir nie Gutes bringt. Daher ist der heutige Tag sehr böse, und gar nicht gemacht, um dergleichen zu beschließen, geduldet Euch also noch heute, morgen früh sollt ihr ausführlichen Bescheid haben. Keiner von euch wird darum von mir verachtet; aber ich will die Sache beschlafen. Der Himmel wird mir einen Wink geben, dem ich folgen kann. Das Schicksal meines einzigen Kindes liegt mir zu sehr am Herzen, als dass ich dergleichen ohne himmlischen Rat beschließen könnte. Lebt wohl. Heute drohet Unglück in meinem Hause, darum wird euch weder Speise noch Trank gereicht. Ein andermal sollt ihr mir herzlich willkommen sein.«

Mit solchen Reden entließ Don Strintillo für diesen Tag die beiden Freier. Don Granco fand alles sehr natürlich, und blieb, im Vertrauen auf seinen sechsmal vortrefflichen Traum, so glücklich als vorher. Aber Giovanni geriet, als er das Haus verlassen, über den abergläubigen Strintillo ganz außer sich, und als er ins Freie kam, rief er zum blauen Himmel empor: »wenn das Schicksal eines Wesens wie Angiolina an Strintillos albernen Träumen hängt, was soll aus ihr, was soll aus mir werden! Lieber himmlischer Vater, erhelle doch die Augen des Alten, dass er die Tochter nicht auf ewig unglücklich macht, tue seinen Sinn auf über seine Torheiten, oder willst du ihn nicht umschaffen, sende ihm wenigstens einen Traum, worin Angiolina ihm um den Hals fällt und ihn bittet, mich zu nehmen: Oder wie du sonst seinen Willen lenken willst, denn du vermagst ja alles und jedes, wie deine Weisheit es für gut findet!« – Dieser letzte Gedanke machte Giovanni etwas ruhiger. Langsam schlich er zurück unter Angiolinens Fenster und flüsterte die traurige Botschaft hinauf. Angiolinchen, obwohl selbst erschrocken, suchte seine Sorgen zu beschwichtigen, und sagte zu ihm: »Lieber Giovanni, tröste dich, mein Vater hat dich lieb, wir wollen Gutes hoffen, gehe nach deinem Weinberge und zerstreue dich mit arbeiten. Geh, ich will auch etwas vornehmen, so wird Sorge und Unruhe am besten bekämpft.« Langsam ging Giovanni nach seiner kleinen Besitzung. Sie schien ihm heute kleiner als je, weil er sie mit Grancos Gütern verglich. Er ging an die Arbeit und kämpfte mit Gewalt gegen seine Sorgen, aber er war immer noch in einem Zustande, der einem Fieber glich. Der Mond schien lieblich und klar, es trieb ihn nach dem Hause seiner Geliebten, er nahm seine Mandoline mit und spielte unter ihrem Fenster alle Lieblingsweisen; aber wenn er an den andern Morgen gedachte, sanken ihm die Hände von den Saiten. »Geh zur Ruh, lieber Giovanni!«, bat Angiolina mit süßem Flüstern mehrere Male flehentlich. Er ging auch, kam aber immer wieder zurück und um Mitternacht sang er unter dem Fenster der Kleinen, die selbst nicht tat, was sie ihn hieß. Folgendes Lied aus seinem Herzen, während der Vesuv dazu leuchtende Gluten in die Mondnacht emporwarf: –

Unruhge du, du rufst mir: Ruhe! zu:
Bin todesmüd und finde doch nicht Ruh!

Wo ruht des Schiffers Haupt im Sturmesdrang?
Ach Gott! ach Gott! wie ist die Nacht so lang!

Ich bin der glühnde Stein, der dort entfleugt
Dem Schlund und, schon im Fallen, wieder steigt,
Emporgewirbelt von erneutem Drang.
Ach Gott! ach Gott! wie ist die Nacht so lang!

Ein Ameishaufen bin ich, den gestört
Die Lieb, all meine Sinne sind verkehrt:
Am Himmel wankt vor mir der Sterne Gang.
Ach Gott! ach Gott! wie ist die Nacht so lang!

Ich bin die Wachtel, überm Meer verirrt,
Kein Land erblickt sie, jagt und schlägt und schwirrt,
Dicht unter ihr der Wellen Grabgesang.
Ach Gott! ach Gott! wie ist die Nacht so lang!

In solchen Gedanken kam den beiden Liebenden der Morgen heran, und sie erwarteten mit Ungeduld Strintillos Erwachen.

Don Granco nahm, wie wir wissen, die Sache viel ruhiger, er verließ sich auf seinen Traum, tat einen guten Schlaf, erwachte jedoch bei Zeiten, legte sogleich die zierlichsten Kleider an, die sich in seinen Kisten und Kasten vorfanden, und machte sich auf den Weg, nach Strintillos Hause, vor welchem er den guten Giovanni mit seiner Mandoline sitzend fand.

»Schon hier?«, fragte Granco.

»Jawohl«, sagte Giovanni, »wir kommen noch zu früh, Don Strintillo ist noch nicht erwacht.«

»O, wohl ist er erwacht!«, rief Strintillo und erschien an der Tür: »Kommt herein, ihr beiden Herren, ihr sollt Bescheid haben. Ich habe einen Traum gehabt, der an Schönheit seinesgleichen sucht und so deutlich ist, dass ihr ihn euch selbst auslegen könnt, so wenig ihr vom Traumauslegen versteht.«

Don Granco trat freundlich ein und rieb sich die Hände, zitternd folgte Giovanni. »Da setzt euch und hört meinen Traum!«, sagte Strintillo. Beide setzten sich und der Träumer hub an: »Gestern, als ich mich schlafen legte, nahm ich mir fest vor, über eure Angelegenheit zu träumen. Es währte nicht gar lange, so kam ich aus der Finsternis des Schlafes in einen wunderschönen großen Weingarten, der mich sehr in Verwunderung setzte; denn an den Trauben, die dort hingen, waren die Beeren so groß, dass jede Beere wohl einen Schoppen halten mochte, und jede Traube mochte gegen die 1000 Beeren haben, aber die Trauben, die da waren, konnte ich nicht zählen; denn es war alles rot und schwarz davon, über und über! Das Sonderbarste war, dass sich die Trauben vor meinen Augen färbten, und reif wurden und die reif wurden, sanken zu Boden und ließen den Most von selbst ausgehen, in Rinnen von weißem Marmor, die unter den Weinstöcken waren. Alle die Rinnen aber gingen zusammen in einen großen Teich. Wem mag wohl der Weinberg gehören? Dacht ich bei mir und sah mich um nach jemandem, der es mir sagen könnte. Da war eine Gans, die von den Beeren fraß, und etwas herschnatterte, das immer klang, wie Bräutigam, Bräutigam. – Sollte das meiner Tochter Bräutigam sein? Dachte ich weiter. – Ja, ja, ja, schnatterte die Gans. Indem ich so weiter gehe, kommt mir mein Vetter Ciccio entgegen, und sagt mir: wo bleibst du, Strintillo, lasse die Hochzeitsgäste nicht warten! – Aber so geschwind ging das nicht; denn statt Sandes waren alle Gänge so dick voll Dukaten, dass wir manchmal bis an die Brust hineinsanken. Endlich kamen wir in einen Keller, wo noch mehr volle Weinfässer lagen, als ich oben Trauben gesehen hatte. Wem gehört dies alles? Fragte ich Ciccio. Angiolinens Bräutigam, war die Antwort. Wir mochten so, wohl ein paar gute Stunden, bei lauter vollen Fässern vorbeigekommen sein, als der Keller endlich ein Ende nahm und sich nach einem großen freien Platze öffnete, wo ganz unzählige Hochzeitsgäste sämtlich auf ungeheuren Würsten saßen, an Tischen von runden Käsen, in deren Mitte jedes Mal Springbrunnen von lauterem Wein waren, die nach allen Gästen hin Strahlen schossen. Weder Gläser noch Flaschen waren zum Trinken gestellt, und die Gäste fingen auf gut spanisch den Strahl, der auf sie zukam, mit den Mäulern auf, welches überaus lustig zu sehn war. Auf den Tischen waren Messer gelegt, womit die Gäste sich nach Belieben Käse von den Tischen losschnitten. Mitten auf dem Platze stand ein großer Ofen, wo man gar fette Ochsen hineintrieb, die auf der andern Seite, köstlich gebraten, wieder herauskamen und um die Tische herumspazierten, wo sich dann jeder Gast sein Lieblingsstück losschnitt, worauf die Ochsen sich allemal höflich verneigten und wieder weiter gingen. Auf der anderen Seite war ein Teich von heißem Öl, worin ungeheure gebratene Fische herumschwammen. Dort amüsierten sich viele Gäste mit Harpunieren und holten sich allemal den Fisch heraus, zu dem sie Lust und Appetit hatten. Ebenso war es mit dem Federvieh bestellt, welches von einem großen Pastetenrande eingehegt, teils gebraten, teils gekocht, teils gedämpft herumlief, auch in allerhand Saucen schwamm und ebenfalls sehr artig den Rücken oder die Brust hinhielt, je nachdem man sich dieses oder jenes Pfaffenschnittchen losschneiden wollte. Für die, welche gern Maccaroni aßen, hingen sie von den Bäumen herunter wie Palmenzweige, so niedrig, dass die Liebhaber davon die Hände auf den Rücken legten und sie mit den Zähnen abrissen, wie Ziegen das Laub abknubbern, sie durften auch nicht erst Käse daran tun, denn aller Staub, dessen dort viel herumflog, war fein geriebener Parmesankäse, sodass die Maccaroni-Gäste über und über zu lauter Käse wurden. So reichlich war alles bei dieser Hochzeit und ich sah mich noch immer vergeblich nach dem Bräutigam um. Endlich kam er daher mit meiner Tochter an der Hand.«

»Nun und wer war es?«, fragte Granco ganz freundlich.

»Er war aus Gragnano, das hörte ich sagen.«

»Aber wer war es?«, fragte Granco noch vergnügter.

»Wer es war, mein lieber Granco, das konnte ich unmöglich erkennen«, antwortete Strintillo; »denn dieser Bräutigam strotzte so voll Gold und Juwelen, dass ich vor Glänzen durchaus seine Figur nicht ausnehmen konnte, so viel Mühe ich mir gab, ich konnte mir seine Züge nicht zusammenfinden, bis ich über dieser Bemühung aufwachte, da schien mir die helle Morgensonne gerade ins Gesicht. Nun ratet selbst, auf wen deutet der Traum?«

»Nun, jedenfalls auf einen wohlhabenden Mann«, sagte Granco lächelnd.

»Richtig«, sagte Strintillo, »ein Reicher soll sie haben, dann wird sie glücklich sein, weiter sage ich nichts und nenne keinen, um keinen zu beleidigen. Wer sich so reich glaubt, richte binnen drei Wochen ein Fest zu. Gefällt es mir, so soll es sein Hochzeitsfest sein und er mag meine Tochter heimführen mit allem Segen Gottes.«

»Aber ...«, begann da totenbleich Giovanni ...

»Nichts weiter,« fiel ihm Strintillo in die Rede, »ich bin Don Strintillo und was ich haben will, muss geschehn!« Damit ging er in sein Gemach und ließ die beiden Freier in sehr verschiednen Empfindungen stehn.

Don Granco, seines Sieges mehr als gewiss, kniff vor Freuden den Mund zusammen, blies sein Oberlippchen auf, drückte gleich einem Kropf-Täuberich das Kinn an den Hals und gurrte behaglich »Hm, Hm!« Damit ging er und nahm sich so drollig aus, dass auch ein Toter über ihn hätte lachen müssen. Doch Giovanni lachte nicht, der Arme stand da wie gefroren. Sein Auge sah nicht mehr, sein Ohr hörte nicht mehr. Hätte jemand ihm ein Messer durch das Herz gestoßen, er würde den Stoß nicht gefühlt haben. Die helle Morgensonne schien ihm in die offenen Augen, aber er war wie in finstrer Nacht. Er wankte hinaus, als wäre der feste Boden unter ihm nur Wind und Woge.

Angiolina, die mit der treuen Muhme am Fenster lauschte, rief ihm mit Zittern entgegen: »Nun?« –

Er blickte sie an, bleich wie der Tod, schlug sich mit der Hand aufs Herz und wankte stumm dahin.

»Giovanni! Giovanni!« rief ihm die Geliebte nach; aber er wandte sich nicht wie sonst. – Er wankte fort, bis ihn der Schmerz gewaltsam zur Erde niederzog. Angiolina sah ihn sinken: Da vermochte sie nicht mehr, sich zu halten, sie eilte die Treppe hinab und hin zu ihm. Unter einem Mandelbaume lag er wie entseelt. Den Hut hatte er von sich gestoßen, sein Gesicht an die Mutter Erde gedrückt.

»Giovanni! Giovanni!« rief Angiolina aus zitternder Brust, und warf sich ihm zu Häupten, aber Giovanni winkte ihr hinweg, nahm mit beiden Händen Staub von der Erde, und ließ ihn in seine blühenden Locken fallen. »Giovanni! Giovanni!« rief Angiolina und nahm sein Haupt in ihre schönen Hände: »Nicht so, nicht so! Lieber, süßer Giovanni! Soll ich mit dir sterben?« rief sie schluchzend, und der Strom von heißen Tränen, den sie über seine Stirn ergoss, schien ihn wieder zu beleben. »Was ist geschehen?«, fragte sie, doch Giovanni vermochte nicht zu antworten. Indem war die treue Muhme herangekommen und fragte: »Kinder, was ist euch?« Nur mit Mühe konnte sie von Giovanni den Hergang herausfragen. Auch sie ward von dem grausamen Spruch Strintillos, dessen Starrsinn ihr wohl bekannt war, herzlich betrübt, und weinte mit den Trauernden als gute Christin, endlich aber fasste sie sich, und sprach: »Liebe Angiolina, geh nur wieder heim, es könnte dich jemand hier sehen und das wäre nicht gut!« – »Ach! Ob mich jemand hier sieht oder nicht! Wer im Sterben liegt, frägt wenig mehr nach der Welt!« erwiderte das holde Kind fast stimmlos.

»O! fasset euch, liebe Kinder,« sprach die Muhme wiederum: »Vielleicht ist noch nicht alles verloren? Geh zurück ins Haus, Angiolina. Geh, bete zu Gott und der

Heiligen Jungfrau: Die vermögen den Sinn des Vaters wohl noch zu wenden, und du, Giovanni, raffe dich auf. Weißt du, was du tust? – Geh zu meinem Bruder Ciccio, der ist ein studierter Mann; vielleicht gibt er dir guten Rat?«

»Guten Rat? – Kann er mir sagen wie, wer arm ist, in acht Tagen zum reichen Manne wird, auf ehrliche Weise, kann er das?«

»Geh zu meinem Bruder Ciccio! Sag ich dir,« wiederholte die Muhme: »Besseres vermag ich dir jetzt nicht zu raten. Folge mir, geh!« So trennte sie die beiden Liebenden. Angiolina wankte langsam mit ihr ins Haus zurück, Giovanni zögernd zu Don Ciccio.

»Warum so traurig?« trat ihm dieser entgegen. Da fasste Giovanni Ciccios Hand und schüttete sein ganzes betrübtes Herz aus. »Wieder eine schöne Geschichte von Strintillo!«, rief Ciccio erbittert aus: »Ich habe schon oft gesagt, die Träume bringen ihn noch ums Himmelreich! – Armer Giovanni! Was sich für dich tun lässt, soll getan werden, aber ...« hierbei zuckte Ciccio mit den Achseln: »Strintillo wird Strintillo bleiben, was in seiner Haut steckt, ist alles närrisch. Ich kann dir wenig Hoffnung geben, lass uns aber doch auf frischer Tat einen Angriff auf sein Herz versuchen, und zwar mit all den Seinen; komm, wir wollen uns noch den Pater Antonio mit zu Hilfe nehmen, der predigt wie Paulus: Wenn der ihn nicht mürbe macht, so ist und bleibt er ein Stein und dein Schicksal von Eisen!« Damit ergriff der gute Don Ciccio Hut und Stock, nahm ein kleines Säckchen mit Senfsamen in die Hand und ging mit Giovanni zu Pater Antonio. Diesen fanden sie zwar bereit, ihnen beizustehen und er ging mit ihnen; aber er gab Giovanni fast noch weniger Hoffnung als Ciccio. So traten die drei in das Haus Strintillos und mit Ciccio in das Zimmer der Muhme Cecca, die seine Schwester war, und bei welcher sie Angiolinen fanden. »Ach«, sagte Cecca, wie sie von dem Vorhaben der Kommenden hörte, »heute werden wir schwerlich zu Strintillo gelangen! Er hat sich fest verschlossen und lässt niemanden vor.« – »Schadet nichts,« sagte Ciccio, »ich tue wie Unverstand und werde schon eindringen! Hier in dem Säckchen habe ich ein Pröbchen von dem Senfsamen, nach dem Strintillo schon so lange verlangt hat, damit werde ich die Tür öffnen! Ihr bleibt noch zurück, ich gehe zuerst hinein und rede mit ihm, dann später kommst du nach, Cecca, dann Angiolina, dann Giovanni und, wenn unser Bitten und Ermahnen nichts fruchtet, will der gute Pater Antonio das Letzte versuchen.« Hiermit ging Don Ciccio, das Säckchen in der Hand, auf Strintillos Zimmer los. Vorsichtig folgten die Andern. Ciccio pochte.

»Niemand herein!«, rief Strintillo.

»Ich bin es, lieber Vetter«, sagte Ciccio.

»Niemand herein!«, rief Strintillo wiederum.

»Gut«, sagte Ciccio, »so werde ich dir den Senfsamen durch das Schlüsselloch hineinblasen!« Hiermit nahm er dessen, halbe Hände voll, und blies ihn durch das gewaltig große Schlüsselloch.

»Ach so? Kommst du endlich mit dem Senf,« fragte Strintillo und öffnete die Tür.

»Jawohl, ich bringe dir Senf«, sagte Ciccio », und zwar von zweierlei Art.«

»Von zweierlei?«

»Ja, von zweierlei: erstlich hier den in diesem Säckchen, wie gefällt dir der?«

»Der ist sehr schön, sehr schön!«

»Nicht wahr, der ist schön. Aber, Strintillo, der andere ist noch bei Weitem schärfer.«

»So? Nun, dann bin ich begierig, wo hast du ihn?«

»Hier auf meinen Lippen.«

»Auf den Lippen? Ich sehe ja nichts.«

»Er kommt schon«, sagte Ciccio. »Du weißt doch, dass der gute Senf den Kopf aufräumt und die Gedanken klar macht, sieh, solchen bring ich dir auf den Lippen; sage mir doch, Strintillo, wie kannst du es über das Herz bringen, dein Kind vor dir sterben zu sehen?«

»Höre Ciccio,« nahm Strintillo das Wort: »Wenn das dein Senf ist, so trage ihn wieder hinweg, solchen brauche ich nicht!«

»Gerade solchen brauchst du, lieber Strintillo, du musst niesen, bevor du klar siehest, was du tust. Du mordest dein Kind, wenn du sie dem braven Giovanni nimmst, und dem runzligen Granco gibst. Willst du denn Meerspinnen zu Enkelkindern haben?«

»Ich folge dem Wink des Himmels«, sagte Strintillo, »dabei bleibts! Was der Himmel beschließt, darüber müssen wir Menschen nicht grübeln.«

»Aber ist denn dein vermoderter Betthimmel, unter dem du träumst, unser Herrgott, oder bist du ein Heiliger, der Visionen hat?«

»Nein«, sagte Strintillo, »aber ich bin Don Strintillo und was ich haben will, muss geschehn.«

Hierüber trat die Muhme ein, laut weinend, und bat Strintillo mit Händeküssen, seinen Sinn zu ändern; aber, was auch gesagt wurde, Strintillo kniff den Mund fest zusammen und blieb stumm.

Angiolina trat hinein und warf sich ihm zu Füßen, ihr Schmerz rührte ihn zu Tränen; aber er blieb stumm.

Giovanni trat herein und brachte seine Sache vor, so gut er konnte; doch Strintillo blieb stumm. Nichts veränderte den steinernen Mann.

Endlich kam auch der Pater Antonio, hieß die Andern hinausgehen und sprach allein zu ihm, und, wie es den Horchern schien, eindringlich; denn Strintillo brach endlich sein Schweigen. Wie aber erschraken sie wiederum, als sie, statt günstiger Worte, Folgendes vernahmen:

»Glaubt mir, ehrwürdiger Pater Antonio: Ich leide bei den Schmerzen meines Kindes, wie Abraham auf Moria; doch menschlicher Wille muss dem himmlischen nachgesetzt werden. Mein Traum sei nicht himmlisch, sondern Blendwerk der Hölle, sagt Ihr? Woher wollt Ihr das beweisen, warum soll er nicht gut sein? Was Arges widerfährt denn meiner Tochter? Beide Freier sind gleich brave Leute, beide haben sie lieb, – dem Reichsten geb ich sie. Da sagt Ihr mir: sie liebe nur einen von beiden: o, glaubt mir, die Liebe lahmt zuweilen; doch kommt sie später nach. Frauen sind wie die Weinreben, sie lassen sich an jeden Mann binden, und gewöhnen sich an jeden, der sie zu ziehn weiß. Wie war es denn mit meiner Seligen? Sie wollte mich erst durchaus nicht haben: In der ersten Nacht wollte sie mir entlaufen, am Ende fand sie sich doch recht gut in mein Hauswesen, und, wenn wir uns später oft gezankt haben, geschah es nur aus guter Meinung. Darum, Pater Antonio, lasset ab, mich zu peinigen und zu rösten. Es kann Euch alles nichts helfen. Die Tochter ist meine Tochter, ihr Vater heißt Don Strintillo, ich bin Don Strintillo und was ich haben will, muss geschehn!«

Nach dieser Rede machte Strintillo den Mund wieder fest zu. Da mochte Pater Antonio predigen, schelten, mit göttlicher Strafe drohen und die Hölle malen, so rot er wollte, Strintillo blieb verschlossen, wie die Auster, zu der man kein Messer hat. Endlich ging Pater Antonio von ihm hinweg. »Nun soll mir kein Senf mehr da hereinkommen!«, sagte Strintillo, und verrammelte die Tür.

»So! Mache zu, verrammle dich, dass kein guter Gedanke mehr zu dir kann!« sagte Ciccio, Tränen des Zornes in den Augen und wandte sich sanft zu Giovanni: »Komm, mein lieber Giovanni, fasse dich, der Hochzeitstag ist noch nicht da. Gott tut viel in einem Augenblick, wie viel mehr kann er in acht Tagen tun.« So redete Ciccio zu Giovanni und sah ihm dabei teilnehmend in die Augen, die er voll Tränen glaubte: Doch zu seiner großen Verwunderung fand er sie trocken und sein Gesicht bleich, aber unerwartet heiter. »Ich danke Euch, Herr Notar, und Euch, Pater Antonio«, sagte Giovanni ganz gelassen, ebenso gelassen: »Lebe wohl!« zu Cecca und »lebe wohl!« zu Angiolinen, die halb entseelt auf ihr Zimmer geführt ward, und leichten, ja fröhlichen Trittes eilte der Jüngling aus dem Hause, ein Liedchen summend, gleich, als wäre nichts Übles vorgefallen. – »Diesen Leichtsinn begreif ich nicht,« sagte Ciccio. – »Ich begreife ihn wohl,« sagte Pater Antonio. »Der tiefsten Verzweiflung ist es eigen, die schreckliche Gegenwart gleichsam zu überspringen und in das zu flüchten, was wir Leichtsinn nennen. Ein getroffener Hirsch springt hoch empor, ehe er niedersinkt und sich verblutet. Er ist nicht so heiter, wie er scheint, glaubet mir!« – Und Pater Antonio hatte recht. Giovanni ging die Straßen hindurch, wie es schien, fröhlicher als sonst. Er nickte sogar Don Granco, der ihm des Weges entgegenkam, einen so freundlichen Gruß zu, dass dieser sich ganz erstaunt nach ihm umwendete. Aber der Jüngling war nur der Fröhlichkeit hohles Bild, in seinem Innern tobte es wie eisiger Wintersturm, und trieb ihn fern von Menschen. Die Gärten vorüber, klomm er höher und höher das wilde Gebirg hinan, einsamer, immer einsamer ward die pfadlose Gegend um ihn her, immer steiler die Felsen, immer schmaler die herabrinnenden Bächlein. Scharen kleiner Waldvögel flogen vor ihm auf, aus den Myrten und Lorbeerbüschen, bis er unter einer Felswand dicht an einem Abgrunde erschöpft niedersank. Zu seinen Füßen lag, gleich dem entfalteten bunten Schweif eines Pfauen, alle Herrlichkeit und Pracht des neapolitanischen Golfes und seiner Inseln hingebreitet. Garten an Garten und Stadt an Stadt, an dem schönen Saume des Meeres, der sich hinschwingt wie der Flug der Schwalbe: während sich aus der Ebne vor den blauen Apenninen der Vesuv erhebt und, gleich bunten Blumen, Aschengewölk auf Aschengewölk emportürmt. Da rief Giovanni: »Heiliger Gott, wie schön ist diese Welt und wie unglücklich bin ich in dieser schönen Welt!« – Jetzt, erst jetzt brachen ihm die Tränen aus den Augen und er weinte bitterlich. Da musste es sich fügen, dass zu derselben Stunde der Räuber Checco, mit seinen lustigen Gesellen, in jener Einsamkeit umherschwärmte, zu seiner Ergötzung Kaninchen zu jagen. Kühn, wie er war, kletterte er eben um den Gipfel des Felsens, an welchem Giovanni lag, als das Erdreich unter den Füßen des Räubers wich und hinabschob. Was er auch ergriff, sich zu halten, Gras und Busch, alles ward los und rollte mit ihm dem Abgrunde zu. Da vernahm Giovanni das Geräusch, blickte um sich, sprang gewandt hinzu und, die Linke fest um einen überhängenden Baum geschlungen, ergriff er den Stürzenden mit der Rechten, als er eben verloren schien, und hielt ihn dicht an dem Abgrunde schwebend. Obwohl stark genug, ihn eine Weile zu halten, war er doch nicht mächtig genug, ihn völlig heraufzuziehen und beider Lage ward mit jedem Augenblicke gefährlicher, da nicht allein Giovannis Kraft minder wurde, sondern auch die Wurzeln des Baumes, woran sie hingen, mehr und mehr nachließen. Giovanni aber war edelmütig genug, ihn nicht loszulassen; da rief Checco seine Gefährten herbei, welche die Beiden, nicht ohne Gefahr, aus der peinlichen Lage befreiten. »Habt Dank, ihr Braven!«, sagte Checco und umarmte seine Freunde, doch zu Giovanni gewendet, sprach er: »Dich hat Gott gesandt, ihm sei Dank und der Heiligen Jungfrau! Lasset uns beten!« Damit nahm er den Hut ab, alle taten ein Gleiches, knieten mit ihm nieder und beteten zu Gott und der Heiligen Jungfrau. Hierbei muss erwähnt werden: Dieser Checco war zwar ein Räuber, jedoch ungewöhnlicher Art, angebetet von den Seinen und bei dem Volke mehr geliebt als gehasst. Sein Patron war Crispinus: Er nahm den bösen Reichen und gab den guten Armen. Durch einen ungerechten Urteilsspruch um sein rechtmäßiges Erbe gebracht, hielt er jede Obrigkeit nur für eine Anstalt, das Volk hinab zu drücken, hatte sich mit mehreren ähnlich gesinnten, flinken Burschen verbunden, und streifte bald hierin im Lande, bald dorthin, wie er es nannte, »dem Unrecht abzuhelfen!« Bei diesem Geschäft nahm er es freilich nicht so genau, wie die lateinischen Bücher, in welchen die Tausend und Abertausend Rechtsfälle verzeichnet sind. Er sah alles nur entweder schwarz oder weiß. Verwickeltes hieb er durch, wie Alexander Magnus den Knoten, und das audiatur et altera pars war keinesweges sein Wahlspruch. Im Ganzen musste bei ihm der Unglückliche siegen, der Glückliche wenigstens teilen, wobei Checco sich als Richter auch nicht völlig vergaß, sondern oft recht ansehnlich zulangte. Wem er half, den ließ er das für ihn Erlangte sodann, sehr klug, in veränderter Gestalt irgendwo, wie zufällig, finden; damit derselbe nicht durch sein Geschenk in Verdacht geriete. Zuweilen trat er, bei hellem Tage, mit seinen Gesellen in ein reiches Haus, wo er wusste, dass eben ein erwuchertes Sümmchen lag, schloss die Türen, und bat sich das Sümmchen zu guten Zwecken aus, und, wer ihm dieses nicht sogleich herbeischaffte, ward weder geknebelt noch gefoltert; sondern auf ein mitgebrachtes Leder gelegt und von den lustigen Gesellen so lange geprellt, bis er, des lästigen Spieles überdrüssig, Ungernes gern tat und alles bewilligte. Von dieser Art des Geldeintreibens ward Checco »der Preller« genannt; und wahr ist es, seine Leute verstanden das Prellen gut, sie brachen niemandem die Rippen und verteilten die blauen Flecken, mit Ansehn der Person, ziemlich gleichmäßig auf dem Leibe ihrer lebendigen Spielbälle. Dass dieses Treiben böser Art sei, glaubte keiner von ihnen. Alle waren jung und rüstig und immer bereit, zu den tausend Schwänken, die Checco sich ausfand, diesen oder jenen Streich nachdrücklich durchzuführen. Sie bildeten zusammen gleichsam eine lustige Vehme und ließen zuweilen Prügel regnen auf Schultern, die sich dergleichen nicht vermuteten. Hatten die Schläge zuweilen nicht den richtigen Mann getroffen, so sagte Checco: »Nun, dafür wird ihm Gott andere Sünden vergeben, geißeln wir uns!« Hierauf pflegten sie sämtlich Stöcke zu nehmen, stellten sich im Kreis und hieben einander weidlich durch. Verschlagen waren alle wie Füchse, listig wie Schlangen, vorsichtig wie die Marder, und wollte man sie fangen, so wurden sie zu Aalen, und entwischten aus den Händen der Häscher, wenn man sie schon fest zu haben glaubte. Das ganze Gebirg, voll labyrinthischer Höhlen, war der Palast, in dem sie wohnten. An steilen Felswänden hatten sie kleine Stufen und Griffe zum Klettern gehauen, an denen sie, gleich Steinböcken, wunderbar schnell hinanlaufen konnten, die aber, gleich einem Rätsel, so wunderlich verworren durcheinandergingen, dass niemand den Flüchtigen nachzueilen vermochte. So hatten sie, wo man sie umzingelt zu haben glaubte, noch hundert Ausgänge und waren ihren Verfolgern an List immer überlegen. Es war, als ob keine Kugel sie treffen könnte, und wenige waren im Volk, die sie nicht für Zauberer hielten. Als hätten sie den Karneval geplündert, erschienen sie bald in dieser, bald in jener wunderlichen Verkappung und gaben den Leuten viel zu erzählen. Dabei versäumten sie kein Madonnenfest, gingen fleißig zur Messe und bei einem Pater namens Andronico zur Beichte, der ihnen oft harte Büßungen auferlegte, welche sie gewissenhaft erfüllten. So beteten sie nun auch hier und dankten Gott und der Heiligen Jungfrau für Checcos Rettung.

Aber als sie ausgebetet hatten, sprang Checco auf, schlug sich an die Brust und begann zu Giovanni, der wieder in Gram versunken war: »Checcos Herz ist dein. Du bist traurig? Kann ich dir Hilfe schaffen, es soll geschehen. Hast du einen Feind, er soll mein gewahr werden!«

»Mir kann niemand helfen, als Gott!«, sagte Giovanni, bedeckte sein schwermütiges Gesicht mit den Händen und schwieg. Checco bestürmte ihn jedoch so lange mit teilnehmenden Fragen, bis er ihm, obwohl langsam, mitteilte, was ihn quälte, nachdem Checco das Versprechen gegeben, dass er weder Strintillo noch Granco ein Leid zufügen wolle: Denn Giovanni wusste wohl, mit wem er sprach. Als er ausgeredet hatte, erwiderte Checco rasch: »Die Umstände sind einfach: Der Alte will dir nicht willfahren, aber wohl die Tochter. Nimm ihm die Tochter mit Gewalt, bringe sie daher in die Wildnis und lebe mit ihr, geborgen in meiner anmutigsten Höhle, bis der Alte sich in die Geschichte findet und euch verzeiht. Traue mir, die Höhle soll eingerichtet werden wie eine Putzstube, nichts soll euch fehlen, und bliebt ihr ewig bei mir!« – Dies sagte Checco mit großer Zuversicht; aber wie staunte er, als Giovanni sich plötzlich wie getröstet erhub und ihm entgegnete: »Checco, bald wäre getan, was du sagst; aber da sei Gott vor, dass ich solch Unrecht auf mich lüde! Die Tochter ist des Vaters: Ich hätte wenig Segen davon, der alte Strintillo aber den Tod, und Angiolina würde nimmer froh. Nein, besser ist, schlicht und recht. Ich will Gott bitten, dass er mir seinen heiligen Engel herniedersende und mich und Angiolinen aus der Verzweiflung erlöse, gleich wie er mich und dich hier wunderbar gerettet. Töricht war es von mir, einen Augenblick an seiner Allmacht zu zweifeln.« Hiermit schüttelte Giovanni Checcos Hand und ging vor ihm den Berg hinab. Checco aber blieb betroffen stehn, dann rief er ihm feurig nach: »Geh, braver Knabe, Gott wird dir helfen, wunderbar wie er uns hier gerettet! Aus diesem Baum, der uns beide trug, will ich ein Kreuz machen, bei dem will ich oft beten. Gott erhalte dich! Sage niemandem, dass du mich gesehen!« – »Ich will es verschweigen,« sagte Giovanni und ging. Checco aber sprach rasch zu den Seinen gewendet: »Lasst uns gehn, Gesellen, ich muss mich gegen Giovanni dankbar beweisen. Holt das Leder, worauf ihr zu prellen pflegt und folgt mir.« Festen Trittes ging er ihnen voran, und sie merkten an seinen blitzenden Augen, dass er irgendeinen Plan gefasst. Einer lief und holte das Leder. Schweigend gingen sie durch den Wald von schattigen Steineichen und Kastanien. Alle sahen sich jedoch verwundert an, als sie merkten, dass Checco seine Schritte nach einer Einsiedelei wendete, welche sehr einsam und entfernt von allen andern Häusern lag. Der Träger des Leders fragte Checcon: ob er Buße tun wolle, und die Prellhaut in des Eremiten Kapelle weihn? –

»Diesesmal nicht«, sagte Checco und ging schweigend auf den Eremiten zu, der erst vor seiner Tür saß, aber bei Checcos Nahen aufstand und ihm entgegenrief: »Nehme Gott die Sünde von Euch, was sucht Ihr bei mir?« –

»Das tue Gott. Kennt Ihr mich?« –

»Ob ich Euch kenne? Ihr seid Checco der Preller,« sagte der Eremit wie trotzend; »was führt Euch zu mir?«

»Dankbarkeit, ich bringe Euch Gelegenheit, ein gutes Werk zu tun. Ich fand eben einen braven Knaben, der mir das Leben gerettet, mit Gefahr seines eignen, und sehr unglücklich ist. Da ihm aber zu seinem Glück nichts fehlt als leidiges Geld, so bitte ich Euch, holt Euren Schatz hervor, wo Ihr ihn verscharret habt, und gebt ihn dem armen Teufel. Euch ist das Geld so nichts nütze, da Ihr ein frommer Mann seid und in freiwilliger Armut lebet. Gebt ihm den Schatz und nehmt Gottes Segen dafür!«

»Wie?«, sagte der Eremit fast betroffen, »welchen Schatz?« – »Den Ihr hier im Walde gefunden.« –

»Im Walde gefunden?« –

»Ja, bei dem Graben der heiligen Kräuter: Sie müssen sehr lange Wurzeln haben, weil Ihr immer so tiefe Gruben macht. Lasst Euer Grabscheit nicht liegen, ich hab es gefunden. Ihr seid ein Schatzgräber, das weiß die ganze Welt.«

»Ich ein Schatzgräber? – Ich einen Schatz gefunden! – Ich Geld hergeben! – Ich tiefe Löcher graben!« – rief der Eremit einmal über das andre.

»Die Sache ist sicher, her mit dem Kasten, Geizhals, sperre dich nicht!« –

Aber der Eremit blieb bei seinen Ausrufungen: »Ich einen Kasten! Ich ein Schatzgräber! Ich einen Schatz gefunden! Ich tiefe Löcher graben! Ich Geld hergeben! Wollt Ihr heilige Kräuter? Wollt Ihr Rosenkränze? Was wollt Ihr von mir armen Manne?!« –

»Den Schatz! Denn ich weiß gar wohl, du bist allein darum Eremit, um hier umher ungestört und wohlfeil Schätze zu graben; weil du weißt, dass hier aus alten Kriegen manches verscharrt liegt. Also her mit dem toten Gelde, es soll lebendig werden!«

Der Eremit aber faltete die Hände, warf sich auf seine Knie, drückte die Augen fest zu und murmelte ein Gebet vor sich hin.

»Dein Gebet kommt nicht von Herzen«, sagte Checco. »Auf! Gutes tun, ist besser als schlecht beten. Komm, wenn dir das Geld so fest anklebt, wollen wir dich ein wenig schütteln, vielleicht fällt einiges ab?«

Der Eremit blieb stumm.

»Auf das Leder mit ihm!«, rief Checco und flink ergriffen Checcos sechs Begleiter den Eremiten, legten ihn auf die Prellhaut, trugen ihn auf einen freien Platz, sahen gen Himmel, dann auf ihn und prellten und fingen ihn so meisterlich, dass er immer siebenmal länger in der Luft war als auf der Haut.

Um besser im Takt zu bleiben, sangen sie ein besondres Lied dazu, und jedes Mal, wenn das Lied zu Ende war, hielten sie inne und befragten den Gepeinigten: ob ihm nun bald der Ort einfiele, wo er den Schatz verscharrt habe? – Aber der Eremit beharrte bei seinem Schweigen. Als sie nun die Prellerei und das Lied wohl zehnmal wiederholt hatten, sahen sie wieder nach, und befragten den Geprellten wiederum wie vor; aber er blieb stumm, ja er blieb sogar in unbequemer Stellung liegen, und regte sich nicht. Sein Atem schien still zu stehen. Da erschraken die flinken Gesellen und sprachen zueinander: »Wir haben es zu arg gemacht, er ist tot, und der Schatz verloren!« – »Legt ihn auf den Rasen,« sprach Checco, »gehn wir!« – Sie taten es. Als sie im Gebüsch waren, sagte Checco leise: »Nun bleibt stehen und habt acht, der Schelm erhebt sich noch!« Lange standen sie und spähten, endlich wendete sich das Haupt des Eremiten langsam herum. Er sah rechts, ... er sah links, ... vor sich und hinter sich, und, als er niemanden erblickte, sprang er munter auf, schüttelte sich gleich einem Pudel, der aus dem Wasser kommt, stemmte die Hände in beide Seiten und kicherte, wie jemand, der einen angeführt hat, lachte, biss sich vor Freuden in den Finger, rieb vergnügt die Hände und ging fröhlich nach seiner Hütte.

»Seht, der Schelm hat uns gefoppt, und sich nur tot gestellt«, sagte Checco.

»Prellen wir ihn noch einmal!« sprach einer der Gesellen.

»Nein«, sagte Checco. »Kommt, der Schelm muss anders gefasst werden! Er hat einen Schatz, das ist sicher. Man sieht es an seinem Lachen, er kommt sich klüger vor, als wir ihm vorkommen; doch ich stehe euch dafür, er soll bald andrer Meinung werden!«

Hiermit verloren sich die Räuber wieder in die Wildnis und der Eremit freute sich, dass er die Preller mit seiner List um den Schatz geprellt, den er wirklich besaß und so ernsthaft hütete, wie irgendein Vogel Greif in der Fabel.

Des frommen Mannes Treiben war, unter uns gesagt, einigermaßen schändlich und stellte das Gegenteil der heiligen Abgeschlossenheit und Gottesverehrung wahrer und ehrwürdiger Anachoreten dar, die ihr Gemüt mehr und mehr reinigen von weltlicher Begier und Habsucht und sich allein göttlichen Dingen zuwenden. Denn er ließ sich, als Einsiedler, von armer Leute frommen Spendungen ernähren und grub unterdes allein nach irdischen Schätzen, nicht um sie zu gebrauchen oder zu verteilen, sondern um sie, als echter Geizhals, in seiner Nähe wieder zu verscharren. Holzhauer hatten ihn beim Graben belauscht, und so hatte sich im Volk das Gerücht von seinem Schatze verbreitet, welches bei frommen Seelen keinen Eingang fand, bei Checco jedoch umso mehr, da er seit einiger Zeit im Walde mehrere tiefe Gruben gefunden, und bei der einen sogar des Eremiten Grabscheit.

Nun lassen wir den Eremiten und denken wieder an Giovanni. Dieser ging, wie bereits erzählt worden, wieder das Gebirge hinab. Über eine Stunde war er gegangen ... als er sich von allen Seiten beim Namen rufen hörte. Er vernahm zuerst des guten Don Ciccio Stimme, dann die Stimmen von mehreren seiner Freunde. Die braven Leute hatten überall ängstlich nach ihm gefragt und sich im Walde verteilt, ihn aufzufinden, weil sie, nach Pater Antonios Rede, nichts Geringeres glaubten, als Giovanni sei ausgegangen, sich das Leben zu nehmen.

»Da ist er! Da ist er!« rief Don Ciccio laut aus, als er ihn sah, und bald umringten den traurigen Jüngling alle seine liebsten Freunde, herzten ihn und küssten ihn und weinten an seinem Halse. Von dieser vielen Liebe und Teilnahme ward Giovanni herzlich gerührt. »Giovanni, Giovanni, was soll aus uns werden, wenn du nicht mehr bei uns bist!«, riefen alle, »betrüb uns nicht, wir wollen dich trösten, so gut wir es vermögen. Alle jungen Leute zu Gragnano haben sich vorgenommen, dem alten Strintillo ein Charivari zu bringen, und der garstige Granco soll vor lauter Katzenmusik nicht schlafen können, bis beide vor Ärger den Verstand verlieren. O! Du bist nicht so allein, wie du glaubst, alle verschmähten Freier helfen mit Spektakel machen.« So betrübt Giovanni war, so musste er doch über diese sonderbaren Äußerungen von Liebe lachen und sagte: »Herzlichen Dank, meine Freunde, für euren guten Willen; aber lasset das Gelärm, damit wird Strintillos Sinn nicht geändert und Grancos auch nicht. Unverbesserlich eigensinnig ist einer wie der andere, nein, wenn keine andere Hilfe kommt, muss ich mich in Gottes Schickung ergeben! Verzweifelnd ging ich aus, aber ein wunderbarer Vorfall, von dem ich zu schweigen versprochen, hat mich überzeugt, dass Gottes Hand sichtbar über mir ist, und dass ich noch leben soll.«

Unter solchen Gesprächen gingen sie durch den Wald hinab, in dem unzählige Nachtigallen schlugen. Die herrliche Natur und die Liebe der Freunde tröstete Giovanni, und sein herber Schmerz ward sanfte Wehmut. Als er heimkam, zwangen ihn seine Freunde, Speise und Trank zu nehmen, wogegen er einen Widerwillen gefasst. »Trink ein Glas mehr, wie sonst, es wird dir gut tun«, sagte Ciccio. »Guten Ausgang!«, riefen seine Freunde und stießen mit ihm an. »Gott kann noch alles wenden!«, sagte Ciccio. – »Fast hoffe ich es,« sagte Giovanni und lachte, mit Tränen in den Augen. Seine Freunde blieben bei ihm, bis er vor Mattigkeit die Augen schloss: da legten sie ihn auf sein Bett, löschten seine Lampe aus und verließen ihn.

Des andern Tages kamen sie bei guter Zeit zu ihm, halfen ihm munter bei seinen Arbeiten und suchten ihn auf alle Art zu zerstreuen. Don Ciccio und Pater Antonio kamen auch und sprachen ihm treulich zu, gegen Abend bat er alle, ihn allein zu lassen: Er wolle beten gehen! – Als er sich allein sah, ging er nach einer einsamen Kapelle, die sein seliger Vater erbaut hatte, und schmückte das Bild der Heiligen Jungfrau mit frischen Kränzen. In ähnlicher Weise vergingen drei Tage. Unterdes war Granco emsiglich beschäftigt, alle Vorbereitungen zu seinem Fest zu bedenken; aber bei aller Emsigkeit brachte er wenig heraus: Er war gewohnt, sparsam zu leben und wusste nicht, wie man etwas reichlich einrichtet. Besprach er sich mit seinen Freunden, so schienen ihm alle ihre Vorschläge zu hoch ins Geld zu gehn, sie waren mitunter auch sehr närrisch, sodass er endlich merkte, dass er von allen gefoppt werde. Häuschen von Würsten gebaut mit Fußböden von Rosinen und Mandeln und getrockneten Feigen, große Wasserfälle von Wein und Likör, das Auswerfen von Doppeldukaten unter das Landvolk, ein Feuerwerk eine halbe Meile breit, das

Wegschenken von 60 geputzten Eseln, das Schlachten und Verteilen von 500 Hammeln, 1000 Pfund gebratenen Mückenlebern, 30 Eimern Hühnermilchsuppe, und ähnliche Vorschläge wollten ihm durchaus nicht zu Sinne: Dazu blieb jenes angedrohte Charivari, vor welchem ihn die dasigen Gerichte nicht zu schützen vermochten, nicht aus, und verfolgte ihn, wo er ging und stand; kurz, er rannte hin und her, ward zulegt ganz verwirrt und toll, und sagte: »Die Gragnaner verdienen meine Güte nicht, ich will meine Hochzeit ganz einfach und gediegen einrichten, der lumpige Giovanni wird doch nicht wagen, mit zu halten!« – So sprach er und beruhigte sich schon, als er plötzlich aus diesen süßen und bequemen Spargedanken durch ein Gerücht geweckt wurde, welches sich schnell durch die Ortschaft verbreitete. Ihm ward es von seinem albernen Diener Cetrullo hinterbracht, welcher ihm erzählte, seinem Nebenbuhler Giovanni sei, in vergangener Nacht, bei der Kapelle seines Vaters ein Engel erschienen, und habe ihm Hut, Rock, Kragen und alle Taschen voll Gold geschüttet, und der Glückliche rüste sich jetzt in allem Ernste zu einem großen Feste. – »Dummes Zeug!« rief Granco, der dies nicht glauben wollte, einmal über das andre aus: »dummes Zeug! Dummes Zeug!« – Mit diesem Geschrei lief er schnurstracks auf Giovannis Behausung zu, wo er dessen Freunde in Menge versammelt fand. Alle jubelten und liefen geschäftig aus und ein; aber als Granco sich nun genauer erkundigen wollte, empfingen sie ihn mit einem so furchtbaren Charivari, dass er sich ganz erbost zurückzog und nun beschloss, Giovannin und aller Welt zum Trotz, das Fest so zuzurüsten, dass selbst der Sultan nicht sollte mithalten können!

Giovannis Erlebnis war wirklich eigener Art, er schwur seinen Freunden hoch und teuer, dass ihm, als er an seines Vaters Kapelle gebetet, ein Wesen in überirdischem Glanze erschienen sei, welches einen Regen von Gold über ihn ergossen und ihm mit himmlisch süßer Stimme zugesprochen und gesagt habe: »Da nimm, Giovanni, gehe, rüste alles reichlich und prächtig, am Abend des Festes will ich dir wieder erscheinen und noch mehr Segen über dich ausschütten. Gehe im Namen Gottes und der Heiligen Jungfrau.« – »Aus dieser letzten Rede könnt ihr schließen, liebe Freunde,« setzte Giovanni hinzu, »dass es kein böser Geist war, der mir erschienen, nein, ein Bote Gottes, und ich habe festes Vertrauen, dass er am Abend des Festes wiederkehrt!« – Giovannis Freunde schüttelten die Köpfe; doch Giovanni war kein Schwärmer und hatte sich nie einer Lüge schuldig gemacht, auch lag das Gold sichtlich vor ihren Augen, alle waren überglücklich, vor allen aber Angiolina: Sie tat mit der Muhme vor Freude nichts als Weinen und Beten. – Aber das bedeutendste Gesicht über diesen Vorfall machte – der alte Strintillo. Die Erscheinung des Engels passte recht in seinen Kram. »Sieh, sieh, Strintillo, was daraus wird!« sprach er zu sich selbst: Mein Traumwesen soll mir niemand mehr tadeln; denn wie es scheint, geschehen ihm zuliebe Zeichen und Wunder, um alle Welt zu überzeugen, dass Strintillos Glaube kein Narrenglaube sei; nein, richtig und zutreffend nach allen Seiten und in allen Stücken!« Dabei freute sich der eitle Mann noch, dass seiner Tochter zu Ehren nun so große

Feste zugerichtet würden, wodurch er hoffte, sein Name werde überall auf lange berühmt werden, ohne dass er dabei sonderlich viel Unkosten hätte. Alle diese Gedanken machten ihn so närrisch vergnügt, dass er zu seiner Tochter ging und sie streichelte und küsste, wie er nie getan, und bei jedem Kusse gab er ihr einen Schmeichelnamen, wie: »Mein Zuckernüsschen, meine Taube, mein Wieselchen, mein Hündchen, mein Kätzchen, mein Affe, mein Eselchen, mein Lämmchen, mein Hühnchen, mein Kaninchen, gib mir das Pfötchen, streichele dein Papachen, zupf ihn am Näschen, kraue ihn ums Bärtchen! So, so, gib ihm ein Schmätzchen, du Zuckerbiene, lass dich anbeißen, du Marzipan, du Artischocke! Geh, du Senfgurke, du machst deinem Vater Kummer und Sorge, und doch liegst du ihm näher am Herzen, als das Hemde auf seinem Leibe! Du Meerkrebs du, warte, ich will dich folgen lehren, sei deinem Vater gut, komm, blase ihm aufs Äugelchen, so! Aufs andre auch! O! Mein Goldfischchen, deine Wängelchen sind wie die Äpfelchen! Ja, ja, die jungen Burschen müssen wie die Narren werden, wenn sie dich sehen, warte nur, du wirst zwei Hochzeitsfeste auf einmal erleben, so was hast du mir zu danken, denn wo bliebe das alles, wenn dein Vater nicht gut zu träumen verstände. Danke Gott täglich auf Knien, dass dein Vater im Schlafe besser sieht, wie jeder andere im Wachen. Das Tarantelchen! Will sie wohl das Mündchen halten und nicht immer dreinreden, wenn der Vater Weisheit spricht!« So und noch viel närrischer gebärdete sich Don Strintillo vor Freuden, dass sich zu seinen Träumen so sonderbare Dinge gesellten, und die Muhme musste ihn mit Gewalt von der Tochter reißen, er hätte sie umgebracht!

Doch eilen wir wieder zu Giovanni. Dieser hatte nun alle seine vorige Lebhaftigkeit wieder gewonnen. Im Schatten einer traulichen Reblaube, um eine runde Tafel, bei süßen Feigen und blinkendem Weine, saß er mit seinen Freunden und beriet sich über das, was nun geschehen sollte. Kam die Summe des über ihn ausgeschütteten Goldes auch lange nicht dem Vermögen Grancos gleich, so vertraute er doch fest auf des Engels Wiedererscheinen, und das Empfangene war immer mehr als hinreichend zu Ausrüstung eines überprächtigen Festes. »Spare diesmal nichts!«, hatte der Engel zu ihm gesagt.

»Nun, so muss das Fest etwas ganz Besonderes werden!«, meinte Don Ciccio. – »Jawohl!« schrien alle. – »Gewiss,« sagte Giovanni, »und ich denke schon lange darüber nach. Still, still, nun hab ich es!« fuhr er auf einmal auf.

»Nun, was denn, was denn?«, riefen die Freunde.

»Ich will ... doch nein, ... besser ist es; ihr erfahrt es später. Ihr würdet glauben, dass es nicht möglich sei, und mich nur abreden wollen. Morgen sollt ihr alles erfahren! Doch euch, Don Ciccio, bitte ich mit tausend Küssen: Kommt mit mir nach Neapel, dort wollen wir einen Freund holen, dessen ich zu meinem Vorhaben bedarf, wie meiner Augen zum Sehen!« – »Aber sagt mir nur, was Ihr wollt?« – »In Neapel erfahrt Ihr alles! Kommt nur, Don Ciccio, verlieren wir keine Zeit!«

Schnell waren zwei gesattelte Maultiere herbeigeschafft und die beiden Freunde nahmen Abschied: »Morgen kommen wir wieder, dann erfahrt ihr alles!« – Hiermit ließen sie die andern verwundert stehen, und trabten den lustigen Weg nach Castellamare hinunter, wo sie einen zweirädrigen Wagen mit zwei Pferden nahmen, oder, besser gesagt, einen geschnellten Pfeil, aus dem sie längs des Ufers am schönen Golf hinflogen; denn die Pferde liefen, als hätten sie Feuer gefressen! Unterweges fragte Ciccio Giovanni zu wiederholten Malen: wen er aus Neapel holen wolle?

»Das werdet Ihr sehen, lieber, lieber Don Ciccio!« war Giovannis einzige Antwort: »Lasst mich, ich bin glückselig, glückselig!« und damit fiel der Jüngling dem braven Notar um den Hals, küsste ihn und drückte ihn unaufhörlich so heftig, bis dieser ihm endlich seinen Mantel hinhielt und sagte: »Hier, wenn du durchaus so heftig drücken und küssen musst, nimm meinen Mantel in die Arme, quetsche ihn und balge ihn nach Herzenslust, der hält es aus, aber mit einer lebendigen Seele habe Geduld und lasse sie leben! Wenn einer sich freut, muss denn der andere dabei zugrunde gehen?« Alle diese Reden aber halfen nichts, und Don Ciccio hatte noch viele Qual auszustehen. Lachend wandte sich der Kutscher und rief: »Der junge Herr ist verliebt, das merkt man, nun Gottes Segen!« – »Ich danke,« rief Giovanni: »Da, Pepo, nimm das Goldstück, lass die Pferde fliegen wie die Schwalben, dann mögen sie hundert Jahre ruhen!« – »Keine Sorge!« rief Pepo zurück: »Meine Tiere fressen den Weg, sie laufen die Wände hinan, über Land und Wasser! Wollt ihr über das Meer fahren? Ihr sollt nicht nass werden!« – Hierbei lenkte der feurige Knabe nach der Brandung hin ... »Mach keine Possen!« rief Ciccio ihn haltend, und, schnell wieder zurücklenkend, fuhr Pepo die Straße lachend dahin und ließ den Staub weit hinter dem Wagen. Kaum gönnte sich Giovanni unterweges einige Erquickung, und es war zur Zeit des Mittagschlafes, als sie in Neapel einrollten. Vor einem halb verfallnen Palast ließ Giovanni halt machen.

»Kommt, kommt!«, rief Giovanni zu Ciccio, und eilte vor ihm eine alte Treppe so rasch hinan, dass Ciccio rief: »Du wilde Ziege! Kannst du nicht warten, bis ich nachkomme?«

Als Ciccio oben ankam, fand er den Jüngling ungeduldig an eine Tür pochend, zu welcher der dicke Mann kaum hindurch konnte, vor lauter gemalten Wolken und Thronen und Altären und Triumphwagen und Gespenstern und Teufelsschlangen und Theaterdrachen, die sie von allen Seiten zu verschlingen drohten. Er machte sich eben vom Takelwerk eines römischen Schiffes los, als ein junger freundlicher Mann mit dem Kopf aus der Tür sah: »Giovanni!« – »Sacchetti!« und die Jünglinge lagen sich in den Armen.

»Herzensfreund, besuchst du mich einmal? Sei willkommen! Womit kann ich dienen?«

»Lieber Sacchetti, ich komme hier mit meinem Freunde, dem Herrn Notar Ciccio Camarano, rette mir das Leben; du kannst es!«

»Wie, das Leben? Will dich jemand umbringen? Mit dieser Herkuleskeule stehe ich dir bei, wer bringt dich um?« rief Sacchetti und ergriff eine papierne Keule.

»Die Liebe, hilf mir du!« –

»Von Herzen gern, wenn ich kann!«, rief Sacchetti und führte die Freunde in eine Malerwerkstatt, worin es noch wunderlicher aussah, als vor der Tür. Alles stand voll von Räderwerk und Teufelsspuk und Feerei. Überall stolperte man über Stricke, Kloben und Winden, Farbentöpfe, Pinsel und gerollte Leinewanden .... »Hier ist wenig Platz«, rief Sacchetti: »Ihr müsst Geduld haben, kommt hier hinan!« Damit führte er sie einige Stufen hinauf, und sie nahmen auf Wolken vor einer vergoldeten Sonne Platz. »So, setzen wir uns hier! In diesem Himmel, vor dieser hellen Sonne, wird uns alles klar werden!« Lachend setzten sich die Freunde, und Giovanni erzählte in Eile die Geschichte seiner Liebe und schloss mit folgender Bitte: »Nun, mein lieber Sacchetti, sieh, auf dich hab ich, nächst dem Himmel, am meisten gerechnet. Auf dieser Erde gibt es ja nicht Fisch nicht Vogel, nicht Tier nicht Kraut, nicht Baum nicht Strauch, das du nicht darstellen könntest mit deiner großen Kunst, als wenn es wirklich wäre. Komm und hilf mir in meinem Weinberge ein Fest anrichten, welches den Sinn des harten Mannes bezwingt.« – »Von Herzen gern,« sagte Sacchetti: »Sage nur wie?« – Hierauf teilte ihm Giovanni einen Plan mit, welchen der Erzähler noch verschweigen muss; aber zu dem Sacchetti rief: »Vortrefflich, vortrefflich!« – »Doch alles wird nichts ohne dich,« sagte Giovanni: »Hilf mir, lieber, lieber Sacchetti, du kannst es und tust es!«

»Ich tu es und will sehen, ob ich es kann«, sagte Sacchetti: »Wir haben aber kaum drei Tage Zeit; und ich zweifle fast, ob ich alles zustande bringe? ... Doch ja, es geht! ... Für das Glück eines solchen lieben Freundes arbeit ich auch die Nacht. Der alte Strintillo soll Wunder sehen!«

»Engel Gottes!«, rief Giovanni und weinte an Sacchettis Halse.

»Nun, drücke ihn nicht auch tot!«, sagte Ciccio, und machte den Maler frei, der fortfuhr und sagte: »Jetzt, Freund Giovanni, fahr du mit deinem Freunde ruhig wieder heim. Besorge du nur Haken, Spaten und eine Menge alter Weintonnen! Halte alles geheim, morgen Abend im Dunkeln komme ich mit Gehilfen und Farben und Pappen, mit Töpfen, Tiegeln, Zangen, Hämmern, Nägeln und Pinseln und mit Hölle und Teufel hinaus, und richte dir alles so ein, dass die Gragnaner ewig von mir erzählen sollen!«

»Hier, hast du eine Handvoll Gold zum Einkauf, lieber Sacchetti!«

»So, das tut not«, sagte der Maler. »Denn meine Schulden will niemand für bar Geld annehmen.«

»Hast du Schulden?«, fragte teilnehmend Giovanni.

»Nein, eigentlich doch nicht; aber immer leere Taschen, das Geld liebt mich nicht!«

»Nun, spare jetzt auch nichts, dass alles recht prächtig wird!«, sagte Giovanni im Gehen: »Ich verlasse mich auf dich! Leb wohl!«

»Auf Wiedersehen! Leb wohl bis morgen!« sagte Sacchetti, und geleitete die Freunde hinab, zur Tür hinaus, durch Drachen und Schlangen, hinunter bis vor die Haustür, wo er sie freundlich entließ.

Als Giovanni noch einigen Schmuck für seine Angiolina gekauft hatte, nahmen sie frische Pferde, und eilten nach Gragnano so schnell wieder zurück, als sie gekommen waren.

Obwohl es darüber fast Mitternacht geworden war, eilte Giovanni doch unter das Fenster seiner Geliebten und weckte sie mit süßem Gesange, erzählte ihr sein Vorhaben, und wie weit es damit gediehen, und rief einmal über das andere: »Sacchetti ist durch seine Kunst ein Zauberer, größer als Bajalardo oder Virgilio, und mein Herzensfreund, verlasse dich auf ihn, wir werden siegen!« Die Liebenden warfen sich Küsse zu und gingen zur Ruhe. Lange konnte Giovanni nicht einschlafen; doch als er erwachte, war die Sonne schon hoch am Himmel, und seine Freunde umstanden sein Bett mit neugierigen Fragen. Giovanni sprang auf und kleidete sich an: »Alles sollt ihr erfahren, liebe Freunde, habt mich lieb und wartet nur bis auf den Abend, hier ist Geld, tut mir den Gefallen, und kauft, ein jeder so heimlich als möglich, recht viele alte Weintonnen zusammen, die wir dann bei Nacht in meinen Weinberg schaffen wollen; weder Don Granco noch irgendjemand darf merken, was hier vorgeht!« – »Ja, lieber Giovanni, alles soll geschehen, was du willst!« riefen die Freunde und zerstreuten sich, die Einkäufe zu machen. – »Lieber Don Ciccio,« sagte Giovanni zu dem Kommenden: »Herzlich bitte ich Euch, seid in diesen Tagen mein Beistand, besonders was Fisch und Fleisch betrifft. Ihr seid ein Kenner und wisst, was gut ist: Macht meine Einkäufe, mir schwindelt der Kopf, ich möchte mich leicht betrügen lassen.« Sie setzten sich hin und rechneten aus, was sie nötig hätten, Ciccio erhielt das Geld, ging aus, und tat sich überall nach allem Besten um. Beim fröhlichen Mittagmahle kamen die Freunde wieder zusammen, alle Besorgungen gingen rasch und aufs Beste, weil überall herzliche Teilnahme handelte. Über solchen Dingen kam der Abend heran, es wurden Wachen ausgestellt und im Schleier der Nacht Weinfass nach Weinfass über die Gartenmauer hereingekugelt. Man ging umso behutsamer damit um, weil der Garten an den Don Grancos anstieß, welcher am wenigsten davon erfahren sollte.

Unterdessen kam auch der brave Sacchetti auf Nebenwegen an, jubelnd empfing ihn Giovanni, und in einem großen Schuppen ward abgeladen und ausgepackt.

»Du hast doch für alles gesorgt«, sagte Giovanni, indem er die Sachen überflog und ihn küsste. – »Hier sind eine Menge Röhren, die wir noch wohl brauchen werden, hier Stricke, da Farbentöpfe, hier Pinsel, Nägel, Schrauben, Zangen, Hammer, hier Gelenke und Rollen mit Zugschnüren usw., kurz, es fehlt an nichts! Nun aber lass mich das Terrain betrachten!« – »Jetzt bei Nacht?« – »Ja freilich, meine Vorstellung ist für den Abend berechnet!« – So gingen sie, mit ein paar Fackeln, in die geräumige Kluft, worin die Fässer lagen. »Das Terrain ist herrlich, und schon sind fast zu viel Fässer da! Glaubt mir, alles wird sich machen! Don Strintillo muss hierher erst von Grancos Feste kommen und ein kleines Hiebchen haben, dann wird alles gehen, wie es soll! Nun zu Bett, morgen ist wieder ein Tag, ich bin matt und müde und muss etwas ruhen. Ich zieh die Kleider nicht aus, denn morgen muss es früh wieder losgehn.« – »Legt Euch nicht zu Giovanni,« sagte Ciccio: »Sonst erwürgt er Euch

die Nacht vor Freude.« – »Er hat sein Zimmer besonders,« sagte Giovanni: »Sonst würde ich nicht aufhören,
mit ihm zu plaudern!« Alle gingen fröhlich auseinander,
fanden sich am andern Morgen zeitig wieder ein und
arbeiteten nun Tag und Nacht mit Sacchettis Leuten und
unter seiner Leitung so emsig, als gelte es, einen geschwollenen Strom abzuwehren oder ein Feuer zu löschen. Das schönste Wetter begünstigte sie, und sie waren fertig, ehe sie sich dessen versahen, schon vor dem
bestimmten Tage, und konnten nun alle gemächlich ruhen und sich am Tage selbst ganz ihren Launen überlas-
sen. – Don Ciccio hatte seine Einkäufe vortrefflich ausge-
führt, gute Köche gedungen, und alles war bereit, um
gemächlich bei der Hand zu sein.

In denselben Tagen ging es bei Don Granco ebenso emsig, aber nicht ganz so fröhlich her: Denn da wusste sich
niemand ordentlich Rat in irgendeiner Sache. Zwar hatte
der Mann das Knausern mit Geld aufgegeben, sein Kopf
aber knauserte fort mit Gedanken. Zuletzt gedachte er
nur daran, wie es zu machen wäre, dass es schiene, als
wenn recht viel dabei aufginge. Er schickte weit umher
nach berühmten Fressern und Säufern, auf deren Kunst
man Wetten machen sollte, und ließ viel falsches Blatt-
gold holen, um damit alles zu vergolden; weil er, kindi-
scherweise, in dieses Gefunkel alle Schönheit setzte.
Immer war ihm bange, dass Giovanni ihn übertreffen
könne! Und er schickte aus Neugier bald diesen, bald jenen Boten, um Giovanni etwas abzusehen. Aber die Boten kamen nur mit Lügen wieder, da sie von ausgestell-
ten Wachen abgehalten wurden und jene Kluft so glücklich mitten in Giovannis Garten lag, dass man von an-

derwärts her nicht hineinsehen konnte. Granco wollte vor Neugier sterben; denn er selbst getraute sich wegen des Charivaris nicht wieder hin. Aber als nun der Nachmittag erschien, an welchem das Fest stattfinden sollte, und alles schön vergoldet war, bildete sich Don Granco dennoch ein, bei ihm sei alles unübertrefflich! Machte sich auf, geputzt wie ein Osterei, holte Don Strintillo und den Richter des Orts ab und sprach, indem er beide mit stolzem Behagen bei seinen zahlreichen Gästen, die mehrenteils von fern gekommen, einführte: »Hier, meine Herren, ist der ehrenwerte Richter von Gragnano, Herr Don Orzo, und hier mein künftiger Schwiegervater, und hier,« zu Strintillo gewendet, »ist meine Hochzeit!« – »Halt! Halt! Herr Granco,« meinte Strintillo, »bis jetzt sagt nur Euer Fest und Herr Strintillo; ob Ihr Hochzeit und Schwiegervater sagen dürft, das wird sich nachher zeigen! Jetzt sehen wir uns um, wie es bei Euch aussieht? Herr Don Orzo, der Richter, wird mir beistehen, um alles wohl zu betrachten!« – »Von Herzen gern,« meinte Don Orzo, und beide gingen, ihre Stockknöpfe bedeutsam an die Unterlippen haltend, umher, zu sehen, was es daselbst alles gebe? Was ihnen zuerst auffiel, waren zwei ungeheuer lange Tafeln, die unter der Last von Speisen fast zusammenbrachen; aber fast kein Gericht war da, welches nicht wenigstens am Rand oder in der Mitte vergoldet gewesen wäre! Ja etwas, worauf sich Granco am meisten einbildete, war eine vergoldete Laube mit einer Bank. Auf letztere mussten sich die beiden Herren setzen. Die Laube selbst glich mehr einem Käfig, so klein hatte sie Granco machen lassen, um sie, ohne zu große Unkosten, über und über vergolden lassen zu können; hier und da hatte sie sein Diener mit ebenfalls ganz vergoldeten Würsten und langen Käsen und Kürbissen so behangen, dass sie ziemlich unbequem war und Strintillo rief: »Hier ist ja ein völliger Weihnachtsmarkt!« – »Wer kauft Wurst, wer kauft Käse,« rief scherzend der Richter. – »Nun, meine Herren, werdet ihr etwas sehen, was ihr euer Lebtag nicht gesehen habt!« sagte Granco und lud auch die übrigen Gäste ein, sich dort umher auf Bänken und Stühlen niederzulassen. Sein Knecht Cetrullo ging mit vergoldeten Flaschen umher und schenkte ein, soviel man wollte: als zwei mit Blumen ausgeschmückte Fässer in die Mitte getragen wurden, an welchen das Gold ebenfalls nicht gespart war! Hierauf wurden zwei Tische gebracht, auf deren jedem ein ganzer gebratener Hammel lag; zu jeder Tonne trat schön geputzt ein berühmter Trinker, zu jedem Tisch, ebenfalls schön geputzt, ein berühmter Esser, alle weither berufen zu diesem Feste. Die Gäste wurden eingeladen, aus diesen oder jenen zu wetten und sich an ihren Bemühungen zu vergnügen! So lächerlich diese Art der Unterhaltung den Gästen anfänglich erschien, so langweilig wurde sie ihnen in kurzer Zeit und Don Strintillo und der Richter stiegen aus ihrem Käfig heraus, wobei ihnen die goldenen Würste um die Ohren schlugen, und zogen es vor, umherzugehen und zu sehen, was es noch weiter gebe; aber – mit Verwunderung bemerkten sie, dass Grancos Fantasie eben nur bis so weit gereicht hatte! – »Nicht wahr,« sagte er zu ihnen tretend: »Die Leute essen recht manierlich, man bekommt selbst Appetit! Da! Kostet von diesem Huhn! Hier ist ein Gläschen Wein: Wollt ihr Likör? Hier ist welcher von Bari. Den Käse müsst ihr versuchen, blast das Gold herunter, es könnte euch schaden! Hier ist wieder ein Weinchen, das seinesgleichen sucht! Da ist Wildschwein; hier stehen Puten; seht, wie alles funkelt! Junge Lämmer mit Zwiebel scheinen mir auch nicht übel! Nun, Don Strintillo, wie seid Ihr zufrieden mit meinem Fest?«

»Ich sage gar nichts«, sagte Strintillo und trank vergnügt ein Glas Wein von einer Sorte, die er überaus liebte.

»Wie schmeckt Euch der Wein?«

»Vortrefflich!«

»Nun, das ist mir lieb, so will ich Euch eine Tonne voll einschenken!« –

Damit ergriff er ein ungeheures Glas, welches die Form einer Tonne hatte, und reichte es Don Strintillo, welcher sich damit behaglich in ein Winkelchen setzte und es sich schmecken ließ; der Richter empfing ein Gleiches und setzte sich zu ihm. Granco trug ihnen mit emsiger Hast Zwiebäckchen und allerlei Süßigkeiten zu, war so vergnügt wie ein Maikätzchen, sprang hin und her und flüsterte bald diesem bald jenem Gast ins Ohr: »Glaubt mir, die Braut ist mein: Seht mein Schwiegerväterchen, wie es dasitzt und sich gütlich tut!« Dann rief er wieder laut: »Meine Herren und Frauen, die berühmten Esser und Trinker hier und Don Strintillo gehen euch mit gutem Beispiel voran, esst und trinkt, hier ist alles vollauf! Schäme sich niemand! Hier muss es drunter und drüber gehen! – Musikanten, spielt auf!« –

Da setzten sich zween Dudelsackpfeifer und ein Knabe mit einer Violine in Bewegung und machten eine Musik wie das Meer, wenn es rast! Mancher Gast hielt sich die Ohren zu; aber Granco rief lachend: »Ja! Nicht wahr, die Kerls spielen stark? Dafür haben sie heut aber auch satt gegessen und getrunken!« –

In dieser Art war das Fest Grancos bestellt, welches selbst dem guten Don Strintillo langweilig vorgekommen wäre, wenn ihn nicht das Glas in Gestalt eines Tönnchens und die angenehme Gesellschaft Don Orzos getröstet hätte. So ward er mehr und mehr zufrieden und sagte zuletzt zu allem: »Ja, ja!« sodass sich Granco vor Freude gar nicht mehr zu lassen wusste.

Darüber ward es dunkel: Ein Esser war schon mit seinem Hammel, ein Trinker schon mit seiner Tonne fertig. Wetten waren gewonnen und verloren. Da wusste Don Granco weiter nichts mehr als: »Setzen wir uns nun an die Tafel, meine werten Herren und Frauen, alles ist bereit.« Auch diesmal hätte Don Strintillo wieder »ja, ja!« gesagt; aber der Richter erinnerte ihn, dass er, wenn er gerecht sein wolle, das andre Fest ebenfalls in Augenschein nehmen müsse. »Ja, ja!«, sagte Don Strintillo. – »Da gehe ich mit,« sagte Granco, »ich bin selbst neugierig, was Giovanni angerichtet hat?« – So gingen sie aus dem Garten nach Giovannis Hofe. Giovanni kam ihnen entgegen und lud Orzo und Strintillo freundlich ein, willigte jedoch in Grancos Gegenwart nur unter der Bedingung, dass er schwiege, ja, es ward der Trumpf darauf gesetzt, dass er, wenn er den mindesten Laut von sich gäbe, die Braut verloren haben solle. Don Granco war dies zufrieden und gelobte in die Hand des Richters, zu schweigen, mit Worten wie mit Zeichen. – Giovanni bat auch den Richter, anfangs kein Wort zu Strintillo zu reden, sondern ihm stumm zu folgen; denn so verlange es die Haupteinrichtung seines Festes, bis sie zu den eigentlichen Gästen kämen. »Sonderbar!«, sagte der Richter, »sonderbar!« Strintillo und »hm, hm!« Don Granco. Da winkte ihm der Richter, dass er schwiege. Hierauf ging Strintillo mit Giovanni voran, hinter ihnen der Richter mit Granco. So kamen sie in den Garten, wo sie am Eingang jener Kluft eine Tür fanden, mit der flammenden Inschrift darüber: Tor von Strintillos Traume. – »Tor von Strintillos Traume? Was bedeutet das?« fragte Strintillo. – »Geht hindurch und sehet selbst zu, Herr Strintillo,« sagte Giovanni: »Folgt ihm, meine Herren und sprecht kein Wort zu ihm.«

Hiermit verließ Giovanni die Herren, welche Strintillon lange Zeit durch einen dunkeln Gang nachtappten, während sich das laute Schreien einer Gans vernehmen ließ. Strintillo sprach beständig mit sich: »Still, ich höre die Gans aus meinem Traume! ... Strintillos Traum? Was soll das bedeuten? – O, o, o! Nun wird es heller! Was ist das hier? ... Hier ist ja meine Weinlaube mit den großen Trauben! O! Wie viel ihrer sind, wie sie wachsen, wie sie groß werden! Und da kommt Don Ciccio, richtig, es ist mein Traum wie er leibt und lebt!« – »Ja und hier bin ich,« sagte Ciccio, »um Euch wieder zum Bräutigam zu führen, seht, wie die Trauben wachsen! Machen wir, dass wir weiter gehen; sie kommen von allen Seiten, wir können sonst nicht mehr hindurch!« – Strintillo blieb immer erstaunt stehen: »Nein, das ist ganz mein Traum, mein Traum!« – Auch Granco und selbst der Richter wurden von den sonderbaren Dingen sehr in Verwunderung gesetzt, und begriffen nicht, wie alles zuging. Granco aber fing an, für sein Glück bange zu werden. – »Was sind das für Bretter hier am Boden?« – fragte Strintillo Ciccion. – »Mit diesen Brettern sind heute die Goldstücke, in die Ihr neulich versunken seid, bedeckt worden, damit man besser gehn könne; da seht, hier leuchten welche durch die Ritzen. Ich will Euch ein paar aufheben.« – Damit scharrte er einige Goldstücke aus den Ritzen und gab sie Strintillo, der sie verwundert betrachtete. »Wahrhaftig, pure Goldstücke! Mein Traum, mein Traum!« – Nun hätte Granco vor Wut alles zerreißen mögen; aber er fürchtete nur einen Finger zu bewegen; weil er die Braut dann ganz verloren glaubte. So traten sie in einen Keller, der ganz voll Weinfässer war: Ciccio zapfte eines an und gab den Herren zu kosten; man bot auch Granco an, aber so gern er getrunken hätte, er stand wie eine steinerne Säule, und gab kein Zeichen von sich; weil er sich beständig irgendeiner Falschheit vermutend war. Strintillo fand den Wein vortrefflich. Nun gingen sie eine lange Weile zwischen lauter Fässern, welche nach Sacchettis Angabe so künstlich gestellt waren, dass sie ein Labyrinth bildeten, welches Ciccio mit einer schwachen Kerze immer anders und anders anleuchtete, sodass alle, selbst der Richter, getäuscht wurden, umso mehr, weil Sacchetti unbemerkt nachschlich und in Eil immer mit Kreide das Datum an den Fässern veränderte. Als Granco nun kein Ende und immer anderes Datum sah, ging es ihm über den Spaß, und er dachte bei sich: Hier hat der Teufel sein Spiel; solch einen langen Keller hab ich mein Lebtag nicht gesehen! –

Wie aber ward ihm zumute, als sie auf den freien Platz kamen, und hinter einem Zaun von Dornen die lustigen Gäste um die Käsetische, die Springbrunnen von Wein, den Bratofen mit Ochsen, die Teiche mit gebackenen Fischen, den Hof mit dem gebratenen Geflügel, die Maccaroni-Bäume und alles sahen, wie Strintillo es geträumt hatte. Ciccio reichte den Herren zum Beweis von allem Einzelnen zu kosten, da hätte Granco innerlich bersten mögen vor Ärger; aber noch hielt er sich tapfer. Endlich kamen sie um eine Ecke, als ihnen eine helle Sonne im Brillantfeuer entgegenleuchtete, und Giovanni, Angiolinen an der Hand, Strintillo entgegentrat und um seinen Segen bat. Hinter ihnen die Muhme und eine Anzahl Gäste. Strintillo war vor Staunen außer sich: »Mein Traum, mein Traum!« rief er einmal über das andre, und wollte eben die Hand Giovannis in die seiner Tochter legen, da konnte sich Granco nicht mehr halten und schrie: »Don Strintillo, Don Strintillo! Haltet ein! Hier geht es mit dem Teufel zu! – Gebt Giovanni Euer Kind nicht, sonst nimmt er sie mit in die ewigen Flammen!«

Da ward Strintillo einen Augenblick stutzig und ließ die Hände wieder sinken, sah in die Höhe und schien sehr ernsthaft nachzudenken. »Aber was ist das da oben?«, rief er auf einmal erstaunt aus. – Alle folgten seinem Blick und erstaunten wie er, denn von wunderbarem Licht umstrahlt, schien eine weiße Gestalt über einem Felsen gleichsam emporzuschweben. Alles war totenstill und die Gestalt rief: »Giovanni, empfange diesen Schatz mit dem Segen des Himmels!« – Die Gestalt verschwand, und man sah auf dem Felsen etwas Glänzendes schimmern. Giovanni eilte hinauf und brachte nicht ohne Mühe einen Kasten herab, welcher kostbar gearbeitet und im Verhältnis zu seiner Größe über alle Maßen schwer war. – »Seht selbst,« sagte Giovanni: »Ob ich neulich gelogen?«, und alles drängte sich um den Kasten: Er ward auf einen Tisch gehoben und dem Richter übergeben, ihn zu öffnen.

»Das geht alles mit dem Teufel zu!«, sagte Granco. – »Versündige dich nicht,« sagte Strintillo: »Wie könnte der Teufel den Segen des Himmels geben? Schweige und lass uns sehen, was in dem Kasten ist?« – Derselbe war nicht so leicht zu öffnen, weil das Schlüsselloch künstlich verborgen war, und der Richter hielt eben nachdenklich die Hand an den Mund, als sich durch das fröhliche Gedränge ein Mann in rauen Kleidern hindurcharbeitete. Es war – jener von Checco geprellte Waldbruder.

»Herr Don Orzo«, begann er atemlos: »Ich habe Euch wichtige Dinge zu sagen, die nicht aufgeschoben werden können, hört mich armen Mann und dann richtet!« –

Alles war mäuschenstill.

»Rede,« sprach Don Orzo.

»Diesen Morgen«, fuhr der Eremit fort: »Diesen Morgen erfuhr ich von einem Pilger, der zu mir kam, dass hier in Gragnano ein Engel mit einem Goldregen erschienen sei und diesen Abend wiedererscheinen wolle.« –

»Ja, eben war er da!«, riefen alle.

»Das habe ich eben gehört«, sagte der Eremit: »Und ich komme nun, über den Engel zu berichten!«

»Aha!«, rief Don Granco, »nun werden wir etwas hören!«

»Still!«, rief der Richter.

»Auch ich habe Engelserscheinungen gehabt,« sprach der Eremit: »Obwohl sie mich nicht so glücklich machten als den Bräutigam hier!« –

»Nun erzählt, erzählt!«, riefen alle. –

»Fünf Nächte sind vergangen, seit ich einsam in meiner friedlichen Hütte schlief; da ward ich plötzlich von einer traurigen Musik erweckt, die Türe tat sich wie von selbst auf, ein Licht verbreitete sich in meiner Zelle, und, brennende Kerzen in der Hand, traten drei Jünglinge herein, die mir Engel schienen, weil sie Flügel hatten!« – Hier schwieg der Eremit und weinte.

»Nun, und was taten die Engel?« –

»Sie stellten sich um mich her und sangen ein Lied, und war ich erst erschrocken, so war ich es jetzt noch mehr; denn sie sangen: als ob mein Ende nahe wäre und ich das Irdische verlassen müsse! Da rieselte es mir eiskalt durch alle Glieder und ich tappte an mir herum, ob ich noch im Leibe wäre? – Vielleicht hätte ich mich noch wiederum gefasst; aber nun erschien an der Tür ein rauer schwarzer Dämon, mit grässlichen feurigen Augen und rief: ›Bist du reif, alter Geizhals?‹ Damit reckte er die Krallen nach mir aus und wollte mich fassen; aber die Engel wehreten ihm, und fragten ihn: ›Was willst du, Drache?‹ – ›Des Schatzgräbers Seele will ich!‹ brüllte der Raue. Aber der Engel hatte ein Rauchfass und schwang es vor ihn und sprach: ›Der Schatz, den er gefunden, ist ein heiliger Schatz und rettet seine Seele. Hebe dich weg,

Satanas!‹ – Aber Satanas wollte nicht weichen, und zählte alle meine Sünden her und forderte meine Seele. Da hatte der andere Engel ein blitzendes Schwert und trieb ihn damit hinweg, dass ich ihn nicht mehr sah: aber der dritte sprach zu mir: ›Sei getrost, deiner Sünden sind viel, aber sie sind dir vergeben um des Schatzes willen, der ein heiliger Schatz ist; zeuch ihn hervor und folge uns damit ins Paradies, so wird Satan dich nimmer erlangen!‹ – Da ward ich etwas getroster, doch zitterte ich noch immer und nahm weinend einen Hebel und hub den Stein empor, der die Schätze barg, die ich unlängst gefunden, einen neben dem andern. Als ich sie mit großer Mühe vorgezogen, sagte der Engel mit dem Rauchfasse, indem er es über mich schwang: ›Wohl dir, dass du gehorcht! Aber wirf dich nieder auf dein Angesicht und bete. Stirb ab der niedern Welt, so ist der Himmel dein!‹ –

»Ich tat es und der dritte Engel warf ein schwarzes Tuch über mich, unter dem lag ich wie eine Nonne, die eingekleidet wird, und die Engel sangen wieder ein Lied, wovon ich wenig verstand, weil ich unter dem Tuche lag. Auch wurde der Gesang immer schwächer und schwächer und schien sich zu entfernen, bis er endlich gar aufhörte. Ich aber zitterte noch immer unter der Decke und wagte nicht, sie emporzuheben und aufzustehen; denn ich war noch immer der Meinung, ich solle wirklich ins himmlische Paradies gehen. Mehr als zwei Stunden blieb ich liegen und wagte kaum zu atmen. Endlich hörte ich Gesang von Vögeln und vernahm Tritte, die mir nahe kamen; bald darauf ward mein Tuch aufgehoben und ein heller Glanz schien mir in die Augen. Ich meinte den Glanz des Paradieses zu schauen und die Engel; aber – der Tag war angebrochen und Tommaso der Ziegenhirt stand vor mir mit einer Kumme Milch und die Engel – kamen nicht wieder!« –

Als der Eremit hier herzlich seufzend innehielt, brach die ganze Versammlung in ein lautes Gelächter aus: »Vor ihm stand Tommaso der Ziegenhirt mit einer Kumme Milch und die Engel kamen nicht wieder!«

»Und der Schatz war weg!« jammerte der Eremit darein und zerraufte sich und zerschlug sich. Da nahm das Gelächter immer mehr überhand, bis der Richter Schweigen gebot und zum Eremiten sprach: »Verzeiht, wenn ich mitlache, aber es ist sonderbar, einen Mann, der sich in die Waldeinöde zurückgezogen, in solcher Art um irdische Schätze jammern zu hören.«

»Lacht, wie Ihr wollt; aber hört mich weiter!«, sagte der Eremit: »Und schützt mich den Gesetzen nach, gegen Raub und Einbruch! Ich höre, dass der Gragnaner Engel soeben einen Schatz gebracht hat, und wette, dass es einer der Meinigen ist. Ich will ihn genau beschreiben; es ist ein schön gearbeiteter Kasten, mit vielem Messing beschlagen und geht von unten zu öffnen: Inwendig liegt zuoberst ein Pergament, darunter Gold und Juwelen.«

»Habt Ihr die Schrift davon gelesen?«

»Nein, lesen kann ich nicht; aber es sind viel Schnörkel darauf und es hängen gewaltige Siegel daran.«

»Könnt Ihr den Kasten öffnen?«

»O ja, sogleich, und hier ist der Schlüssel!« Mit Behändigkeit wandte der Eremit den Kasten, öffnete ihn und der Richter fand alles, wie jener es beschrieben.

Schon wollte der Eremit nach dem Kasten langen und sich den Besitz desselben wieder zueignen, schon wurden Giovanni und Angiolina bleich und Granco froh; als der Richter sagte:

»Halt! Erst lasst uns lesen, was hier geschrieben steht?« – Er entfaltete das Pergament und las:

»Hiermit sei jedwedem kund und zu wissen, dass ein jeder, welcher diesen Schatz auffindet und denselben den wahren Erben oder Nachkommen des Don Bernardo Carino nicht zukommen lässt, verdammt sein soll bis in alle Ewigkeit, als ein schändlicher Räuber und Entwender fremden Gutes. Er soll krumm werden und lahm und blind bleiben, bis seine Seele hinunterfährt, wo keine Erlösung ist!«

Don Orzo hatte noch nicht ausgeredet, als alle riefen: »Bernardo Carino? Bernardo Carino? War das nicht dein Urgroßvater, Giovanni, von dem alle Welt sagt, dass er der reichste Mann vor dem Kriege war?«

»Jawohl«, rief Giovanni: »Und ich kann es gerichtlich beweisen!«

»Das weiß ich selbst genau«, sagte der Richter: »Ich habe deinen Großvater noch wohl gekannt. Aber Ihr, mein frommer Waldbruder, verlangt Ihr dieses Geld noch samt jenem Fluche des Verstorbenen?«

»Nein!«, sagte der Eremit und weinte, dass ihm die Tränen über die Wangen liefen: »Aber was habe ich nun für das Ausgraben des Schatzes?« –

»Du sollst über meinen Geiz nicht klagen«, sagte Giovanni: »Und, wenn dir die Armut so schwer fällt, so will ich mit dir teilen!«

»Bravo!«, rief der Richter: »Aber ein Vierteil genügt dem Finder, das andere behalte mit Gottes Segen!« –

»Und hier nimm meine Tochter Angiolina dazu!« sprach Don Strintillo und legte ihre Hand in Giovannis.

»Aber die Geschichte mit den Engeln ist ja noch nicht im Klaren?!«, rief Granco dazwischen.

»Schweigt Granco, das Reden hilft Euch doch nichts«, sagte Strintillo: »Mein Traum ist erfüllt, um und um und nach allen Seiten und in allen Stücken. Was der Himmel tut, darüber dürfen wir nicht grübeln, die Engel sind gut, die Tochter ist meine Tochter, Giovanni mein Schwiegersohn, ich bin Don Strintillo, und was ich haben will, muss geschehn!« –

Entdeckung der blauen Grotte auf der Insel Capri

Es war im Sommer des Jahres 1826, als ich mit meinem Freunde Ernst Fries in der schönen Bucht an der nördlichen Marine von Capri landete. Die Sonne neigte sich dem fernen Ischia zu, als wir in den rasselnden Uferkies hinabsprangen. Capri war die erste Insel, die ich betrat, und nie werde ich den Eindruck vergessen. Einer meiner liebsten Wünsche erfüllte sich. Ich hörte nun das Meer um alle jene wunderbar gestalteten Felsen rauschen, die schon von Neapel aus meinen Sinn zauberisch gefangen genommen. Jede brandende Wellenreihe sang mir zu: Ich sei vom Festlande geschieden, auf einer Klippe, wo ein einfaches Volk von Fischern und Gärtnern wohnt und der Hufschlag der Rosse und das Geroll der Wagen unbekannt ist. Mit ihren Felsen und Höhlen und hangenden Gärten und alten Trümmern und neuen Städten und Felsentreppen war mir die Insel schon von fern als eine besondere Welt erschienen, erfüllt von Wundern und umschwebt von grauenvollen und lieblichen Sagen, und nun, da meine Zeit nicht eng beschränkt war, durfte ich hoffen, diese Welt in allen ihren Grenzen genau durchforschen zu können. Dieser Gedanke machte mich unbeschreiblich glücklich. – Der Strand erfüllte sich bei unsrer Ankunft mit Leuten aus beiden Städten der Insel, Männern und Jünglingen, Weibern und Mädchen, die wohl imstande waren, an die alte schöne griechische Bevölkerung des Eilandes zu erinnern. Sie nahmen die Ladung des Marktschiffes, das auch uns gebracht, in Empfang, und trugen sie mit besonderer Gewandtheit teils die hohe Felsentreppe zur Stadt Anacapri, teils die sanftere Lehne nach Capri hinauf. Ein munterer Bursche ergriff unser weniges Gepäck, und langsam folgten wir dem Zuge nach letztgenannter Stadt. Erst befanden wir uns wie auf der Szena eines riesigen Felsentheaters: im Vorgrunde eine Reihe weißer Häuser mit flachen Dächern, worüber sich in immer größeren Halbkreisen, Terrasse nach Terrasse, Weingärten erhoben, bis prächtig aufsteigende Felsenwände und die oben ragende Stadt den Ausblick umgrenzten. Unser Pfad schlängelte sich jene Terrassen hinan. Die steileren Hänge sahen wir bedeckt von immergrünen Myrten und Lorbeergebüschen; auch Mastixbäume und einzelne Fächerpalmen wurden bemerkbar. Vögel flatterten über uns hin, und von den Ölbäumen herab sangen die Zikaden ihr eintöniges Lied. Der Weg war lang, der Abend lieblich. Alles was ich je von jenem Eilande gelesen, tauchte vor meiner Erinnerung auf und mischte sich mit den anmutigen

Szenen der Gegenwart. Blickten wir zurück, so schimmerte fern herüber der reizende Golf von Neapel, Ischia, Procida und alle pontinischen Inseln.

Staunend und oft verweilend, gelangten wir endlich auf das Joch der Insel, durch ein Turmtor, in die fast orientalisch gebaute kleine Stadt Capri. Der Knabe, der unsere Habseligkeiten trug, führte uns bei der Kirche vorüber in die schöne weiße Locanda des Don Giuseppe Pagano, wo wir, gegen mäßige Vergütung, die freundlichste Aufnahme fanden.

Unser Wirt, ein kleiner behaglicher Fünfziger, führte uns treppauf treppab in seinem wunderlich, doch sehr heiter gebauten Hause umher, und als ich bei einer kleinen Sammlung alter Bücher verweilend stehn blieb, erzählte er mir: Er habe sie in Neapel gesammelt, als er dort studiert, und stellte sich mir zugleich als den Notar des Ortes vor. Ich war sehr erfreut, in ihm einen unterrichteten Mann und in seiner Bibliothek mehrere Bücher, lateinische und italienische, zu finden, die teilweise von Capri handelten. Als er sah, dass ich die Absicht hatte, die Insel recht gründlich kennenzulernen, trug er mir mit großer Freude sogleich alles zusammen, was mir dazu von seinen Büchern nützlich sein konnte, und versprach den andern Tag noch mehreres von Freunden beizuschaffen. Er nahm an unsrer, aus allerlei, mir zum Teil noch unbekannten Seetieren bestehenden Abendmahlzeit teil, und wir wurden bald gute Freunde. Nachdem wir uns mit Speise und Trank erquickt, stieg die ganze Familie des Notars mit uns auf das Dach des Hauses, wo wir uns niederließen und behaglich plaudernd des schönen Blickes über Stadt und Insel bei Sternenlicht genossen. Don Pagano aber deutete im Halbdunkel der klaren Nacht auf alles hin, was ihm merkwürdig erschien, und erzählte davon, was er irgend wusste. Unsre Augen folgten ihm angestrengt in das mystische Dunkel, und je weniger wir eigentlich zu erkennen vermochten, je mehr ward unsere Neugier gespannt. Wir besprachen uns mit ihm über die Ausflüge, die wir nach und nach machen wollten, und nahmen uns vor, in den heißen Mittagsstunden zu Hause zu bleiben und die Odyssee zu lesen; auch wollte ich diese Zeit benutzen, in den erwähnten Büchern zu studieren, um, womöglich, der gründlichste Kenner der Insel zu werden. Erzählen, wie treu wir den in jener ersten romantischen Nacht gefassten Vorsätzen geblieben, wie wir bald nach dieser, bald nach jener zertrümmerten Villa Tibers, bald zum Sirenenfelsen hinab, bald die Felsentreppe nach Anacapri hinan, bis zum Gipfel des Monte Solaro emporgeschwärmt, und welche glückliche Tage wir in der Familie des Notars verlebt, würde den geneigten Leser zu weit führen. Soviel Anmutiges sich darüber beibringen ließe, ziehe ich es vor, hier einen leichten Umriss der Gestalt und Geschichte der Insel zu entwerfen, um dann zur Schilderung eines Abenteuers überzugehn, welches unerwartet Veranlassung gab, dass die Insel und Don Paganos Haus nun häufiger von Fremden besucht werden als je vorher.

Will man sich von der Gestalt Capris eine klare Vorstellung machen, so denke man sich einen Teil des Meergrundes, hier aus Apenninenkalk bestehend, von Morgen her mit abendlicher Neigung, erhoben zu einer drei Viertelmeilen langen und halb so breiten Scholle, diese jedoch querüber von Süden nach Norden so zerbrochen, dass die westliche Hälfte dicht am Abbruch die höchste blieb, etwa 2000 Fuß hoch, während die östliche (zu Anfang die höchste) zurücksank und in halb so hohen Trümmern stehn blieb. Die Kluft zwischen beiden ließ, obwohl hocherfüllt vom nachstürzenden Geröll, nördlich eine größere Bucht, südlich eine kleinere. Südöstlich ist die Zertrümmerung so stark, dass mehrere turmähnliche Felsensplitter, die Fariglioni genannt, noch weit vom Ufer dem Meere entragen. Der eine bildet ein riesiges Tor, welches man durchsegeln kann. Ringsher aber ist der ganze steile, mehr oder minder zertrümmerte Felsrand der Insel reich an mannigfaltigen Grotten, gebildet durch Einstürzungen, geschmückt mit bunten Tropfsteinzacken. In viele dieser Höhlen braust das salzige Element hinein mit all seinen Farbenspielen. In der ältesten Zeit war die Insel mehr zerklüftet als jetzt und allein mit Gestrüpp bewachsen, nur wilde Ziegen waren ihre Bewohner, wovon sie den Namen Capreae erhielt. Ein platter Stein in der südlichen Bucht heißt die Sirene, und die Sage geht, Odysseus habe den gefahrvollen Gesang hier vernommen. Wahrscheinlich erbauten die Teleboer in der nördlichen Bucht die erste Stadt. Die Insel blieb wenigstens lange Zeit der griechischen Kolonie in Neapel unterworfen. Sie blühte fröhlich auf, und nach griechischer Sitte waren ihre schönen Jünglinge wohl geübt im Ringen, im Faustkampf, im Wettlauf, im Lanzenwerfen und in allen zierlichen Tänzen.

Als Kaiser Augustus hinkam, gefiel ihm das Eiland mit seinen lustigen Einwohnern so wohl, dass er den Neapolitanern die viel größere Insel Ischia dafür überließ. Eine alte dürre Steineiche soll sich bei seiner Ankunft neu begrünt und dieses Wunder ihn noch mehr zu jener Wahl bestimmt haben. Auf dem östlichen Felsgipfel erbaute er sich einen prächtigen Palast, wo er oft die Lasten seiner kaiserlichen Arbeiten abwarf und sich an den Wettkämpfen der Capreischen Jugend erfreute. Später ward Capri der Verbannungsort der schönen Julia. Die Trümmer ihres Palastes finden sich am westlichen Hange des Berges, welcher nun den Telegrafen trägt.

Als Tiberius zur Regierung kam, erinnerte er sich der frohen Tage, die er mit August auf Capri verlebt, warf die Plagen und Gefahren der Regierung auf Sejanus Schultern und zog sich auf diesen sichern Felsen zurück, wo er sich den abscheuwürdigsten Freuden ergab, während seine schrecklichen Machtsprüche die Welt quälten. Viele Jahre lebte er hier, beständig misstrauisch um sich spähend von der hohen Klippe, die er, sein Gewissen zu übertäuben, in einen sinnlichen Himmel verwandelte, worin zu schwelgen – er schon zu abgelebt war. Fahrwege wand der greise Tyrann um steile Zacken, auf alle Gipfel fuhr er mit Rossen. Er veränderte die Gestalt der Insel, schwang ungeheure Bogenreihen über tiefe Täler, und schuf sich künstliche Ebenen, worauf er üppige Gärten erblühen ließ, in deren Grotten, Tempeln und Gebüschen die schändlichen Sklaven seiner Laster als Faunen und Nymphen umherschwärmten. Zwölf Paläste ließ er an verschiedenen Stellen der Insel entstehn und weihte sie den zwölf großen Göttern. Der dem Jupiter geweihte erhob sich östlich auf dem äußersten überhangenden Felsgipfel (nun Santa Maria del soccorso), von welchem der Tyrann die Sklaven, denen er übel wollte, über scharfe Zacken hinab in das Meer stürzen und unten mit Rudern zerstoßen ließ. Ein der Mater magna geweihter Palast war südlicher in eine abhängige Kluft, um und in eine Höhle gebaut. Der dem Neptun geweihte lag gegen Norden, von der Mitte der Insel mit schönen Bädern in das Meer hinaus; an den sanften Hang darüber lehnte sich der Venuspalast, wenig entfernt davon ein Amphitheater; an demselben Hange noch östlicher erhob sich, irgendeiner andern Gottheit gewidmet, wieder ein Palast; der Gipfel neben der Stadt aber trug den, in welchem der Tyrann über das Meer blickend auf und ab ging, als er die Nachricht von der Hinrichtung des von ihm verurteilten Sejan erwartete. Die andern Paläste Tibers waren auf der Insel verteilt, bis an das südliche Ufer hinab, wo er, bei jenen fantastisch aus dem Meer emporragenden Felsentürmen, das Arsenal für die Flotte, die ihn beschützte, baute. Dort ließ er in einer mächtigen Strandhöhle seine Schiffe zimmern oder aufstellen. Aus seinen Palästen führten überall heimliche Gänge durch die Felsen bis in die See hinab, wobei er die vorgefundenen Höhlen vielfach benutzte. Zu jener Zeit muss die Insel einen wahrhaft einzigen Anblick gewährt haben, da die wildeste, zerrissenste Natur der Baukunst die mannigfaltigsten Motive bot, und die Schätze der Welt verschwenderisch angewendet wurden, jeden fantastischen Einfall schnell zur Wirklichkeit zu gestalten. Aber alle diese Pracht verschwand, einer Sage nach, bald nach Tibers Tode, zerstört vom Hass und Abscheu des römischen Volkes, und überall, auf Höhen, in Klüften und bis ins Meer hinab, liegen die flüchebelasteten Trümmer.

Nach Tiber besuchte Caligula die Insel, verweilte jedoch nicht lange daselbst. Auch Vitellius war in seiner Jugend hier. Lucilla und Crispina wurden von ihrem Bruder, dem Kaiser Commodus, hierher verbannt. Mit diesen Nachrichten will man obige Sage widerlegen und schiebt alle Zerstörungen auf der Insel den Barbaren und Sarazenen zu, welche freilich in diesen Gegenden schrecklich gewütet haben.

Der furchtbare Seeräuber Barbarossa zerstörte die Stadt am Ufer und soll sich auf jäher Felszacke eine Burg erbaut haben. Ihre Trümmer zeigt man hoch über der Treppe, die mit 554 Stufen zum westlichen höhern Teil der Insel hinanführt. Die späteren Einwohner stellten die neue Stadt auf das Joch der Insel, dem Berg Madonna della libera nahe. Eine mehrere Hundert Fuß hoch gewölbte Grotte desselben nahm damals die gesamten 2000 Einwohner auf, wenn eine Übermacht von Seeräubern die Insel überfiel. Jene Grotte befindet sich an der Südseite des Berges und hängt ganz uneinnehmbar über das Meer hin, sodass die Flüchtenden sie nur auf aneinander gehängten Leitern erreichen konnten. Die Jünglinge wehrten oft noch den Feind ab, während man die Kranken und Alten, in Körben an langen Seilen, an einigen Stellen erst hinabließ, um sie an andern weiter hinauf bis zur Grotte hinanziehen zu können, wohl über hundert Fuß hoch. Feuerstellen und Trümmer einer zur Abwehr erbauten Mauer sind in der überaus imposanten, oben mit Tropfsteinen geschmückten Höhle noch sichtbar.

In jenen unruhigen Zeiten mag auch die zweite Stadt Anacapri am Monte Solaro entstanden sein, wohin die erwähnte Treppe führt, oben noch versehen mit einer Zugbrücke.

Als in neuern Zeiten die Franzosen Neapel schon eingenommen hatten, hielten die Engländer noch unter Church die Insel besetzt, und erbauten überall Schanzen und Kastelle. Dennoch erstiegen die Franzosen zur Nachtzeit auf der westlichen Seite, wo sich die Insel ins Meer neigt, dieselbe mit aneinander gebundenen Leitern, und trieben die Engländer über Anacapri die unendliche Treppe hinab, über die Höhen der andern Stadt nach dem zertrümmerten Arsenal des Tiber hinunter, wo sie sich bald einschifften und davonsegelten. Die Besatzung des Kastells auf dem höchsten Gipfel der Insel wusste von dem Hergange nichts und schickte nach einigen Tagen ein Kommando hinab, um Proviant zu holen. So erfuhren die Franzosen erst, dass dort oben noch Feinde seien, gingen hinan und nahmen, ohne großen Widerstand zu finden, auch jenen höchsten Punkt ein. Sie zerstörten die Befestigungen dort oben, weil sie sich als völlig unnütz erwiesen. Nichts aber gleicht der Aussicht, welche man von jenem höchsten Punkt aus genießt. Zweitausend Fuß erhoben, stürzt die höchste Zacke nach Süden so schroff ab, dass man mit einem Stein in das Meer werfen kann. Nach Westen senkt sie sich, immer noch steil, doch nicht so jäh, nach der Stadt Anacapri hin, bildet dahinter eine sanft abfallende, breite, schön bebaute Lehne, die mit unzähligen höhligen und rissigen Riffen ins Meer geht. Nach Norden schaut man über die Barbarossaburg; nach Osten aber übersieht man die schöne fruchtbare Kluft, welche die Insel teilt, mitten die Stadt Capri, rechts und links die südliche und

die nördliche Bucht, den erwähnten Berg mit der mäch
tigen Höhle, gekrönt von einer Burg, dahinter die Fel-
sentürme mit dem Felsentore im Meer, links darüber
den Telegrafenberg und alle zackigen Weinberge bis
zum östlichsten Ende, wo die dem Jupiter geheiligten
Augusteichen und Tiberischen Palasttrümmer und das
Kirchlein St. Maria del Soccorso von der äußersten Zacke ragt. Alles dieses bildet den mannigfaltigsten Vor-
grund für die Fernsicht auf das blaue Meer, die pontinischen Inseln und Ischia, Procida, die Golfe von Gaeta,
Bajä, Neapel, Sarno und Salerno, hinter allen die blauen
Abruzzen, im Mittelgrund den dampfenden Vesuv, näher, die Meerenge von Capri bildend, das prächtige
Vorgebirge der Minerva, weiter die Sirenusischen Inseln,
tiefer hinein die Ebene von Pästum, und südlicher das
schön geschlungene Cap Licosa, welches träumerisch
versinkt in die Ebene des Meeres. – Wenn ich jener
schönen Aussicht gedenke, ist es mir heute noch, als
umwehe mich jener himmlische Ätherstrom, den ich
dort geatmet; damals aber war das Erklimmen jenes
Gipfels der Schlussstein meiner Ausflüge, die ich bei
meinem ersten Aufenthalt zur Kenntnis der Insel machte, und mir blieb nun zu meinem nächsten Zweck nichts
mehr übrig, als eine Umschiffung und Untersuchung aller ihrer Ufer.

Wir hatten, da das Meer um die Insel bisher täglich heftig bewegt war, den ersten stillen Morgen dazu bestimmt. Endlich schien ein lieblicher Abend uns diesen
zu verkündigen. Wir teilten unsre Hoffnung unserm
Wirt, dem Notar, mit. Er fand sie begründet und versprach uns zu der Fahrt einen erfahrenen Schiffer zu be-

sorgen, der, wie er sich ausdrückte, die Toten aus der Unterwelt wieder zurückholen könne, so verstehe er, zu rudern. »Er ist alt«, sagte er, »hat aber ein Auge wie ein Falke, ein Herz von Stein, und einen Arm von Eisen.« – Der Mann gefiel mir im Voraus und nachher noch besser; – denn er rettete uns den andern Tag zweimal das Leben. – Es wurde nach ihm gesandt.

Die lange Zeit, ehe der Bote zurückkehrte, benutzte ich dazu, den Notar über die ganze Expedition genau zu befragen, um mir alles Interessante für morgen zu notieren. Er gab mir als alter Capreer sehr detaillierte Auskunft über alle schönen Stellen der Ufer und ihre Benennungen, die auf seinen schlechten Karten sehr unrichtig angegeben waren. Als ich mit Notieren fertig war, gab ich ihm das Blatt zum Durchlesen. Bei der einen Stelle kniff er den Mund zusammen, nickte mehrmals mit dem Kopfe und brummte wunderlich vor sich hin. Ich fragte ihn: ob ihm noch etwas beifalle? – »Ja,« sagte er nach einer langen Pause, »mir fällt freilich etwas bei, aber – es hat eine eigne Bewandtnis damit: – ich bin nun schon sechsundfünfzig Jahre alt und habe in meinem Leben noch niemanden dazu bereden können; es ist besser, ich lasse das Ding wieder fahren.« – Damit wollte er schweigen, da aber meine Neugier nur umso reger wurde und ich ihn wiederholt gefragt, was er damit meine, fuhr er endlich in seiner Rede so fort: »Ja, sechsundfünfzig Jahre bin ich alt und habe einen Wunsch mit mir herumgetragen, fast ebenso lange. Der Wunsch ist folgender:

An der nordwestlichen Seite unsrer Insel ragt eine Art Turm, Damecuta genannt. Dort umher sind eine Menge römischer Ruinen und wahrscheinlich war dort ebenfalls ein Palast Tibers. Im Volk geht auch die Sage, der Ort habe sonst Dame chiusa geheißen, d. h. Frauenverschluss, weil Kaiser Tiber dort seine Mädchen verschlossen.« – Ich warf ihm scherzend ein: Es sei doch wohl nicht seine Absicht, dieselben zu erlösen? –

»Nein«, antwortete er lachend, – »aber ein Schloss Tibers hat da gestanden. Hört mich weiter,« fuhr er wieder sehr ernsthaft fort; »unterhalb jener Trümmer ist am Ufer des Meeres ein Ort, Grottelle genannt, wo das Meer in viele kleine Höhlungen mehr oder minder tief eindringt. Eine derselben, mit winzigem Eingange, ist sehr verrufen und die Schiffer halten sich auch am hellen Tage fern davon, meinend, der Teufel wohne darin mit vielen bösen Geistern. Ich aber« – hierbei sah er sich um, ob ihn jemand der Seinigen höre, und fuhr, als er uns allein sah, leiser fort: »ich aber glaube es nicht. Hier auf der Insel darf man so etwas nicht laut werden lassen, sonst wird man für wenig fromm gehalten. Indes, Ihr seid ein studierter Fremder und werdet mir zugeben: Die Frömmigkeit bestehe in etwas andrem als im Glauben an Teufelsgespenster. Genug, ich habe von Jugend auf eine Sehnsucht verspürt, gerade in diese Höhle zu schwimmen und sie zu erforschen. Dabei gestehe ich Euch aber ebenso offen, dass mich bei dem Gedanken doch ein Schauerchen anweht, und dass ich es nie wagen wollte, und jetzt als Familienvater noch weniger wagen werde, allein hineinzuschwimmen. Da sei Gott vor! Aber wohl hundertmal habe ich als Knabe, als Jüngling und als Mann Freunde und Bekannte, die rüstige Schwimmer waren, gebeten, mich dahinein zu begleiten; vergeblich!

– Die Teufelsfurcht war zu gewaltig in ihnen, als dass
meine Bitten irgendetwas vermocht hätten. Nun aber
hört, was mich später noch mehr in meinem Wunsche
bestärkt hat. Ich vernahm vor etwa dreißig Jahren von
einem uralten Fischer, dass vor zweihundert Jahren ein
paar Geistliche den Spuk haben bestehn wollen. Dieselben sind auch ein Stück in die Grotte hineingeschwom-
men, aber gar bald wieder umgekehrt, indem sie eine
grauliche Furcht angekommen. Nach der Aussage dieser
Priester soll die Grotte inwendig aussehen wie ein sehr
großer Tempel mit einem Hochaltar, rings herum aber
alles voll von Götzenbildern sein, und das Wasser innen
so wunderlich beschaffen, dass die Angst, darin zu
schwimmen, ganz unbeschreiblich sei. In älteren Büchern stehe auch eine Nachricht davon, die ein Schrift-
steller immer von dem andern abgeschrieben; – seit vielen Hundert Jahren aber sei niemand eigentlich darin
gewesen.

»Zu alle diesem kommt noch eins«, sagte der treffliche
Notar, indem er seine Hand fest auf die Meinige legte;
»ich für mein Teil halte die Ruinen darüber durchaus für
ein Tiberschloss, und da Tiber keinen Palast ohne heimlichen Ausgang gehabt, behaupte ich und versichere
Euch: Der heimliche Ausgang jener Ruine geht durch
diese Grotte! So könnte die Grotte, die inwendig weit
gewölbt ist, gar wohl ein Tempel des Nereus und der
Nymphen sein, umso mehr, da man aus den alten Klas-
sikern weiß, dass Tiberius die Höhlen von Capri vielfach
benutzt und in seinem Sinn ausgeziert hat. Noch muss
ich Euch sagen, dass alle Fremden, denen ich bisher davon gesprochen, meine Gedanken als wunderliche

Träume belächelt; in Euch aber setze ich das Vertrauen, dass Ihr mir recht gebet, wenn ich behaupte, die Sache sei genauerer Untersuchung wert.«

Ich erwiderte ihm: »Lieber Herr Notar, die Fremden, die über Eure Schlüsse lachten, kommen mir fast so einfältig vor wie die Einheimischen mit ihrer Teufelsfurcht. Alles, was Ihr mir da erzählt, hat Hand und Fuß, und ich bin so vollkommen Eurer Meinung, dass ich vor Begierde brenne, mit Euch den verrufenen Teufelstempel zu untersuchen.« –

»Aber man kann nur schwimmend hinein!« warf der Notar noch zweifelnd ein, »inwendig ist die Grotte tief mit Wasser erfüllt.« –

»Desto besser!«, sagte ich, »so können wir untertauchen, wenn die bösen Geister uns mit Feuer peinigen wollen.«

»Ihr scherzet?« sprach der Notar.

»Nein, ich scherze nicht!« gab ich ihm zur Antwort; »Ihr habt in mir endlich, nach sechsundfünfzig Jahren, den Mann gefunden, der bereit ist, das Abenteuer mit Euch zu bestehn, und damit Ihr sehet, dass ich Ernst mache, lade ich Euch auf morgen ein, mit uns zu fahren. Wir können, da wir doch baden wollten, bei jener Grotte anhalten und unser Bad bei den Dämonen nehmen in dem Wasser, das die guten Geistlichen vor zweihundert Jahren so geängstigt hat.« –

Da erheiterte sich das Gesicht des Notars. »Topp!«, sagte er, »ich bin dabei! Wisset, so alt ich bin, ich schwimme noch mit jedem um die Wette. – Erlaubt, dass ich Euch küsse, lieber Don Augusto! Sprechen wir nur leise, dass niemand im Hause etwas davon merkt: Sie lassen mich sonst nicht fort; denn die Angst ist groß, wie ich Euch sage.« –

»Wir müssen uns nur jetzt darüber beraten,« fuhr ich fort, »wie wir das Unternehmen einrichten. Ist der Eingang so klein, wie Ihr sagt, so muss es in der Grotte finster sein: Wir werden also Fackeln mitnehmen müssen oder ein Pechfeuer in einer Kufe.« –

»Allerdings«, meinte der Notar: »Die können wir schwimmend vor uns her stoßen, und dabei trefflich sehen, wie die Grotte beschaffen ist. Angelo soll alles besorgen!«

Mein Reisegefährte, der bisher geschwiegen hatte, warf hier ein: die Sache werde so zu umständlich und zeitraubend, auch gäbe es viel solcher Höhlen, die Italiener glaubten überall Schätze zu finden; er stimme gegen das Unternehmen. – Da wurde das eben noch heitere Gesicht des Notars leichenblass, ich aber sagte ihm: Er solle getrost sein, die Sache werde jedenfalls durchgesetzt. Nun stellte ich meinem Freunde wiederholt vor, wie wir morgen doch hätten baden wollen, und ein Bad in der Grotte nicht länger aufhalte als ein anderes, wir könnten daher alles recht gut mit der Umseglung der Insel vereinigen; habe er aber morgen nicht Lust, so wolle ich die Sache verschieben. Endlich gab er nach und versprach mit hineinzuschwimmen. Niemand war froher als der Notar. Indem kam Angelo Ferraro, der alte Schiffer, ein Mann, dem Meerluft und Sonnenbrand die Farbe der Zimmetrinde gegeben. Mit schlichtem, festem Anstande trat er vor uns hin, die Schifferkappe in der Hand. Wir fragten ihn, ob er sich getraue, uns um die ganze Insel zu fahren. – »Meine Herren, so gut wie ein Andrer!« war seine Antwort. Hierauf gab ihm der Notar die nötigen Aufträge hinsichtlich der Grotte. – Der Mann machte große Augen.

»Diese Herren wollen in die Grotte schwimmen?« –

»Ja! Und ich auch,« sagte der Notar; »willst du mit hinein, Angelo?«

»Ihr auch?«, sagte der Schiffer, und trat verwundert einen Schritt zurück. »Und wenn es so ist«, schloss er mit dem Fuße stampfend, »so gehe ich auch mit hinein! Ja, Angelo geht mit!« –

»Bravo Angelo!«, rief der Notar.

»Ja!«, sagte Angelo; »in dieses Teufelshaus habe ich schon lange einmal hineingucken wollen, aber allein? – da sei Gott vor! Nun aber sind wir unser vier, und wo ihrer viere sind, weichen die Dämonen. Ich werde mich selbst in eine Kufe setzen und voran hineinrudern, die Kufe mit dem Pechfeuer aber angebunden vor mir hertreiben; so können die Herren sich besser umsehen, als wenn sie sich selbst damit plagen und das Feuer so dicht vor der Nase haben.« –

»Bravo Angelo!« wiederholte der Notar.

»Bravo Angelo!« scholl es auf einmal ganz leise und ironisch aus einer Ecke.

Wir blickten hin.

»O weh, mein Bruder, der Canonico!«, seufzte der Notar für sich hin. – Wir waren mit Angelo zu laut geworden, und alles war verraten.

Der Canonico trat mit erzwungener Höflichkeit heran, und begann mit verbissenem Zorn: »Verzeiht, meine Herren, dass ich so unartig hereingeschlichen. Es wäre nimmer geschehen, wenn mein Bruder da immer handeln wollte, wie es einem guten Christen geziemt. Ich habe schon eine ganze Zeit hier hinter der Glastür gestanden, und mit Verwunderung zugehört, was der alte Mann, der doch endlich klug werden sollte, mit euch fremden Herren und Angelo verhandelt.« –

»Ach! Gerade der musste dazu kommen! Nun wird es gut!« seufzte der Notar und zuckte mit den Achseln. »Lass uns, lieber Bruder!«, bat er den Geistlichen, »ich habe mit den Herren zu sprechen.« –

»So? Zu sprechen? – Nun und was denn alles? Böses, lauter Böses! Seht her, meine Herren, hier ist mein Bruder, der sehr geachtete Notar des Ortes, Herr Giuseppe Pagano, ein studierter Mann, ein gelehrter Mann,« (Don Giuseppe nahm bei jedem Lob, aus Zorn, sein Käppchen ab) »ein trefflicher Familienvater, ein braver Gatte, ein vernünftiger Erzieher seiner Kinder, geehrt und geliebt von jedermann, aber – ein Sack von Narrheit und ein Topf voll Torheit, der oben überkocht! Der oben überkocht!« wiederholte er im Eifer. – »Geh Angelo!« sagte der Notar, »geh, und tue, wie ich dich geheißen.« Angelo ging; der Canonico aber wendete sich zu uns und fuhr fort: »Ihr, meine Herren, verzeihet mir, Ihr lasset Euch, da Ihr fremd auf der Insel seid, von meines Bruders Schwatzhaftigkeit zu einem Unternehmen bereden, das gefährlicher ist als es scheint. In eine Grotte schwimmen, mag Euch leicht dünken, weil Ihr über Ströme geschwommen seid und im Meere nicht untersinkt. – Wis-

set Ihr denn aber, was Ihr in der Grotte für Wasser antreffen werdet, ob das Wasser Euch trägt, ob der Teufel
nicht Trug macht und Ihr sinkt in die ewigen Flammen?
Seht, meine Herren, das wisset Ihr nicht. Ihr habt vielleicht nicht gehört, wie es um die Insel von Haifischen
wimmelt, die den Menschen fressen, weshalb man hier
nur zwischen den Steinen zu baden waget. Gut, werdet
Ihr sagen, sind wir in der Grotte, so sind wir zwischen
den Steinen, und die Haifische werden uns nichts tun.
Was denkt Ihr? Glaubt Ihr nicht, der Teufel könne sich
ganz andere Fische darin halten, wogegen die Haifische
nur fromme Lämmer sind? O, lachet nicht, meine Herren! Was ich sage, ist nicht leere Einbildung. Tatsachen,
reine Tatsachen sprechen dafür. Ihr werdet in alten Büchern von Sirenen und Tritonen gelesen haben. Nun,
diese Sirenen und Tritonen sind Teufel, die solche Gestalt annehmen und noch andere, um dem Menschen zu
schaden und ihn vom ewigen Heil abzuziehen!« –

»Herr Canonico,« warf ich ihm ein, »die Sirenengeschichten sind alte griechische Märchen, daran glauben
wir nicht!« –

»Alte griechische Märchen?«, rief der Canonico, und
hob beide Arme auf. »Wollte Gott, es wären bloß alte
griechische Märchen, so würde man sie nicht noch heutzutage sehen müssen! Wie lange ist es denn her, dass ein
Fischer auf der Insel starb. Wie hieß er doch?«

»Kein Mensch weiß es!« fiel der Notar voll Ärger ein.

»O ja! Viele wissen es noch!« fuhr der Geistliche fort.
»Kurz, der Fischer starb an einer entsetzlichen unheimlichen Krankheit, weil er einen Meermann gesehen hatte.

Wie kam das aber? – Er fuhr in die Nähe jener Teufels-
grotte, da Fische zu harpunieren. Der Morgen war sehr
schön, und er konnte die Muscheln auf dem Grunde des
Meeres kriechen sehen, obwohl es da sechzig Ellen tief
ist. Da sah er auf einmal alle Fische fliehen, aber ganz in
der Tiefe einen einzigen bleiben; derselbe fing an her-
umzuschwimmen, immer höher und höher im Kreise
um seine Barke. Der Fisch hatte Mannslänge. Der Mann
nahm also die stärkste seiner Harpunen in die rechte
Hand, legte die Schnur zurecht und lauerte, die linke am
Ruder. Der Fisch kam immer mehr herauf und sah bald
rot, bald grün aus, ebenso waren die Augen bald rot,
bald grün. Dem Fischer, der nie einen solchen Fisch gesehen hatte, ward etwas unheimlich zu Mut; aber statt
wie ein guter Christ ein Vaterunser zu beten, damit der
Fisch wieder abgezogen wäre, fasste sich der Mann, wie
die Weltkinder sagen, ein Herz, und warf, als der Fisch
ihm nahe kam, die Harpune in Teufels Namen. Da sah
er sie auch mitten in den Nacken des Fisches hineinfah-
ren, das Meer aber färbte sich so rot vom Blute, dass er
bald nichts mehr darin erkennen mochte. Von dem Fische glaubte er, dass er ihn auf der Stelle getötet, weil
die Schnur gar nicht straff ward, und begann sie heraufzuziehen. Siehe da, die Harpune kam ohne Fisch und
ohne Gabel herauf und war mitten entzwei, nicht abge-
brochen, sondern wie abgeschmolzen. Da kam den Fischer eine Furcht an. Er ließ das Ende der Harpune ins
Schiff fallen, ergriff beide Ruder und begann aus allen
Kräften zu rudern, um hinwegzukommen; aber – die
Barke ging nicht von jener Stelle, sondern immer gerade
so im Kreise herum, wie zuvor der Fisch geschwommen

war; endlich aber stand sie ganz still, und aus dem roten Wasser erhob sich ein blutiger Mann, der hatte die Gabel der Harpune in der Brust stecken und drohte ihm mit der Faust. Da sank der arme Fischer ohnmächtig hin, und die Barke trieb mit ihm auf den Wellen bis nach der Marine von Capri. Dort kamen ihm bald Freunde zu Hilfe. Drei Tage war er völlig stumm, endlich, am vierten, konnte er erzählen, was ihm geschehen war. Nun aber erging es ihm wunderbar. Die Hand, womit er die Harpune geworfen, fing an zu dorren und zu welken, wie ein Blatt; desgleichen welkten nach und nach der Arm und alle seine Glieder, zuletzt schrumpften der Leib und der Kopf so zusammen, dass er sterben musste. Die Leiche aber sah nicht aus wie eine Menschenleiche, sondern wie eine getrocknete Wurzel bei einem Apotheker.« –

»Warum nicht gar wie der Zopf an einer Perücke!«, sagte der Notar, stand ärgerlich auf und ging im Zimmer hin und her. Der Canonico ließ sich aber nicht stören, sondern sprach immer weiter, und war ganz unerschöpflich in Märchen von dieser Grotte, die er für reine Tatsachen hielt. Zuweilen, sagte er, erblicke man Feuer darin, zuweilen sähen Tiere wie Krokodile daraus hervor. Der Eingang verändre sich täglich siebenmal, und sei bald weiter, bald enger. Bei Nacht sängen die Sirenen darin, und inwendig sei alles voll von Totengebeinen. Dann und wann schreie es darin wie kleine Kinder. Stöhnen und Ächzen sei das Allergewöhnlichste, was man da vernähme, auch sei es gar nichts Seltenes, dass junge Fischer in jener Gegend verschwänden. –

»Das ist alles nicht wahr und lauter Fabel!«, rief endlich der Notar, dem die Geduld ausgerissen war. »Lass uns, lieber Bruder! Wir haben die Fahrt einmal fest beschlossen, und nichts in der Welt kann uns davon abbringen!«

Der Canonico versuchte nun, den Sinn des Notars mit geistlichen Ermahnungen zu wenden. Dieselben fingen sehr sanft an; da der Notar aber immer entgegen sprach, wurden sie immer heftiger, und beide Brüder endlich so laut, dass die Frau des Notars, die ganze Familie hinter sich, hereintrat und fragte, was sie so entzweie. – Der Canonico rief sie feierlich an: »Hört, liebe Frau Schwägerin, was Euer Mann, mein Bruder, tut! Hört, liebe Kinder, was Euer Vater vorhat! In die Höhle will er schwimmen, morgenden Tages mit diesen Herren!« –

»In welche Höhle?« –

»Ach! In die Teufelshöhle, wovon er immer spricht!«

»I, das wird ja mein Mann nicht tun!«, sagte die Frau ganz erschreckt.

»Ja, Frau, jetzt tue ich es gerade!«, sagte der Notar. »Willst du mitkommen, mein Sohn?«

»Ja!«, sprach der muntre zwölfjährige Bursche, seine Hand fassend; »wo der Vater hingeht, geh ich mit.« – »Bravo!« sagten wir.

Das war dem guten Geistlichen zu viel. Er faltete die Hände und ging, für seines Bruders Seele betend, nach seinem Zimmer.

»Nun haben wir Ruhe!«, sagte der Notar; »jetzt, Frau, lass das Abendbrot aufsetzen. Streiten macht hungrig. Ich will hinuntergehn und von dem besten Wein heraufholen, den ich irgend habe.« – Damit ging er hinaus, und die Frau, gewohnt sich seinem Willen zu fügen, seufzte vor sich hin und tat wie er befohlen. Die Töchter aber fragten uns sehr teilnehmend: ob wir denn wirklich Leib und Seele aufs Spiel setzen wollten? Und gingen nicht im Mindesten darauf ein, als ich die Sache ins Scherzhafte zu ziehen suchte. Das Abendbrot war aufgetragen, der Notar schleppte eine riesige Phiole des köstlichsten Weines heran, und da ihm die Trauer in den Gesichtern seiner Töchter missfiel, gebot er ihnen, zur Ruhe zu gehn. Alle drei sahen sich noch einmal nach uns um, so bange, als wenn sie uns für verlorene Menschen hielten. Dann zogen sie die Tür hinter sich zu.

Der Notar aber sprach aufatmend: »Nun sind wir unter uns, nun wollen wir fröhlich sein!« –

Die Ermahnung ging uns zu Herzen. Wir setzten den trefflichen Meerspinnen und der riesigen Flasche tapfer zu, und stießen mehr wie einmal auf gutes Gelingen unsers Abenteuers an. Der Notar ließ alle Vorstellungen los, die er sich von Jugend an von der Grotte gemacht hatte, ich erfand neue dazu und sprach immer von Statuen und großen Schätzen, die wir da finden würden und finden müssten! – Dem Notar schien in seiner Freude nichts zu abenteuerlich. Er sagte zu allem: »Man kann nicht wissen! Wer weiß! Warum denn nicht? Es ist alles möglich!« und dergleichen mehr. Mein deutscher Freund, der für die Sache weniger begeistert war, schloss endlich: »Wisst ihr, wie ich mir die Grotte inwendig denke? Nass, feucht, dunkel und finster und damit Punktum! Gehn wir schlafen!« – Damit standen wir auf. Der Notar umarmte uns, und da es spät geworden war, eilten wir, zur Ruhe zu kommen.

Ich brachte die Nacht halb schlummernd, halb wunderlich träumend hin. Natürlich führte mich der Traum in
die Grotte. Wir waren dort ausgestiegen und kamen in
lange Gänge. Hier und da waren Gerippe in allerlei Stel-
lungen in Fesseln aufgehangen, wovon eines immer la-
teinisch fluchte. Auf einmal hörten wir Tritte und sahen
den Kaiser Tiberius kommen. Ein römischer Soldat trat
vor und fragte, was wir wollten? Über dem Besinnen auf
Antwort erwachte ich – dann schlief ich wieder ein, und
träumte, wir seien wieder in der Grotte und fänden eine
Tür von Erz. Wir hatten Brecheisen, und als wir die Tür
aufbogen, sahen wir durch die Ritzen einen prächtigen
Saal. Auf einmal sprang die Tür vor uns auf, und ein
Sturm wehte uns entgegen. Das Meer war in den Saal
gebrochen und zertrümmerte die Prachtsitze, die Bild-
säulen und Dreifüße. Alles rollte durcheinander. Die
Wellen ergriffen auch uns und schleuderten uns längs
der gemalten Wände umher. Ich hielt mich, endlich gegen die Decke geworfen, an einen dort angebrachten
Ring, und blieb eine Weile schwebend, aber der Ring
gab nach, die Decke bog ein, alles stürzte zusammen,
und ich – erwachte. Nicht lange, so brach der Morgen
an; ich weckte meinen Freund, wir kleideten uns an und
gingen zu Don Pagano, den wir schon in vollem Zeug
und Zuge fanden. Er hatte einen Korb mit Lebensmitteln
für unsere Expedition gefüllt, auch eine Laterne dazu
gepackt, für den Fall, dass wir in der Grotte ausstiegen.
Überdem kam das Frühstück, der kleine Sohn Paganos
jubelnd dahinter. Nachdem wir uns erquickt hatten, zogen wir fröhlich aus. – Die Familie des Notars blickte
traurig nach. In einer halben Stunde gelangte der kleine

Zug zur nördlichen Marine hinab, wo Angelo, dem sich unser Eseltreiber Michele Furerico gesellt, bereits unser wartete. Die Kufen, Pechpfannen, Laternen und Stricke wurden auf ein kleineres Boot gepackt. Wir selbst bestiegen ein größeres und schleppten jenes nach. Der Eseltreiber und Angelo ruderten nun so schnell mit uns dahin, dass wir sie bitten mussten, langsamer zu fahren, um die Ufer betrachten zu können, indem sie allerlei Merkwürdigkeiten boten. Links gewandt durchschnitten wir, einen langen Streif hinter uns lassend, das spiegelglatte Element, dicht an der nördlichen Küste, vorüber der Neptunsvilla Tibers, und befanden uns bald unter der fast überhangenden Felswand. In dieser bemerkten wir, da, wo sie sich niedriger und niedriger neigt, mancherlei Nischen und Tropfsteinhöhlen, in deren einige das Meer hineinwogt. Ich brannte vor Ungeduld zu der besprochenen zu gelangen; mein Reisegefährt bezeigte jedoch, je näher wir kamen, je weniger Lust mit hineinzuschwimmen. »Der Notar hat uns etwas vorgeschwatzt, wir werden nichts finden, und er wird uns dann obenein auslachen!« war seine Rede. – Ich sagte: Das solle der Notar nicht, wir wollten ihn in die Mitte nehmen, sodass ich voran schwömme und er ihm folge, und wenn sich in der Grotte nichts finde, könnten wir ihn zur Strafe nach Belieben tauchen; dann sei das Lachen auf unsrer Seite. Dieses Vorschlages war mein Freund zufrieden. Wir begannen, uns zum Bade vorbereitend, die lästigen Kleider von uns zu werfen, und ermahnten den Notar, der etwas ernst geworden war, ein Gleiches zu tun.

»Mir ist noch zu warm!«, meinte derselbe und blieb, wie er war. Die Rudernden, vorher ziemlich gesprächig, wurden nun auffallend feierlicher. Nicht lange darnach bogen wir um eine Felsenecke, die Ruder wurden eingezogen, die Barke stand still. Niemand sprach ein Wort.

»Warum wird denn hier angehalten?«, fragte ich.

»Hier ist die Höhle!«, antwortete Angelo mit etwas Befangenheit.

»Wo denn?«, fragte ich wieder.

Da zeigte er mir, im Hintergrunde der kleinen Bucht, den finstern Eingang derselben, nicht viel größer als eine Kellerluke. Das hier tiefblaue Meer wallete ruhig hinein und heraus. Alles schwieg. Don Pagano war sehr nachdenklich geworden.

»Nun, Angelo, macht das Feuer an!«, unterbrach ich die bange Stille, »wir haben nicht viel Zeit und wollen flink hinein und heraus!« – Angelo stieg nun in die kleine Barke, setzte die Pfanne in die eine Kufe, schlug Stahl an Stein, wie Äneas Gefährten, und bald loderte und brodelte ein Pechfeuer so lustig, als man jemals eins gesehen. Die Glut und der Qualm war so groß, dass Angelo, wie er die Kufe damit auf das Meer setzte, ein Gesicht machte wie eine Zitrone unter der Presse.

Wir Fremden lachten herzlich darüber, der Notar aber ward immer ernsthafter.

»Nun, Herr Notar«, sagte ich, »flink ausgekleidet! Wir wollen nun hinein!« –

»Ich bin noch warm, geniert euch nicht! Schwimmt immer voran, ich werde bald nachkommen!« war die Antwort.

»Nein, liebster Freund«, sagte ich daraus, »so ist die Sache nicht gemeint. Wir schwimmen alle zusammen!«

»Aber warum alle?« –

»Weil es sonst aussieht, als ob Ihr Furcht hättet, lieber Herr Notar! Ich will Euch ein bisschen helfen auskleiden!« –

»Nein, nein, lasst mich, ich bin wirklich noch zu warm!«

»Nun, so wollen wir ein wenig warten!«

Der Notar fing endlich an, die Oberkleider abzuwerfen: »Geht nur hinein, ich komme bestimmt bald nach!« – »Nein,« sagte ich, ihn bei den Schultern fassend, »Herr Notar, wenn Ihr Euch nicht sogleich zum Schwimmen bereitet, so werf ich Euch so ins Wasser.« – Dieses Wort, halb ernsthaft halb scherzend gesprochen, verfehlte seine Wirkung nicht. Er war bald von jeder künstlichen Hülle befreit, aber hineinspringen wollte er noch immer nicht. Da gab ich ihm im günstigen Moment einen leichten Druck an die Schulter, und plump! Lag er im Wasser, aus dem er augenblicklich wieder, einem Korkstöpsel gleich, in die Höhe schoss und prustend auf und nieder hüpfte. Er war eine von den leichten Naturen, die im Wasser nicht untergehn, sondern weit hervorragen. Wir Fremden plumpten nun ebenfalls hinein und schwammen lustig um ihn herum. Er hatte mir den Scherz nicht übel genommen, teilte indes keineswegs meine Lustigkeit, denn – der verhängnisvolle Moment rückte heran.

Angelo, in der einen Kufe nach türkischer Weise kauernd, ruderte, die andre mit dem Feuer vor sich hertreibend, dem Eingange zu. Ich glaube, keiner von uns war ohne eine gewisse Bangigkeit. Nicht, als ob ich mich vor fabelhaften Dingen gefürchtet hätte, aber ich gedachte der vom Canonico erwähnten wirklichen Haifische und fragte den guten Angelo: ob man hier welche vermuten könne? – Seine Antwort: »Habt keine Furcht, sie gehen nicht zwischen Felsen!« gab mir nicht genügende Beruhigung; denn, dachte ich, er hat gut reden, er hat seine Beine in der Kufe! – Nun war er unter dem Eingang, nun – tappte er sich an den Wänden hinein. Der gewaltige Rauch des Pechfeuers schlug ihm und mir entgegen, und wir mussten die Augen schließen, als wir unter das innere mächtige Gewölbe kamen. Als ich sie wieder auftat, sah ich alles finster um mich her. Feuer und Rauch blendete, wo Angelo sich an den nassen Wänden forttappte, und nur mit dem Gehör konnte ich, nach dem Hall der rings anschlagenden Brandung, einigermaßen die Größe des überwölbten Bassins ermessen. Ich schwamm in wunderlich banger Erwartung weiter, vergeblich spähend nach Altertümern. Da merkte ich, dass der Notar und mein deutscher Freund, die mir erst gefolgt waren, beide zugleich umkehrten, und wandte mich, sie zu schelten; aber – welch ein Schreck kam über mich, als ich nun das Wasser unter mir sah gleich blauen Flammen entzündeten Weingeistes. Unwillkürlich fuhr ich empor, denn vom Feuer immer noch geblendet, glaubte ich im ersten Augenblick eine vulkanische Erscheinung zu sehen. Als ich aber fühlte, dass das Wasser kühl war, blickte ich an die Decke der Wölbung, meinend, der blaue Schein müsse von da kommen. Aber die Decke war geschlossen, und ich erkannte endlich, vom Feuer abgewendet, halb und halb einiges von ihrer Gestalt. Das Wasser aber blieb mir wunderbar, und mir schwindelte darin, denn wenn die Wellen etwas ruhten, war es mir gerade, als schwömme ich im unabsehbaren blauen Himmel. Ein banges Entzücken durchzitterte mich, und ich rief meinen Gefährten zu: »Bei allem, was schön ist, kommt wieder herein; denn wenn nichts in der Grotte ist als das himmlische Wasser, bleibt sie dennoch ein Wunder der Welt! Kommt, fürchtet euch nicht, es sind weder Haifische noch Teufel hier zu sehen, allein eine Farbenpracht, die ihresgleichen sucht!« – Auf diesen jauchzenden Zuruf fassten sie von Neuem Mut, und schwammen wieder herein. Beide teilten nun mein Entzücken, aber wir alle begriffen das Wunder nicht, wir konnten es nur anstaunen. Zugleich kam es uns sehr begreiflich vor, dass jene Geistlichen vor zweihundert Jahren das Schwimmen auf diesem Himmel von Wasser ängstlich fanden. Angelo hatte nun mit seinem Feuer den Hintergrund erreicht, wo sich ein Ladungsplatz darstellte. Ich schwamm dahin und erklomm das Ufer, wunderbar angeregt: denn die Höhle schien, so groß sie schon war, dort noch viel weiter fortzugehn.

»Hier wird der Gang des Tiberius sein!«, rief der Notar aus dem Wasser. Ich fand es nicht unwahrscheinlich, ließ mir von Angelo eine Laterne reichen, worin ein kleines Lämpchen brannte, und ging bebend vorwärts: denn der Boden war ungleich und sehr schlüpfrig; von der Decke hingen Tropfsteinzacken herab, und bei jedem Schritt veränderten sich die Schatten, überall umherirrend an den abenteuerlich gebildeten Wanden. Bald hier, bald da schien sich etwas zu bewegen. Meine Fantasie, durch das unerklärte Wunder des Wassers und die mannigfaltigen Formen angeregt, sah jeden Augenblick Gestalten, und der Gedanke überflog mich: Es könnte die Höhle ein Aufenthalt von Seeräubern sein. Nun sah ich im Schein des schwachen Lämpchens plötzlich etwas Weißes schimmern, und blieb stehen, es zu betrachten. – Meine Gefährten aber fragten aus dem Wasser heraus: warum ich so zurückträte? – »Weil ich ein Gerippe sehe!« wollte ich eben sagen; aber als ich genauer hinleuchtete, war es eine Tropfsteinbildung, die vor der gespannten Fantasie diese Gestalt angenommen, weil ich anfing, die Höhle für eine Mordhöhle zu halten. Ich schritt weiter vor, aber ein kalter Schauer überlief mich, als ich, vor mich hinleuchtend, plötzlich meinen Schatten nicht hinter mir, sondern neben mir erblickte. Was ist das? Dachte ich bei mir; geht hier eine Tür auf, werden nun die Mörder gegen dich Waffenlosen kommen, und deine Gefährten dich entsetzt verlassen? – Als ich mich aber trotzend zur Rechten wandte, sah ich, dass hier ein Fenster in den Gang gehauen war. Es mündete in die große Grotte, und das Licht des durchschwommenen Eingangs schimmerte herein. »Hier ist eine Spur von Menschenhand!«, rief ich den Gefährten zu; »kommt her und seht ein gehauenes Fenster!« – Der Notar kam eilig näher und krabbelte sich eifrig an dem Felsen herauf, ihm folgte der deutsche Freund. – »Wahrhaftig, ein gehauenes Fenster!« rief Don Pagano, – »hier ist der Gang Tibers, darauf hin will ich den Kopf verlieren!« –

Von dem Fenster aus erschien die Grotte nun in voller Pracht, ein mächtig großes und tiefes Bassin, weit überwölbt von tropfsteingezierten, schön geschwungenen Felsen, das Wasser ein wallender Himmel, dessen blaues Licht die Decke darüber zauberisch erhellte. Am hochroten Saume, der, rings von Seetieren gebildet, alle Ränder der Grotte verziert, funkelten die Brandungen umher, und spielten die Farben aller Edelgesteine. Zum Eingange herein aber schimmerte das helle Tageslicht und breitete, gleich einem Monde, seinen Schein über das Wasser.

Wir beschlossen, über ihrer Schönheit Gang, Tiber und alles vergessend, die Grotte zu zeichnen, um später zu versuchen, ob wir sie malen könnten. Ersteres zu tun, sprangen wir ins Wasser, schwammen hinaus, holten unsre Feldstühle und Mappen, und setzten uns in das Fenster. Einer hielt dem andern abwechselnd die Laterne, damit er sehen könne, was er zeichnete. – So brachten wir zwei Ansichten der Grotte zustande. Unterdes hatten der kleine Pagano und der Eseltreiber die Barken draußen andern Schiffern übergeben, und schwammen nun jubelnd herein und jauchzten im prächtigen Wasser der Grotte herum; sie nahmen sich aus wie schwarze Dämonen. Wo sie hinschlugen, sprühten blaue Funken. Don Pagano aber, dem unser Zeichnen zu lange währte, schwamm hinaus; er hatte Geschäfte in Capri und konnte nicht bleiben, so gern er gewollt hätte. Vor der Grotte traf er den Besitzer des Terrains derselben. Dieser war auf das vernommene Jauchzen und Jubeln gleich einer Ziege am Felsen herabgeklettert, und sah eben mit offenem Mund und neugieriger Scheu nach dem Eingange, als – ein ihm bekanntes Gesicht, eben unser Notar, daraus hervorgeschwommen kam. – »Herr Notar, da heraus kommt Ihr? Was ist denn innen für ein Jauchzen und Jubeln?« – »Der Teufel ist drin!« sagte der nun ganz beherzte Notar mit behaglichem Humor, und schwamm nach der Barke. »Guckt selbst hinein, und seht, was er für ein Gesicht hat!«, rief er von dort, als er das Hemd überwarf. Der erstaunte Eigentümer des Grundstücks fasste nun, auf mehreres Zureden, ebenfalls Mut, warf die Kleider ab, und schwamm zu uns herein. Der Eseltreiber und der kleine Pagano begrüßten ihn jauchzend. Der Jubel, die Höhle, das Wasser, das Feuer, unsere sonderbare Zeichenanstalt, alles setzte ihn in immer neues Erstaunen. »Wie habt Ihr den Mut haben können in diese Luke zu schwimmen? Ich bin hier aufgewachsen, alles das gehört mir, und ich habe nie gewagt zu betrachten, was ich habe! Ihr Fremden habt doch Herzen von Stein und Eisen!« rief er einmal über das andre aus. –

Nun waren wir mit unsern Zeichnungen fertig. Wir beschlossen, die Höhle weiter zu untersuchen, ich nahm die Laterne und ging spähend voran, die andern folgten. Wir kamen zuerst links in ein labyrinthisches Gewölbe von Tropfsteinen und gingen über hohle Krusten hin, die uns, oft nur einen halben Zoll stark, dennoch sicher trugen.

Diese Abteilung der Grotte mündete wiederum mit einer Art Tor nach der größeren, eine der prächtigsten Ansichten gewährend. Wir kehrten wieder um, und fanden, mehr rechts gewandt, einen längern Gang. Diesen verfolgend, trafen wir einige Steine an, die wie Mauerwerk aussahen. –

»Hier ist ein Schatz, und der ist mein!«, rief der Eigentümer, und warf sich darüber hin. Wir mussten herzlich lachen. Es fand sich nichts. Der Schatzsüchtige ließ sich indes nicht irremachen, und die Szene wiederholte sich an andern Stellen zu unsrem Vergnügen noch mehrere Male, bis ein kleiner Vorfall ihn auf einmal aus aller Fassung brachte. Indem er nämlich immer eifrig vor mir herging, stutzte er plötzlich, und kam so eilig zurückgestürzt, dass er mir die Laterne beinah aus der Hand schlug.

»Was gibt es denn da?«, fragte ich verwundert.

»Hört!« war seine Antwort, dabei drängte er sich leichenblass an mich heran, und ich fühlte, wie er zitterte. Der Eseltreiber und der kleine Pagano legten die Hand auf die Lippen, schwiegen und zitterten ebenfalls; mein Reisegefährte sagte: »Nun?«, und Totenstille war um uns her. Nun vernahm man deutlich einen Schall, der wie »piong, pang, pang, pang, pang« aus der schwarzen Tiefe des Ganges ertönte. – »Das ist nur Tropfwasser auf hohlen Stein!« rief ich aus, »vorwärts!« Damit schritt ich weiter voran; aber bald ging es sonderbar: hielt ich die Laterne niedrig, so brannte sie schlecht; hielt ich sie höher, brannte sie heller. – »Seht, wie wunderlich es hier bestellt ist! In der Höhle geht es nicht richtig zu, machen wir, dass wir hinauskommen!« flüsterte der Eigentümer den beiden andern Capreern zu, und alle drei bekreuzten sich.

»Hier ist nichts als schlechte Luft!«, sagte ich zu den Erschreckten.

»Ja, ja, die Allerschlimmste!«, meinten sie; »gehn wir im Namen Gottes wieder hinaus!« – Wir Fremden hielten es nun selbst für das Beste wieder umzukehren, aber bevor wir das in Ausführung brachten, leuchtete ich noch ein wenig voran mit hochgehaltener Laterne. Da sahen wir an einer Stelle des Bodens etwas gleich einem schweren weißen Rauch gelagert. Wir hielten dieses Etwas für ein sogenanntes böses Wetter und verweilten einen Augenblick, es zu betrachten; denn wir hatten nie dergleichen gesehen. Die Capreer aber beschworen uns, umzukehren und tappten bereits ins Dunkel zurück. Keiner von ihnen wollte der Hinterste bleiben. So lächerlich uns dieses eilige Forttaumeln anfänglich vorkam, so ernsthaft wurden wir, als wir bemerkten, dass wir nicht mehr in dem Gange waren, in dem wir zuerst hereingekommen. Das wirre Tappen der Voranstürzenden ließ mich den Irrtum selbst im Schein der Laterne nicht eher erkennen, bis der Ort, den wir erreichten, von den früheren Stellen auffallend verschieden war. »Gott erlöse uns!«, riefen die Capreer. Da der Gang, in welchem wir uns nun befanden, aber viel geräumiger und regelmäßiger als der erste war, legte ich einige Steine in gewisser Ordnung als ein Merkzeichen an die Stelle nieder, wo wir den Irrtum erkannt, und ermahnte alle, diesen Gang ebenfalls zu untersuchen. Wahrscheinlich sei dieser der rechte Hauptgang, indem der andere für ein Römerwerk zu kleinlich erscheine, den andern aber würden wir nach dem Merkzeichen schon wiederfinden. Die Capreer baten mich flehentlich, das neue Unternehmen aufzugeben, und mein Freund wollte mich eben auf den Mangel des Öls in unserer Lampe aufmerksam machen, als sie plötzlich wirklich erlosch. – Da standen wir auf einmal in undurchdringlicher Finsternis, verirrt und ratlos; denn selbst das Merkzeichen, das ich eben hingelegt, vermochten wir, da mehr Steine umherlagen, in der dichten Dunkelheit nicht mehr wiederzufinden. »Wir müssen hier verhungern,« war das erste Wort meines Freundes; »hier finden wir nun und nimmer hinaus!« – Die Capreer klapperten vor Angst, wie in großer Kälte, und murmelten Gebete zu allen Heiligen. Ich, der mir die Schuld an aller Unglück beimaß, musste alle Kraft zusammennehmen, die Besinnung nicht zu verlieren.

»Hier bleibt nichts übrig«, rief ich aus, »als dass wir auf Gott vertraun! Einer muss hier in irgendeiner Richtung fest stehen bleiben, wir andern vier aber müssen rings umhertappen und nach Ausgängen suchen, so gut es sich tun lässt. Durch Zurufen halten wir uns wohl zusammen und finden uns nach dem Stillstehenden so lange zurecht, bis wir unsern Zweck erreicht haben.« –

Mein deutscher Gefährte fand den Vorschlag nicht ohne Sinn und half mir eben die Capreer zur Ausführung ermahnen, als ein furchtbares Geschrei wie das Geheul eines wilden Tieres durch die Finsternis zu uns herdrang. Unwillkürlich drängten wir uns alle aneinander. – Das Geschrei wiederholte sich. –»Gott sei Dank, es ist Angelos Stimme!« rief Michele, der Eseltreiber, »die Höhle macht den Schall nur grässlich. Es ist Angelo, er ruft Michele!« – »Wahrhaftig ist es ein Engel!« rief ich. [5]»Er ist nicht weit, nun finden wir uns wohl hinaus!« – Wir gingen vorsichtig, bald rufend, bald horchend, in

---

5 Der Name Angelo bedeutet einen Engel.

246

langer Linie dem Schalle nach, und der Vorderste war nicht fünfzig Schritte vorgedrungen, als er rief: »Ich sehe einen Schimmer, wir haben gewonnen!« – »Wir haben gewonnen!« rief einer dem andern zu, und nicht lange, so erblickte auch der Letzte das gehauene Fenster wieder. Nach der schrecklichen Dunkelheit erschien uns das Wunder des blauflammenden Wasserspiegels in doppelter Pracht, und alle begrüßten wir den guten Angelo mit einem jubelnden eh viva! Er schaukelte noch immer in seiner Kufe, das Feuer war jedoch ausgebrannt, und da wir so unendlich lange blieben, meinte er, es sei uns ein Unglück zugestoßen, und er hatte halb aus Angst für sich, halb aus Angst für uns, so furchtbar geschrien. Wir stürzten uns nun alle zusammen, aus Lust wieder in den unterirdischen Himmel. Er wallete nun stärker vom zunehmenden frischen Winde, und Angelo trieb uns, die Grotte zu verlassen. »Wollt Ihr die Insel noch umfahren, so haben wir zu eilen!« – Noch einmal erklommen wir das unterirdische Gestade, packten unsere Mappen und Feldstühle in die Kufe die das Feuer getragen, warfen uns wieder in das schöne Element, und schwammen entzückt hinaus, ohne das Wunder seiner Farbe nur irgend begriffen zu haben, ich aber mit dem festen Vorsatz, es ein andermal bis auf den Grund zu durchforschen. – Die Capreer dünkten sich nun Helden und blickten stolz auf den Eingang. »Wir sind doch wieder herausgekommen! Sant Antonio hat uns behütet!« – »Die Leute in Capri werden stehn und den Mund aufsperren!« meinte der Eseltreiber, packte die Kufen in das kleinere Boot, und bestieg es mit dem jungen Pagano;

der alte war mit einem Fischer auf einem andern nach Capri gefahren. Wir bestiegen mit Angelo das große.

»Rudert uns niemand als Ihr?«, fragte ich.

»Seid getrost«, antwortete Angelo, »ich bin Euch für zwei!« Damit ergriff er zween Ruder, hing sie an die Pflöcke, und fuhr uns aus der kleinen Bucht, links gewandt, um den nordwestlichen Teil der Insel. Dort fanden wir noch viele kleine Höhlen, und, da der Wind immer frischer wurde, an den unzähligen Rissen wunderschöne Brandungen. In einer keilförmigen Enge stiegen die Wogen immer zu einem Strahl empor, und schmückten sich, zerstäubt herabregnend, mit Irisfarben. Als wir, die vielen Klippen umfahrend, südlich kamen, gingen die Wogen immer höher, während die Ufer immer unerklimmbarer und mächtiger emporstiegen. Wir hatten Gelegenheit, unsern Angelo zu bewundern. Ganz allein bezwang er mit seinen zwei Ruderflossen all den Schwall schäumenden Wassers. Unsere Barke, mit ihren gemalten Augen, schoss gleich einem Delfin auf und nieder. Mein Freund konnte das prächtige Schauspiel von Angelos Kühnheit auf den Wogen nicht genießen. Er hatte kurz zuvor das Fieber gehabt, und vom Schaukeln empfand er Kopfweh.

»Sant Antonio!« scholl es auf einmal aus Angelos Munde. Ein Ruderpflock war in dem mächtigen Kampfe mit den Wellen gebrochen. Das Ruder aber trieb, Angelos Hand entschlüpft, auf dem donnernden Gewoge wider die Felswand. Ich erschrak, denn mit einem Ruder in solchem Aufruhr, was sollte da aus uns werden? Selbst schwimmend hätten wir nicht landen können, denn die zackigen Ufer hoben sich fast steilrecht über tausend

Fuß hoch. Die Gefahr wurde durch unterseeische Klippen vermehrt, deren Anwesenheit der unregelmäßig
emporspritzende Schaum verkündete. Ich bemerkte auf
einer Zacke der Felswand einen Mann, der, an einem
Seil herabgelassen, Gestrüpp fällte. Er lehnte das Beil hin
und schlug die Hände zusammen, als er uns in solcher
Gefahr sah. Er schien uns gern beistehen zu wollen, aber
weiter herabzukommen war ihm unmöglich, an Hilfe
von seiner Seite war daher nicht zu denken. – Doch Angelo hatte seine Fassung von Sant Antonio bereits wie-
dererhalten, und wusste mit dem einen Ruder das Boot
nicht allein von der Felswand abzuhalten, sondern zugleich so zu lenken, dass ich, den günstigen Augenblick
ersehend, das verlorne Ruder wieder erhaschen und ihm
hinreichen konnte. Ehe er sich, einen Pflock zurück, damit wieder einzurichten vermochte, nahm uns eine ungeheure Woge, und trieb uns so wider die steile Wand,
dass wir vor Entsetzen aufschrien; – aber Angelo hatte
es bereits mit beiden Rudern der Woge abgewonnen,
hielt ab, und weit zurückrollend, trieb sie uns fern von
den umbrandeten Felsen. Der Holzfäller schrie von
oben: »Bravo Angelo! Bravo!« und wir riefen es von
Herzen mit. Es war in der Tat ein Meisterstück der Ru-
derkunst. Angelos ganze Gestalt hatte sich in dem ver-
hängnisvollen Moment erhöht. Die Ruder wuchsen ihm
plötzlich in die Hand, sein Auge blickte fest, seine Füße
wurzelten am Boden, ein sicherer Druck, und – wir waren gerettet. – Unser Beifallruf veränderte sein Gesicht
wenig, er arbeitete ruhig fort; nach einigen Minuten aber
sah er die Felswand, dann mich an, und sagte: »Gott sei
Dank, saß Ihr mir das Ruder gabt, so sind wir entkom-

men!« – Dazu schlug er mit der Hand den neuen Pflock fester, und warf sich aufs Neue mit Kraft in die Ruder.

Nun gelangten wir, etwas entfernt, mehreren Höhlen vorüber, deren schönste die »dell' Orefice« (des Goldschmieds) ist. Sie durchbohrt ein vorspringendes Riff gerade unter der zweitausend Fuß hohen Spitze der Insel. Das Durchfahren war uns diesmal unmöglich. Später habe ich diese durch bunte Farbe der Wände sehr merkwürdige Grotte zuweilen besucht. An einer Stelle zusammengestürzt, bildet sie eine kleine stille Bucht. In diese flüchtete sich einst ein Capreer Fischer vor einem verfolgenden Barbareskenschiff. Die Seeräuber glaubten ihn gefangen zu haben, wenn sie sich ruhig vor den Eingang der Bucht legten. Zum Glück für den Schiffer aber wussten sie nicht, dass er durch den Felsen entkommen könne, und lauerten noch immer vergeblich auf sein Wiedererscheinen, während er schon längst fröhlich bei den Seinigen angekommen war.

Jenes Riff umfahrend, gelangten wir bald zum Sirenenfelsen. Auf diesem platt vorliegenden Steine sahen wir schon von fern einen Mann und einen Knaben stehn und uns mit beiden Armen winken. Als wir näher kamen, hörten wir ihr Rufen. Es waren Michele der Eseltreiber und der kleine Pagano. Wir landeten in der sandigen Bucht neben dem Steine. Da sagte uns Michele: Don Pagano sei, weil die See so hoch gehe, in Angst um unser Leben und habe ihn herabgeschickt, nach uns zu sehen und uns das Weiterfahren abzuraten. Mein Gefährte, den ein Rückfall seines Fiebers schüttelte, beschloss mit dem kleinen Pagano nach Hause zu eilen und stieg ans Land. Ich aber veranlasste Michele, sich mit in das Boot zu setzen und Angelo rudern zu helfen. Mit einem Satz war er bei uns und ergriff das Ruder. Nicht lange, so waren wir unter dem Berge Madonna della libera. Derselbe bildet mit seinem tausend Fuß hohen Zackengipfel nach dieser Seite fast nur eine Nische, so ungeheuer wölbt sich die schon erwähnte rettende Grotte, welche dem Berge den Namen della liberazione, Berg der Befreiung, gegeben, woraus unstreitig libera verstümmelt ward. An seinem Absturz befindet sich noch in ziemlicher Höhe eine zweite Höhle, wo hinein ein Gang aus dem nun verlassenen Karthäuser Kloster führt. Unten am Ufer aber ist mehr östlich die mächtige Grotte des Tiberischen Arsenals, mit vielen Trümmern römischen Mauerwerks. Nunmehr kamen wir den einzeln im Meer stehenden, bis dreihundert Fuß hohen Felsentürmen, den Faraglioni, immer näher und näher. Die Wogen umbrandeten sie mit furchtbarer Gewalt. Nun öffnete sich das prächtige Tor, welches der eine der Felsen bildete. So gewagt es bei der hochgehenden See schien, so mutig steuerten die beiden Männer unsere Barke hindurch; ja, als sie merkten, dass ich die Wände und Decke des Tores betrachten wollte, hielten sie an, und führten ihre Ruder so geschickt, dass ich, freilich gefährliche, Muße hatte, die schönen Tropfsteinbildungen zu betrachten, womit der ungeheure, gleichsam gotische Felsenbogen geschmückt ist. Der hohe Gipfel dieser Klippen wird beständig von Seevögeln umschwärmt und ist überall voll von deren Nestern; zuweilen wird er von mutigen Jünglingen erstiegen. Oben auf soll eine sehr mannigfaltige Vegetation sein.

Als uns die dunkelblauen Wogen zwischen den prächtigen, hier und da goldgelben Klippen hindurchge-
schwungen hatten, entfaltete sich der überraschende
Anblick des südöstlichen Ufers. Etwas Wilderes und
Zerrisseneres von Felsküste habe ich nirgends angetrof-
fen. Hier ist ein Überfluss an den mannigfaltigsten Formen von Zacken, Hängen, Abstürzen, Klüften, Toren,
Rissen, Spalten und Land- und Meergrotten und nichts
malerischer, als die Ansicht der Insel von Südosten im
Mittagslicht. Es ist bisher keine Darstellung derselben
bekannt geworden, vermutlich, weil die hier fast beständig hochgehenden Wogen das Zeichnen nach der
Natur verhindern. Wir wurden gewaltig geschüttelt und
fanden das Meer erst ruhiger, als wir in die Nähe der
Mönchsgrotte kamen. Ich bat meine Schiffer, da zu landen, und fand die Grotte voll der schönsten Tropfsteine.
In ihrem Innern wölbt sich eine zweite Grotte, wo hinein
das Meer dringt, über ihr aber noch eine kleinere, wo die
Tropfsteine Ähnlichkeit mit einer Prozession haben, wenigstens ist der eine vordere leicht für einen Mönch zu
halten. Von diesem mag die Grotte den Namen del Mo-
naco, des Mönches, haben. Wieder in die Barke gesprungen, schaukelten wir nun um das östliche Ende der
Insel, unter der Jupitervilla Tibers und ihrer Grotte hin.
Dort waren wir von der tausend Fuß hohen Felswand
vollkommen gegen den Wind gedeckt. Dies kam uns
umso erwünschter, als das Meer am nördlichen Strande,
an welchem wir nun hinfuhren, mit lauter kleinen Klippen besät ist. Wer bei nur etwas Wind dazwischen gerät,
ist verloren, denn sie sind von der Brandung so ausge-
waschen, dass nur ihre härtesten Adern noch übrig sind,

diese aber haben die Gestalt von Disteln mit unzähligen Stacheln. Einige ragen mit nur ganz dünnen Stielen über das Wasser. – Je mehr wir uns nun dem Ort unsrer Ausfahrt näherten, je schneller schwangen Michele und Angelo die Ruder; und wieder um eine Menge ins Meer hinabgerollter Felstrümmer fahrend, gelangten wir endlich in die nun ersehnte Bucht von Capri. Die Barke rauschte auf den Strand, und wir sprangen auf den Uferkies hinab. Die Leute, welche wir am Ufer trafen, sahen uns mit einem heimlichen Grauen an, stießen sich mit den Armen und sagten: »Die kommen aus des Teufels Behausung« (casa del diavolo). Ich lachte und rief ihnen zu: wir brächten einen bösen Geist in einem Sacke mit; ob sie ihn sehen wollten? – »Sagt nicht so etwas!« fing Michele an, »die Leute glauben es wirklich und halten uns am Ende für Schwarzkünstler, das wäre nicht gut!« – Nun trat ich zu den Leuten, und sagte ihnen, dass ich gescherzt, und dazu, dass diese Grotte ebenso wenig des Teufels Wohnung sei, als irgendeine andere in die sie täglich gingen. – Die Leute behielten aber, ich mochte sagen, was ich wollte, ihr Grauen vor dem Unternehmen. –

Ich machte nun dem guten Angelo ein Geschenk für seine Tapferkeit und ging mit Michele den langen Weg nach Capri hinauf.

Als wir bei des Notars Wohnung anlangten, kam die ganze Familie des Notars mir entgegen. Jedes gab mir eine Blume und drückte seine Freude darüber aus, dass wir alle glücklich am Leben geblieben seien und mit heiler Haut davon gekommen. »Wir haben aber auch für euch gebetet«, sagten sie, und nun erfuhr ich, dass der gute Canonico, während wir in der verrufenen Grotte waren, eigens eine Messe zum Heil seines leichtsinnigen Bruders gelesen, wobei das ganze Haus desselben, inbrünstig betend, gegenwärtig war. Die Freude der liebenswürdigen Leute, dass ihr Gebet erhört worden, war unbeschreiblich. Sie nahmen an unserem Mittagsmahle teil, und waren sehr empfänglich für alle unsere Scherze. Ich sagte ihnen: Angelo hätte eine Sirene gefangen von wunderbarer Schönheit; er halte sie in einem Netze im Meere, weil wir ihm gesagt, sie könne sterben, wenn er sie aus dem Wasser hier heraufbrächte. Die jungen Mädchen wollten schon nach der Marine hinab, sie anzusehen, als ich sie auslachte und sie den Scherz merkten. Bei dem Nachtisch fing der Notar an: »Don Augusto, jetzt lasst uns von etwas Ernsthaftem reden. Unsere Grotte da ist ein solches Weltwunder, dass sie wohl viele Fremde hier nach Capri locken könnte; macht davon eine Beschreibung in mein Fremdenbuch, wer weiß, ob das nicht mir und meinen Kindern zugutekommt.« – Ich war gern erbötig, seinem Wunsche zu willfahren, und schrieb ein – was nun schon viele gelesen und abgeschrieben haben. Als ich die Feder dazu ansetzte, hielt Don Pagano meine Hand zurück, und sagte: »Aber Don Augusto, noch eins! Wie nennen wir die Grotte? – bis jetzt hat sie noch keinen Namen.« – Ich las in seinen Zügen den Wunsch, ich möge sie nach seinem Namen Grotta Pagano nennen; ich hätte ihr auch diese Benennung gegeben, aber da ich ihn gleichsam erst mit Gewalt hineingebracht, hielt ich ihn der Ehre nicht völlig würdig, und antwortete ihm daher: Ich wisse keinen besseren Namen für dieselbe vorzuschlagen als den: Grotta azurra, die himmelblaue Grotte. –

»Azurra?«, fragte der gute Notar.

»Ja«, sagte ich, »azurra.«

»Azurra? – was soll das azurra heißen?« fragte er kopfschüttelnd.

Ich umschrieb ihm das Wort, so gut ich konnte.

Nachdem er eine Weile bedenklich geschwiegen, sagte er: »Mein lieber Don Augusto, azurra ist kein gutes Wort.«

»Warum nicht?«

»Weil es niemand versteht, es klingt so besonders!«

»Nun«, sagte ich; »das schadet nicht, die Grotte ist auch etwas Besonderes.«

»Ja«, sagte er, »das wohl; aber – fuhr er mit freundlicher Höflichkeit fort – warum gebt ihr der Grotte nicht lieber Euren Namen?« – Er erwartete nun, dass ich ihr aus Gegenhöflichkeit den Seinigen geben würde; ich sagte ihm jedoch: Meinen Namen könne in ganz Italien niemand aussprechen; überdies sei Angelo mit dem Feuer vorangeschwommen, und wolle man sie nach einem von uns nennen, müsse sie ganz allein nach dem ersten benannt werden. Ich zöge indes vor, sie mit dem Namen azurra zu bezeichnen, dieser werde die Neugier der Fremden weit mehr locken, als irgendein Menschenname. »Nach Menschen heißen so viele Grotten!«, schloss ich meine Rede.

»Ja, aber – fing Don Pagano wieder an – azurra ist kein gutes Italienisch!«

»So?«, meinte ich, »soll ich Euch aus Büchern beweisen, dass es ein gutes Wort ist?« –

»Was bedarf es der Bücher? Ich bin ein geborener Italiener und weiß, dass es weder gesagt noch geschrieben wird.«

»Herr Notar!«, sagte ich, »lasst uns einmal in Eurer Bibliothek ein bisschen nachsehen, ich will das Wort schon finden!« – Ungern folgte er dahin, und noch ungerner sah er es, als ich ihm dasselbe Wort in sehr vielen Schriften nachwies. – Dennoch sträubte er sich dagegen, und meinte: »Aber lieber Don Augusto, hier auf Capri versteht es niemand.« – »Nun,« sagte ich, »die Fremden werden es schon verstehn, die lesen Eure Poeten, bei denen kommt das Wort oft genug vor! – Warum seid Ihr nicht zuerst in die Grotte geschwommen? Dann hätte ich sie Grotta Pagano genannt.« – »Ja, sagte der Notar, ich war ein rechter * * * dass ich zurückblieb; aber in dem Augenblick fielen mir meine Kinder ein, und, ich leugne es nicht, auch die Geschichten von meinem Bruder, dem Canonico. Nun also gut, ich habe die Ehre nicht verdient; so heiße sie Grotta azurra!« – Damit ergab er sich in alles, und ließ mich schreiben, was ich wollte.

Das angenehme Gefühl, von einem Phänomen so außerordentlicher Schönheit überrascht worden zu sein, wo ich nur alte Trümmer vermutet, ward dadurch bis zum Überreiz erhöht, dass das zauberisch flammende Blau des Wassers in der Grotte für mich damals ein unerklärbares Rätsel geblieben war. In Gedanken schwankte ich noch beständig auf dem unterirdischen Himmel umher, mit der schwindelnden Empfindung, als müsse ich in die unabsehbare Unendlichkeit fallen und fortfallen, wie man es wohl im Traum zu tun pflegt, und ich gab mir alle ersinnliche Mühe, irgendeinen Grund der wunderbaren Lichterscheinung aufzufinden; aber vergeblich. Diese fruchtlose Bemühung versetzte mich zuletzt in eine peinigende Unruhe, die natürlich nicht eher enden konnte, bis ich die Grotte von Neuem untersucht. Da das Wetter fortwährend stürmisch war, litt ich mehrere Tage an einer wahren Hypothesenqual. Endlich heiterte der Himmel sich auf, und eines Nachmittages trat völlige Windstille ein. Da eilte ich, wie ich konnte, allein nach der Marine hinab. Der Strand wimmelte von Fischern, und ich gedachte nun augenblicklich ein Boot zu mieten und hinzufahren, aber – Angelo war nicht da, und keiner von allen den Schiffern wollte mich auch nur in die Nähe der Grotte fahren. Ja, sie riefen sich mein Begehren von einem Ende zum andern zu, und so weit ich sehen konnte, sah ich nichts, als die rechte Hand an den Hals halten – zum Zeichen der Verneinung. Die Leute traten auch wunderlich in Gruppen zusammen, murmelten untereinander und zeigten mit beiden Händen nach mir. Ein sehr alter Mann aber sprach zu mir: »Mein Herr, seid gesegnet, in der Höhle ist der Teufel.« – Was ich auch dagegen sagte und bot, niemand wollte Hand ans Ruder legen, »und wenn Ihr hundert Dukaten bötet!« schrien sie. Endlich, nachdem beinahe der Abend herangekommen war, schaukelte Angelo von der Tunnara her, in einem ganz kleinen Boot, ans Land. Ich lief ihm entgegen, und so müd er war, fand ich ihn doch bereit, meinen Wunsch zu erfüllen. Seine Freunde wollten ihn zwar von der Fahrt abreden, aber er sagte ihnen: »Gott hilft uns, was will uns da geschehn?« – »Was will uns da geschehn?« rief noch eine Stimme. Es war Michele, der mich von fern gesehen, und sich sehr willig bezeigte, das Wagestück noch einmal mitzumachen. Ich stieg mit ihm ein, und pfeilschnell durchfuhr das Boot die spiegelglatte Fläche. So ruhig war das Meer an jenem schönen Abende, dass Angelo, als wir bei der Grotte ankamen, sagte: »Heute brauchen wir nicht zu schwimmen, die See hat gar keine Wogen: Ich will sehen, ob ich nicht mit dem ganzen Boot durch den Eingang schlüpfe.«

Gesagt, getan, wir schaukelten, drückten und bogen den kleinen Nachen in jener Enge so hin und her, dass er endlich plötzlich, wie geschnellt, in das Innere der Grotte fuhr. »Sant' Antonio!« rief Angelo, nahm die braune Kappe vom Kopf, faltete die Hände und fing an zu beten.

»Was habt Ihr, Angelo, welche Furcht befällt Euch?«, fragte ich.

»Ja«, meinte Angelo, »herein wären wir nun; aber – wie kommen wir wieder heraus? Mein Schiffchen ist ganz zerschunden, so eng ist die Pforte; ich fürchte beinahe, wir müssen ewig hier bleiben!« –

»Kommt Ihr auch aus solchen Aberglauben?«, sagte ich. »Habt guten Mut! Bringen wir die Barke nicht hinaus, wenn wir darin sitzen, so schöpfen wir sie halb voll Wasser und stoßen sie schwimmend hinaus.« –

»Ihr habt recht: so geht es!« meinte Angelo nun; »aber unsre Kleider werden nass werden!« – »Immerhin!« sagte ich.

Indessen waren wir in den Hintergrund der Grotte gekommen, und das Schauspiel, welches sich nun unsern
Augen bot, war ganz neu und von unbeschreiblicher
Anmut. Die Grotte war nämlich, da die Abendsonne an
den Eingang schien, weit mehr erhellt, als an jenem
Morgen, und ihre vielzackige Wölbung zeigte sich in
voller Farbenpracht, wo sie heller war, leicht gespiegelt
von dem himmelklaren Wasser. Ich ließ die Ruder ein-
ziehen; da ruhte das liebliche Element beinahe völlig,
und man hätte es für den blauen Himmel selbst ansehn
können, wären nicht bald hier, bald da, silberne Tropfen
von der Decke herabgefallen, die es, melodisch tönend
und blaue Funken stiebend, mit einem anmutigen Spiel
von wallenden Ringen schmückten. In dieses melodi-
sche Geträufel stöhnte dann und wann, wie eine atmen-
de Menschenbrust, die leise Brandung, erst außerhalb,
dann innerhalb der Grotte. Ich sah nun auch Scharen
von einer Art kleiner Fischchen, die, obwohl sie sonst
bunt wie Kolibris erscheinen, hier wie schwarze Schwalben in dem Himmel unter mir umherflogen. Wie man
ein fernes Gebirge zu erkennen glaubt, wähnte mein in
das Blau hinabspähendes Auge nun endlich den Boden
des Meeres in der Grotte zu erkennen. Ich machte die
Schiffer darauf aufmerksam, wie die fast gelbbraunen
Pfeiler, welche das Gewölbe trugen, mit einem grünli-
chen Schimmer unter dem Wasser fortgingen und in
tiefster Tiefe einen weiten Felsenkessel umgäben. Da sie
aber immer behaupteten, es sei der Spiegel des Gewöl-
bes über uns, ließ ich endlich einen Stein, der sich im
Boote vorfand, leise hinabsinken. Nach langer Zeit sah
ich denselben sich, wo ich vermutet hatte, von Luftbläs-

chen umgeben, wie einen Klumpen Silber lagern, und mein Beweis war geführt. – Ich zeichnete die Grotte nunmehr noch von zwei andern Punkten. Dabei bemerkte ich, wie das Blau nicht vom nördlichen Eingange her, sondern an der westlichen Felswand am hellsten leuchtete; auch schienen mir die Pfeiler daselbst nicht weiter hinunter fortzugehn, sondern nur gleichsam ins Wasser hineinzuhangen. Ich untersuchte den Fels mit dem Ruder und fand, dass er unter dem Wasser, nach dem äußern tieferen Meer hin, eine ungeheure Öffnung hatte, sodass ein guter Taucher unter diesem Felsen hinweg in die Grotte hinein und heraus schwimmen könnte. Diesen Weg nehmen denn auch die Lichtstrahlen, und da das Wasser die Beleuchtung in die Grotte fortsetzt, während ihm selbst das tiefere Meer zum dunkeln Hintergrund dient, muss es als ein erleuchtetes Mittlere, gleich der Luft des Himmels am Tage, notwendig blau erscheinen, und ebenso blaues Licht verbreiten. Da der Boden in der Grotte selbst erleuchtet ist, nimmt das Blau nach ihrem Innern hin allmählich ab, und wird mehr und mehr ein stumpferes Grüngrau, bis wo die Brandung an den bunten Saum der Felsen anschlägt und das empfangene Licht brillantiert vielfarbig zurückwirft. Ich ließ nun ein Ruder still in das Wasser halten, und die Beleuchtung desselben an verschiedenen Stellen der Grotte bestätigte meine Meinung, bis ich endlich, recht aufmerksam hinschauend, das ganze unterseeische Tor und den nach außen schroff abschüssigen Meergrund vollkommen unterscheiden konnte. Ein Gewimmel von Fischen, das nun hereingezogen kam und ebenso wieder hinausschwamm, ließ endlich darüber gar keinen Zweifel mehr übrig; – das Wunder war erklärt, und doppelt entzückt, vermochte ich mich kaum vom Ort zu trennen. Endlich machte mich Angelo darauf aufmerksam, wie es schon dunkler und dunkler werde. Die Sonne war im Sinken, – da eilten wir hinauszukommen; aber Eile mit Weile: Wir mussten noch große Geduld anwenden, ehe die Dämonen uns entließen! Das Boot war zu breit, auch begann nach Sonnenuntergang ein Lüftchen Wellen aufzuregen, wodurch unsere Arbeit noch mehr erschwert wurde. Endlich stemmten wir uns gegen die Decke des Einganges, drückten das Boot etwas ins Wasser, und sieh, es gelang. Wir entkamen diesmal trocknen Fußes. Angelo rief: »Gott sei Dank, dass meine Barke heraus ist! Hätte ich sie darin lassen müssen, so würde ganz Capri sagen, der Teufel habe sie behalten, und mich für nichts Gutes ansehn!« – »Ja,« meinte Michele, »schon wegen neulich betrachten die Meinigen mich als eine halb verlorne Seele!« –

Hoch erfreut von dem glücklichen Ausgange meines zweiten Besuches der Grotte, kehrte ich zu Don Pagano und meinem deutschen Freunde zurück.

Wie oft ich später auch in die Grotte, unter vielerlei anmutigen Verhältnissen, geschwommen und gefahren bin, wovon sich manches erzählen ließe, stehe hier zum Schlusse nur noch die kurze Schilderung eines Besuchs, den ich ihr in Gesellschaft des jungen kühnen Fürsten von T. und des Grafen von L. bei ziemlich heftigem Sturm gemacht. – Wir hatten mehrere Tage auf Capri vergeblich auf ruhiges Meer gehofft, sodass Fürst T. ungeduldig ward, und, als ein guter Schwimmer, dem Sturm zum Trotz das Eindringen in die Grotte zu erzwingen beschloss. Als er sich davon nicht abreden ließ, zeigten sich Graf L. und ich ebenfalls zu dem Abenteuer bereit. Nur mit Mühe wurden Angelo und Michele zur Fahrt beredet. Wir nahmen ein ziemlich großes Boot, und unsere Ruderer kämpften sich durch die weiß-schäumenden Wogen bis zur Bucht der Grotte hin.

»Hier ist die Grotte!«, sagte ich.

»Wo?«, fragte der Fürst. – Es war nichts von dem niedrigen Eingange zu sehen: Die geschwollenen Wogen verbargen ihn gänzlich. Auf einmal, als die Woge hohl ging, erschien er in der Tiefe. – »Da unten ist der Eingang!« rief ich hastig. –

»Nun gut«, meinte der Fürst, »so erscheint er doch dann und wann, und wir können am Ende doch hinein schlüpfen?« Mit diesen Worten war er schon auf einen vorspringenden Felsen hinausgesprungen, und lud uns ein, ein Gleiches zu tun. – Angelo und Michele rangen nun wieder mit dem weißen Geschäum und brachten das zurückgeworfene Schiff, nicht ohne Gefahr, wieder so nahe, dass Graf L. und ich ebenfalls hinausspringen konnten. Fürst T. hatte sich bereits zum Schwimmen entkleidet. Vergeblich versuchten wir ihn, indem wir uns auch entkleideten, von dem Wagstück abzureden. Ehe wir uns dessen versahen, war er von unsrer Seite verschwunden. – »Um Gottes willen, wo ist er hin?« rief Graf L.

»Gewiss ist er schon hinein!«, antwortete ich, »es ist entsetzlich genug! Er kann an den Felsen zerschellt sein!« –

»Das ertrag ich nicht!«, rief der Graf, »ich muss ihm nach!«

Ich wollte ihn zurückhalten und an seiner Statt hinein-schwimmen; aber mit mir zugleich warf er sich wie ver-zweifelt auf das Wasser, und mit hohler Woge hineinge-schlüpft, sahen wir uns in einem Augenblick in der Mit-te der Grotte. Den verwegenen Fürsten fanden wir un-versehrt. Jubelnd und jauchzend schwamm er in dem himmelblauen Aufruhr hin und her, und wir beide stimmten ein in sein entzücktes Rufen, welches freilich von dem Donner der Brandungen weit überhallt wurde. Das Schauspiel, welches sich unsern Blicken darbot, war in Wahrheit einzig. Zuweilen kamen die Wogen so hohl an, dass sie das unterseeische Tor auftaten und das Ta-geslicht unter dem Felsen durchschimmern ließen. Dann war die Brandung im Innern der Grotte furchtbar schön; denn wenn sie anschlug, war Tor und Eingang schon wieder geschlossen, und sie schlug über als eine mächti-ge blaue Lohe, wozu der zerstiebende Schaum sich wie Rauch gehabte. Kam die Woge jedoch voll an, so schoss ein voller silberner Strahl bogenförmig zum Eingange herein, und zerstob mit blauem Feuerregen auf dem in-nen tobenden Gewässer, das ein Geroll von Millionen Edelsteinen darstellte. –

Wir konnten uns des Anblicks nicht ersättigen, und wurden, immer hin und her schwimmend, endlich so kühn, dass wir zum Scherz hinaus- und hereinschwam-men; zuletzt schwammen wir zu dem außen kämpfen-den Boote, wo wir von Neapel mitgebrachte Wachsfa-ckeln, Laterne, Feuerzeug, Messstricke und ein gutes Frühstück, alles in eine Kufe gepackt, holten, und glücklich im Innern der Grotte landeten. Wir ließen in der Kufe nur einen langen Strick, woran ein gewaltiger Stein hing, und schwammen damit nach der Mitte des Bassins, dessen Tiefe zu messen, die – bei dem gewaltigen Gewoge natürlich, jeden Augenblick eine andre war. Wir ließen den Stein hinabfahren, dessen Strick sogleich einen von uns auf einen Augenblick mit hinabriss. – Nachdem wir das mittlere Maß in den Schwankungen genommen, gab das Heraufziehen des Steines unendlich viel zu lachen; denn weil derselbe so schwer war, tauchte jeder Heraufziehende immer etwas ins Wasser nieder, während die Wogen uns alle, samt der Kufe und dem Strick, auf die lächerlichste Weise durcheinander wirbelten. Endlich hatten wir den Stein wieder in der Kufe und maßen nun die Grotte nach andern Richtungen. Wir fanden sie etwas über hundert Fuß lang, nicht völlig so breit und das Wasser darin halb so tief. Die sehr ungleiche Höhe der Wölbung über dem Wasser schätzten wir an ihrem Gipfel etwas über dreißig Fuß. – Nach dieser, eben nicht haarscharfen, aber doch nicht überschätzenden Messung stiegen wir am Innern Landungsplatze aus, wenn man ein Emporgeschleudertwerden und hastiges Anklammern, wobei wir ziemlich zerschunden wurden, irgend so nennen darf. Wir saßen dennoch sehr bald herzlich vergnügt auf der umgestülpten Kufe, und verzehrten, das prächtige Toben des Elementes betrachtend, gemütlich unser Frühstück. Aber als die Begierde des Tranks und der Speise gestillt war, entzündeten wir die Fackeln, und eilten den Gang Tibers zu untersuchen. Wir drangen weiter vor als das erste Mal, zuletzt aber verengte sich der Gang durch zum Teil neue Tropfstein-

bildungen so, dass zuerst ich, dann der Fürst zurück-
bleiben mussten. So weit der schlankere Graf L. vorgedrungen war, wurde er zuletzt doch ebenfalls geklemmt,
und musste umkehren. Das Zurückgehen war nicht so
leicht als das Hineingehn. Wir waren an einigen Stellen
leicht hineingeschlüpft, aber beim Herausgehn hatten
wir oft stachlichte Zacken gegen uns, sodass wir nicht
mit heiler Haut durchkamen. – Den großen Gang, den
ich bei meinem ersten Besuche der Grotte gesehen,
konnten wir mit aller Anstrengung nicht wiederfinden.
Hier und da sahen wir die Decke neu eingestürzt, und es
ist zu vermuten, dass er so geschlossen worden. Die
Fußtapfen, welche der erste Besuch der Grotte dem weichen Schlamm eingedrückt, fanden wir nun schon in
harten Stein verwandelt. – Nach den herabgefallenen
Tropfen der Wachsfackeln fanden wir uns sicher nach
dem Landungsplatz hin, und warfen uns wieder in das
prächtige Element, zogen die Kufe mit den Geräten hinein, und stießen sie jubelnd vor uns her durch den Eingang, erklommen den Felsen, und sprangen, schnell angekleidet, wieder in unser Boot. Da der Wind von Norden wehte, beschlossen wir, trotz der Bewegung des
Meeres, die Insel zu umfahren, fanden auch die Wogen
an der Südseite so mäßig, dass wir die Fahrt mit wah-
rem Behagen vollbrachten.

Seit jener Zeit wird die Grotte mehr und mehr von Einheimischen und Fremden besucht. Manchem erzählen-
den Dichter hat sie die Szenerie zu Episoden und Märchen geliehen; ich begnügte mich hier, einiges von dem
zu schildern, was ich darin wirklich erlebt und erblickt
habe. –

Die Besteigung des Ätna

(Ein Brief)

Neapel, den 20. Dezember 1827.

Geliebte Mutter!

Meinen herzlichsten Glückwunsch an euch alle voran, will ich, da ich vermute, dass meine Schilderungen aus Sizilien euch Freude machen, weiter darin fortfahren. Von Trecastagne, froh, nicht mehr die schmutzigen Mönche um uns zu sehen, eilten wir nach dem schönen Catania durch lauter blühende Gärten hinab. Das Wetter erheiterte sich immer mehr, und als wir in der Stadt, die ein völlig modernes Ansehn hat, ankamen, umfing uns ein Himmel wie blaues Glas. Wie froh wir dadurch gestimmt wurden, verdross es uns doch sehr, dass wir den halben Ätna (den nun keine Wolke einhüllte als die seines Atems) wieder herabgekommen; dies wurde uns noch verdrießlicher, weil alle Gasthöfe so von Fremden überfüllt waren, dass wir unter dem glühendheißen Dache mit zwei Zimmern vorlieb nehmen mussten, in denen kaum für die Betten Raum war. Als wir uns daher wieder menschlich angekleidet, ein wenig gesessen und – geschlummert, eilten wir, es war noch früh am Tage, in die luftigen Straßen, die trotz der heißen Sonne gegen die glühenden Öfen, in denen wir wohnten, eine wahre Erquickung waren. Uns schien eine Eisbude vor der Hand das Merkwürdigste, weil wir, so ganz erschöpft, für nichts Sinn hatten, als eben für Erquickung. Diese wurde uns in solcher Vollkommenheit gereicht, dass wir aus der Hölle uns in den Himmel versetzt und Ambrosia zu speisen glaubten. Nichts stellt die von Hitze erschöpften Glieder so rasch, so augenblicklich her als ein Glas Eis. – Catania war sehr belebt, weil der neue Vizekönig die Stadt mit seinem ersten Besuch beehrte. Aus allen Fenstern hingen bunte Teppiche. Wir gingen die Straße Stesichorea (nach dem griechischen Dichter Stesichorus so genannt, der vor 2000 Jahren in derselben begraben worden) auf und nieder. Die wenigen Equipagen, die in Catania sind, begannen den Korso. Die Fenster füllten sich mit Damen, die auf den Vizekönig herab einen Regen von zerblätterten Blumen gossen; vergeblich aber suchten unsere Augen nach den berühmten Cataneser Schönheiten. Die schönste Dame, die wir sahen, war einer Deutschen eher ähnlich als einer Griechin. Die Catanerinnen haben ihren Ruhm, wie es scheint, nur ihrem seltenen Erscheinen zu danken, denn nur der Vizekönig vermochte sie unverschleiert ans Fenster zu locken. – Leider gab ich die treffliche Empfehlung, die ich an einen liebenswürdigen Kaufmann hatte, nicht denselben Tag ab; ich wäre sonst mit auf den großen Ball geladen worden, den die Stadt dem Vizekönig zu Ehren gab. Wie interessant wäre es mir gewesen, das schöne Catania im höchsten Putz zu sehen und in flüchtigen Gesprächen die vergeblichen Bemühungen schöner Lippen zu beobachten, welche ihren naiven Dialekt zu verbergen streben und doch immer in das tiefe Sizilianisch hineinplumpen. Als das Blumenregnen und der Korso vorüber waren, gingen wir an das schwarze Lavaufer, setzten uns auf die von stürmischer Brandung zerstörten Sitze nieder, und ließen uns von jetzt lieblicher und sanfter Seeluft anwehen. Das Meer schäumte nur hier und da um das finstre Gestade, welches sich wie ein schwarzer

Saum dem Fuß des Ätna umherschmiegte, der höher mit Gärten, oben mit Schnee bedeckt, in die Glut der Abendsonne hineindampfte. Schiffe aller Art zogen auf dem blauen Meer hin und her; ihre weißen Segel röteten sich mehr und mehr, bis das Gestirn des Tages hinter der Stadt versank, und der Schatten des Erdrandes am Ätna aufstieg, sodass zuletzt seine Dampfwolke allein glühte. Dunkel umfing uns, wir schlenderten nach Hause mit dem festen Entschluss, das herrliche Wetter zu benutzen und sogleich den andern Tag des Ätna Gipfel zuzueilen. Sehr fantastische Träume von den Wundern des Ätna, die ich nun bald sehen sollte, raubten mir alle Erquickung des Schlafes; dennoch trat ich, in Begleitung meines Gefährten, die Reise vor Anbruch des Tages an, und zwar, der schlechten Maultiersattel überdrüssig, zu Fuß. Unser Gepäck ließen wir, die Zeichenbücher ausgenommen, in Catania und gingen wie spazieren durch die prächtigen Dörfer Gravina, S. Lucia und Massanunziata auf dem ungeheuren Bauch des Berges hinan nach Nicolosi, anfangs von Gartenmauern oder Häusern eingeschlossen, dann freier die Ebene des Meeres überschauend, an den Lavafeldern von 1669 hin. Die mannigfaltigen Formen bunter Gebirge Siziliens sanken immer tiefer und tiefer, und immer neue traten am Ende des Horizontes hervor. Der Tag war himmlisch! Eine sanfte Luft kühlte unsre glühende Stirn. Die schöne breite Straße erhebt sich so allmählich wie die Wege in englischen Gärten. Ehemals muss der schwarze vulkanische Sand das Aufsteigen sehr unangenehm gemacht haben, wie es noch jetzt hinter Nicolosi ist. Da ich von Siegerts Freunde in Trecastagne eine Empfehlung an D. Gemmellaro hatte, eilte ich, denselben aufzusuchen. Er nahm uns sehr freundlich auf, und erinnerte sich noch lebhaft an Kephalides und Förster, deren Tod er schon durch einen Fremden erfahren. Er fügte hinzu: Man glaube allgemein, viele Nordländer stürben bald, nachdem sie den Ätna bestiegen. Ich sagte ihm: Das wäre immer besser, als wenn sie vorher stürben; worin er mir Recht gab und eine Flasche seines besten Weines bringen ließ, der um sein Haus her in goldenen Trauben gehangen, und, von unterirdischem und überirdischem Feuer durchdrungen, die Heiterkeit unseres Gespräches erhöhte. Er sprach mit Begeisterung von seinem Muttergebirg Ätna, welches er seit seiner Jugend nach allen Richtungen umreiset. Sein Plan vom Ätna wird jetzt in London gestochen. Nach einem trefflichen Mittagmahl dingten wir die Piloten, die uns auf den Gipfel leiten sollten, wohin wir auf guten Maultieren um elf Uhr abends zu reiten beschlossen, um den Sonnenaufgang von der Spitze am Krater zu sehen. Da wir noch Zeit übrig hatten, gingen wir nach dem verlassenen Kloster S. Niccola, wo wir eine Gruppe Pinien zeichneten, und dann nach Nicolosi zurückkehrten, daselbst bis um 11 Uhr auszuruhen. Meine Fantasie war indes wieder so aufgeregt, dass ich von einem Erdbeben nach dem andern träumte, ja zuletzt kam es mir vor, als wenn der ganze Berg mit seinen hundert und hundert Kratern und Dörfern wie ein Teig aufginge und gärte; dabei drehte sich eine Ortschaft immer an der andern vorbei, sodass sich die Leute wie auf Schiffen aus den Fenstern zuriefen. Ganz Catania stieg wie eine Brandung am Berge herauf. Mitten im weiten Meere erhoben sich andre Feuer speiende Berge, zwischen denen die Schiffe, deren Segel verbrannten, sich durch Rudern helfen mussten, und doch nicht wussten, wo sie alle hin sollten. Ich sah aus den Kratern Fische fliegen, die noch zappelten, aber, ins Meer gefallen, starben und mit umgewandtem weißem Bauch hintrieben, und es kam mir vor, als wenn sich Haifische um ihre Körper zankten. Syracusens Lehne krümmte sich wie Holz im Feuer, und Syrakus kam in einem Golf Catania gegenüber zu stehen. Wir selbst bewegten uns immer auf und ab, wie auf sehr großen Wogen, sodass ich froh war, als das laute Pochen unsres Führers mich aus einem so fieberhaften Zustande weckte. Wir sprangen fröhlich auf und bestiegen bei dem schwachen Schein einer Laterne unsere hohen Maultiere. Da oben noch viel Schnee lag, nahmen wir ein Paar Bauernmäntel, Kapuzinerkutten nicht unähnlich, mit, und ritten im Schein der Gestirne aufwärts. Das schwache Licht der Laterne diente, der beweglichen Schatten der Maultiere wegen, nur unsre Augen noch mehr zu irren und unser Gemüt fantastischer zu stimmen. Erst durch eine lange Wüste schwarzen Sandes, dem Monte Rossi vorbei, welcher mit seinem Krater dunkel gegen den Himmel stand, zogen wir still hinan, bis uns die waldige Region (rechts den Berg Ardicazzo, links den Rinazzi) empfing. Die von Äxten der Holzhauer verstümmelten Eichen gingen wie allerhand Riesen und Ungeheuer an uns vorüber, und wir mussten uns zuweilen tief beugen, nicht von ihren Armen gefasst und aus dem Sattel geworfen zu werden. Bald glaubten wir, zu dicht an Felswänden zu reiten, bald sahen wir Abgründe neben uns, wo keine waren, und waren oft nahe daran, erträumten ausweichend, in wirkliche zu stürzen; wenn nicht unsre braven Maultiere gescheiter waren als wir. Die Luft wurde merklich kälter, je höher wir kamen; das Laub der Bäume erschien immer dünner, bis wir endlich nur Knospen, und zuletzt ganz kahle winterliche Zweige fanden. Wir hatten nun die Mitte des Weges erreicht, stiegen ab, und machten ein Feuer an, uns dabei zu wärmen. Die Maultiere ließen wir grasen und stärkten uns selbst mit ein wenig Wein, Brot und Schinken. Bei dem Feuer bemerkten wir erst, dass unsere Führer nicht die gemieteten, sondern mit schlechteren vertauscht waren. Sie gaben sich indes für Brüder derselben aus, und wir mussten uns nun darein finden, wie ärgerlich es war. Die Kälte nahm zu; wir gingen, uns zu wärmen, ein Stück zu Fuß, stolperten aber so viel über Baumwurzeln und Steine, dass wir es endlich wieder vorzogen, auf den schlechten Sätteln zu hölzernen Reitern zu erstarren. Dabei quälte uns das bange Gefühl, dass wir in immer höheren Kältegrad hinaufritten und durchaus an kein Abnehmen zu denken sei. – Es war so dunkel, dass wir von dem Berg vor uns durchaus keinen deutlichen Begriff erhalten konnten; unseren starrenden Augen erschien er wie ein weites schwarzes Tor. Unter uns dröhnte es im Innern der Erde oft wie der tiefe Ton einer Orgel. Der Führer meinte, es habe nichts zu bedeuten. Auf einmal trifft durch das schwarze Geäst ferner Bäume ein heller Strahl meine Augen. »Dort ist schon Feuer!«, rief ich meinem Gefährten zu; indem breitet sich ein weißes Licht fernhin horizontal aus – es war das unendliche Meer unter uns, welches nun den aufgehenden Mond spiegelte. Eben als wir die waldige Region verließen, trat es silbern aus der Dunkelheit der Nacht hervor, die es bisher unsern Augen ganz verborgen hatte. Auch jetzt sah man nur den Schimmer des Mondes darin; das Übrige verschwand in die schwarze Ferne; nur wo keine Sterne mehr funkelten, zog die Fantasie seine Grenze. Aber als wir nun völlig ins Freie kamen, erstarrte unser Entzücken von dem entsetzlichen Eiswind, der uns entgegenheulte und seine Stimme mit dem unterirdischen Gebrüll vermischte. »Fa freddo!«, sagte ich zum Führer. – »Si, Signure, fa friddu,« sagte er. So ging es anderthalb Stunden weiter. Was wie ein großes Tor erschien, erkannten wir nun im helleren Mondlicht für einen schwarzen Berg, an dessen Hange Schnee schimmerte. – Unsere guten Maultiere wurden in der immer feineren Luft immer nachdenklicher und blieben alle drei vier Schritt stehn und rupften an den igelförmigen stachlichten Pflanzen, welche zu ihren Füßen nur allein noch die Pflanzenwelt repräsentierten. Endlich hörten auch diese auf, und die atemlosen Tiere standen völlig still. Vor uns lag ein Schneefeld, welches der Führer lago nannte, und uns ersuchte, nunmehr abzusteigen: li muli nun caminannu mmenzu la nivi« (die Maultiere laufen nicht im Schnee) sagte der kleine Knabe, der mit uns war. – Das Absitzen ging, erstarrt, wie wir waren, nicht so rasch, wie man es in Bereiterbuden sieht, und einer von uns beiden, der sich in den Mantel verwickelt hatte, fiel der Länge nach in den Sand, während der Fuß noch im Bügel blieb. Ich nahm indes keinen Schaden; auch war nicht zu befürchten, dass das Maultier wild würde. Mein Führer konnte daher mit aller Ruhe meinen erstarrten Fuß aus dem Bügel befreien. Ich fand es bequem, eine

Weile liegen zu bleiben. Mein Gefährte würde laut gelacht haben, wenn ihn die Kälte nicht ernsthaft gemacht
hätte. – Ich erhub mich endlich. Wir übergaben die
Maultiere dem Knaben, der mit uns war, dieselben in ein
ihnen zuträglicheres Klima hinab zu führen und daselbst auf uns zu warten. Wir selbst schritten mit dem
Führer über das Schneefeld, dann in einer Schlucht hinan, froh, dass wir, vor dem Winde gedeckt, uns ein wenig erwärmten. Wie weit ist es noch zur Casa di Gemmellaro? – fragte ich den Führer. Duje uri! (zwei Stunden) sagte er, duje uri ci arivammu! (In zwei Stunden
kommen wir hin!) – Eine angenehme Nachricht! Wollte
ich eben ironisch zu meinem Gefährten beginnen, als
mir, auf die Höhe gelangt, der Sturm die Worte von den
Lippen nahm und mich durch und durch wieder so erstarren machte, dass ich schon wünschte, niemals den
Weg in dieses Sibirien angetreten zu haben. Liefen wir
schnell, kamen wir in der feinen Luft außer Atem – gingen wir langsam, erfroren wir. Dazu brüllte der Berg
immer vernehmlicher, und der Wind drohte uns wie ein
Paar Federn über den Bauch von Schnee hinab zu we-
hen, den wir hinaufklommen. In unsern Ohren sauste es,
als wenn ein Organist sich mit ausgebreiteten Armen auf
die Orgel legte und alle Register gezogen hätte. Von
Trost zusprechen konnte also nicht mehr die Rede sein.
Auf einmal blieb mein Gefährte vor mir stehn, zeigte
zum Himmel, und schrie in meine Kapuze hinein: »Die
Sterne!« – Ich sah empor und – welche Pracht über-
schwebte mich ringsher! – die Milchstraße floss, ein Feu-
erstrom, über den ganzen Himmel; die Sterne funkelten
nicht, sie standen in reinem Glanze an dem ganz dun-

kelblauen Himmel. Man sieht von dieser Höhe gewiss viele Millionen mehr als bei uns. Wir standen und starrten, bis der fühllose Wind uns das Wasser in die Augen trieb und uns blind machte. Immer höher und höher klommen wir nun und sahen endlich den Kegel des Kraters als den letzten Berg vor uns, aber leider – leider auch schon die weißliche Dämmerung der nahenden Sonne dahinter. Wir konnten also das grandiose Schauspiel nicht mehr von der höchsten Spitze sehen, und gingen sehr verstimmt in die Casa di Gemmellaro hinein, die fast am Fuße des Kegels liegt. Erst im Hause erlaubte uns der Sturmwind, unsern Führer auszuschelten, dass er uns zu spät geweckt. Er tröstete uns mit der großen Wahrheit, dass bei solchem Sturm der Kegel für Menschen, die nur zwei Hände und zwei Füße hätten, nimmermehr ersteigbar wäre, und ermahnte uns, während er ein Feuer anmachte, ein wenig zu ruhen, Kaffee zu trinken und Zapizzata (Wurst) zu essen; er wolle uns dann auf einen Punkt führen, wo wir das Schönste sähen, was es auf der Welt gäbe. – Wir ließen uns von diesem Cicero beschwichtigen, streckten uns auf die hölzernen Betten dieser Oasenhütte hin, und ließen den Sturm über uns wegheulen. Unser Zimmer war eine Elle hoch mit Eis angefüllt, welches wir lieber unserm Cataneser Zimmer gewünscht hätten; denn hier konservierte es uns, ähnlich Leichen, deren Sarg noch nicht fertig ist, d. h. kalt und erstarrt. Das Feuer rauchte mehr, als es brannte, der Kaffee schmeckte wie Schinkenbrühe. Wir zogen also, so früh es war, den Wein von Nicolosi vor. Indem wurde es heller und heller. Wir eilten dem Führer nach, an dem Rand eines Abgrunds hin, auf eine Höhe, von der wir das einzige Schauspiel sehen sollten. Der Sturm schlug uns hier, um den Kegel wehend, plötzlich wie mit einer flachen Hand, sodass ich mich auf ein Knie niederwarf und am Boden festklammerte. In dieser Stellung sah ich recht ein, wie unmöglich es gewesen wäre, den Kegel zu erklimmen. Mein Gefährte legte sich in seiner Kutte auch auf den Schnee neben mich hin; so erwarteten wir frierend, doch glückselig, den schönen Anblick. Ehe aber noch die Sonne erschien, mussten wir über uns selbst lachen. Wir sahen nämlich gerade aus wie ein Paar steinalte Kapuziner: So bereift waren unsere Bärte und Haare, um die Kapuzen der zerrissenen Bauernmäntel hingen falsche Touren weißer Locken. Wir kamen uns ganz fremd vor. Um uns her erhellte sich nun mehr und mehr die entsetzliche Wüste, voll Schnee und schwarzer Abgründe. Wir unterschieden nun die Meerenge bei Messina, und Calabrien mit seinen blauen Zacken erhob sich aus der grauen Ebene der See, die sich wie erstarrt zu unsern Füßen unabsehlich ausbreitete und nach Syrakus hin zu Nebel wurde. Wie schwimmende Inseln bewegten sich kleine Gewölke darüber hin. Endlich zeigte sich über Calabrien ein langer purpurner Streif, der immer glühender und glühender wurde, bis das Blitzen der Sonne ihn verschlang. Noch war in der Tiefe alles dunkel; die Erleuchtung senkte sich aber schnell von uns am Berge hinab, und immer reicher und reicher wurde der Anblick. Lieblich war das Spiel der Morgenwolken, die tief unter uns über dem noch dunklen Meer schwebten. Der kalte Sturm ließ beim Erscheinen der Sonne die Flügel sinken, und wir eilten entzückt zum Kegel des Kraters, denselben zu ersteigen. Er war, wo nicht seine innere Glut durchdrang, rings umschneiet, wodurch das Ersteigen sehr erleichtert war. Aber, aber, je höher ich kam, je unmöglicher schien es mir den Gipfel zu erreichen. Ich vermochte die dünne Luft kaum zu ertragen. Ich musste nach jedem Schritt stehn bleiben, und wurde mir so schwer, als sollte ich sterben, und sah bleich aus wie der Tod. So mag einem armen Vogel zumute sein, den man unter einer Glasglocke mit der Luftpumpe zum Spaß tötet und wieder belebt. Je höher ich kam, je schlimmer wurde mein Zustand. Ich musste mich einige Male niederlegen. Der Schwefeldampf, der in Wolken um uns her flog und aus hundert kleinen Kratern am Kegel rauchte, vermehrte das Übel; dennoch erzwang ich die Ausführung meines festen Vorsatzes, und stand nun endlich neben meinem Gefährten (der zwar nicht so litt, aber doch auch wie ein Käse aussah) auf dem Gipfel. Ich hatte mich bisher geflissentlich nicht umgesehen, und legte mich nun mit geschlossenen Augen in die warme gelbe Asche nieder, um mich zu dem unermesslichen Schauspiel zu sammeln. Ich schlummerte trotz des Geheuls und der tausend Gewitter, die mir nahe und unter mir tobten, fast ein wenig ein, ohne daran zu denken, dass die Spitze, auf der ich lag, über den entsetzlichen Schlund hinhing. Das Beben meines Lagers war mir in meiner Ermattung eher angenehm als ängstlich, seine Wärme wohltätig. Die Luft wehte nicht mehr Dampf entgegen, und als ich mich endlich, völlig erquickt, aufrichtete und die Augen öffnete, genoss ich den unbeschreiblichen Anblick mit reinem Entzücken. Wie ein schöner Traum umfing mich Himmel, Meer und Erde, und das Schreckliche diente nur, die Lieblichkeit des Schönen zu erhöhen; denn wenn man erst in den tobenden Rachen des Ungeheuers hinabgesehen, dessen Getöse das Ohr nicht fasst, dessen Tiefe entsetzlicher Qualm verbirgt, und nun das Auge wendet, umfließt der Ozean den Gesichtskreis, und Sizilien liegt, wie Achilleus bunter Schild, tief zu Füßen mit all seinen Bergen, Wäldern und Städten. Italiens Ende sieht man bis zu den pästanischen Bergen, und weit in den Tarentinischen Busen. Aber wie bunt und lieblich die Ferne, wie entsetzlich die Nähe war – nichts glich an Zauber den aeolischen Inseln, welche, da Gewölke vor ihnen auf dem Meere lagen, ganz feenhaft in der Luft zu schweben schienen, umso mehr, da nach jener Seite das unendliche Gewässer mit dem Äther verfloss. Sie leuchteten hell in der Morgensonne Glut. Strombolis Kegel hüllte sich oft in eignen Dampf, sodass er bald ein Gewölk, bald ein goldner Berg erschien. Das Vollkommne der Aussicht wird dadurch erhöht, dass man von einem Punkt rings umher alles erblickt, ohne hin und her gehen wie auf andern Bergen. – Auf der höchsten Spitze scheint man mehr zu schweben als zu stehn. Man träumt, ein Adler zu sein, der mit ausgebreiteten Flügeln über der Welt hängt. Wie der, von dem ich bei Reggio erzählte, hätte ich mich bald in diesen bald in jenen fernen Orangenhain hinabsenken mögen. Wir machten mit den Augen unsere ganze Reise zurück, und suchten die bekannten Berge von hier. Wir glaubten das Theater von Taormina zu erkennen, von dem aus wir den Gipfel, auf dem wir nun standen, gezeichnet hatten. Der Aphrodite Gebirge hatten hier ihre erhabenen Formen verloren und waren tief hinab gesunken. Messina mit seinem gekrümmten Hafen lag hinter den pelorischen Bergen. Von den Felshäuptern, die wir von unten angestaunt, erkannten wir hier nur die ragendsten Spitzen. Vom Cap Milazzo war wenig zu sehen, kaum die Höhe von Tyndaris, der ins Meer gestürzten Stadt. Freudig erkannten wir aber den Berg, an dem Himera lag, und endlich die lieben, lieben fast heimisch gewordnen Gebirge, welche das glückselige Palermo halb umkränzen. Von den ferneren, uns noch unbekannten Bergen und Tälern wandten wir uns bald wieder in die Nähe, und reiseten mit den Augen über die vier Regionen des Berges hinab nach Catania, und eilten schon nach Syrakus, von Syrakus über den honigreichen Hybla, über Hierons Sommersitz weiter nach Girgenti zu Selinunts Riesentrümmern, nach Segest, und standen wieder in dem himmlischen Palermo still, und dachten mit Wehmut daran, dass von dort uns bald ein Schiff mit ausgespannten Segeln nach Norden zurücktragen sollte. Ich wünschte mich nicht zu Euch, aber wohl Euch zu mir. ›Von hier oben wollen wir die ganze Welt leben lassen!‹, schrie ich aus vollem Halse meinem dicht neben mir stehenden Gefährten zu. Er verstand mich dennoch nicht eher (des Ätnagebrülls wegen), bis ich ihm seinen Becher vollschenkte und mit meinem ebenfalls vollen anstieß. »Erst die ganze Welt!«, schrie ich ihm in die Ohren, »dann unsre Lieben in Deutschland!« – So stießen wir unsre Becher aneinander, und tranken sie in einem Zuge leer. Unser Führer musste auch trinken. Seine Stimme war besser, und wir hörten ganz vernehmlich eh viva! tuttu lu munnu! e chiddi bravi signuri! In den Krater konnten wir auf keine Art hinabsteigen, da er mit dem dicksten

Schwefeldampf erfüllt war, welcher aus tausend Abhängen des grässlichen Tales mit solcher Gewalt emporschoss, dass er wie Springbrunnen hier und da Steine emportrug oder vielmehr emporsprudelte. Wenn der noch heulende Wind in den Schlund hineinwehte, sah man das entsetzenerregende immerwährende Stürzen der Wände, und als ich an den Rand hintrat, bemerkte ich erst, dass unser Standpunkt wohl zwanzig Ellen überhängen mochte, welcher Anblick, bei der ungeheuren Tiefe unter mir, mir alle Haare emporsträubte, umso mehr, da er beständig seinem Sturz entgegen zitterte. Von der höchsten Spitze nahm ich mir das oberste Stück hinweg, und stieg nun mit meinem Gefährten wieder außen am Kegel hinab. Da hier das Getöse geringer war, vermochte uns der Führer die Lavaströme zu unsern Füßen chronologisch zu bezeichnen. Die Karte, welche Kephalides Werk beigefügt ist, zeigt die Hauptsachen recht gut; Gemmellaros neue ist aber weit ausführlicher. – Die Beschreibung des Kraters bei Kephalides, wie die von dem Getöse darin, ist sehr treffend; ich habe sie erst kürzlich mit Vergnügen gelesen. Die Schilderung vom tiefer liegenden Val del bue ist indes nicht ganz richtig; denn wie grässlich öde der obere Teil desselben ist, fanden wir den weiter hinabliegenden voll der schönsten Eichen stehen, welche, mit dem lieblichsten Grün geschmückt, die feuerfarbenen braunen und schwarzen Abstürze kränzen und den anmutigsten Kontrast bilden. Don Gemmellaro nannte es uns das schönste Tal der Welt, und nur, was wir aus der Ferne sahen, hätte uns beinahe verleitet, einer Reise dahin mehrere Tage zu widmen, umso mehr, da nie ein Zeichner dasselbe besucht. Der Weg dahin ist sehr beschwerlich, und wir hatten keine Zeit übrig, eine erste Expedition in noch unbekannte Gefahren hin zu wagen; zudem lockte uns Syrakus schon mit unwiderstehlicher Gewalt. – Das Hinabsteigen wurde mir, je tiefer ich kam, je leichter. Wir erreichten sehr bald des Gemmellaro Hütte wieder, beschlossen aber, da es unheimlich kalt war, nicht hier, sondern in der Ziegenhöhle zu frühstücken. Wir eilten also wieder über den Schnee und durch alle jene Schluchten hinab. Alle Gegenstände hatten im Licht des Tages eine andre, minder schreckliche Gestalt; die Sonne wärmte, je tiefer wir kamen, je angenehmer. Meine Ermattung, mein Übelbefinden verlor sich ganz, ich wurde immer stärker und stärker. Schon mehrere Stunden hinabgeschritten, fanden wir endlich den Knaben mit den Maultieren; die waldige Region empfing uns, es wurde wieder Frühling um uns her, die Öde war hinter uns; lieblich sangen Vögel in den knospenden Bäumen. Bei einer Buche hielten wir an, welche mit ihren Zweigen die heimliche, trauliche Ziegengrotte überwölbte. Wir zogen es indes vor, nicht in derselben, sondern am Stamm der Buche gelagert, unser Frühstück aufzuzehren. Des Mitgenommenen blieb nichts, nicht einmal die Rinde vom Käse übrig, welche unser Knabe begierig hineinschlang. – Dann galoppierten wir auf den nun munteren, sicheren Tieren den bei Tage nicht so gefährlichen Weg hinab. Mehr und mehr wurde Sommer um uns her, und wir suchten schon den Schatten, der uns mit der waldigen Region nun auch verließ. Das Gepfeife der Ziegen- und Rinderhirten tönte uns noch weit nach; die schwarze Sandwüste bei Monte Rossi glühte unter den langsameren Tritten der Maultiere, und von Mittaghitze erschöpft, streckten wir uns in Nicolosi aufs Lager. Eine Stunde Schlaf und ein treffliches Mahl gaben uns alle Kräfte wieder, sodass wir uns dem braven Don Gemmellaro empfahlen und voll Entzücken den trefflichen Weg voll prangender Aussichten nach Catania hinabgingen. Da wir unterwegs noch etwa drittehalb Stunden zeichneten, kamen wir sehr spät in unserem Gasthof an, wo uns indes, da viele Fremde abgereist waren, ein besseres Zimmer und ein erquickendes Mahl und ein erquickender Schlaf alle überstandenen Beschwerden vergessen machten.

Und nun lebe wohl, liebe gute Mutter, und habe deinen herumstreifenden Sohn August ein bisschen lieb, wenn er auch nicht grade so ist, wie Du ihn Dir wünschest.

Mit herzlicher kindlicher Liebe Dein August.